LES SEPT NUITS DE MIRIAM

de la même autrice
chez Christian Bourgois éditeur

Sous le signe des Poissons

aux éditions de l'Olivier

So Sad Today

MELISSA BRODER

LES SEPT NUITS DE MIRIAM

Traduit de l'anglais (États-Unis)
par Carine CHICHEREAU

CHRISTIAN BOURGOIS ÉDITEUR

Titre orignal :
Milk Fed

ISBN : 978-2-267-05093-6

À Nicholas

« Ma mère donna naissance à des jumeaux : moi-même et la peur. »

Thomas Hobbes

1

L'endroit où je vivais – que ce soit dans le quartier de Mid-City, de Mid-Wilshire ou de Miracle Mile –, aucune importance. L'endroit où je travaillais, aucune importance – à Hollywood, une boîte à la con en valait bien une autre. Tout ce qui comptait, c'était ce que je mangeais, à quel moment je le mangeais et comment je le mangeais.

Tous les jours à 7 h 30, mon alarme se déclenchait. Je retirais de ma bouche le chewing-gum à la nicotine pétri par la nuit, je le posais sur ma table de chevet et j'en prenais un autre. Mon histoire avec la cigarette avait débuté quand j'avais seize ans, et je fumais tout le temps. Mais lorsque j'avais commencé à bosser dans cette agence de gestion des talents, impossible de continuer à fumer comme ça. Du coup, je suis passée aux chewing-gums à la nicotine, ce qui me permettait de « mâcher mes clopes » sans interruption. Désormais, je ne sortais plus sans mes chewing-gums. C'était parfait pour restreindre mon apport calorique, offrir une distraction à ma bouche et, surtout, ça me coupait l'appétit. En les achetant sur eBay, périmés et donc à prix cassé, je pouvais me le permettre. Au prix du marché, ma petite habitude m'aurait coûté 300 dollars par semaine !

Après avoir enfourné un nouveau chewing-gum, je prenais ma douche et je buvais un peu d'eau au robinet, qui se mêlait au parfum de l'enrobage. Mes préférés étaient Fruit glacé et Explosion mentholée, et ça ne rentrait pas dans mon apport calorique quotidien. Certains jours, je m'inquiétais pourtant du nombre de calories que l'enrobage me rajoutait. Après ma douche, je prenais un autre chewing-gum, et deux de plus en allant au travail sous la chaleur écrasante. Cette procession de chewing-gums constituait mon Petit Déjeuner n° 1.

Entre le Petit Déjeuner n° 1 et le Petit Déjeuner n° 2, il y avait un trou. Parfois je tombais à un tel niveau d'hypoglycémie que j'étais prise de vertiges, et la panique me gagnait. Ça valait néanmoins le coup de retarder le moment du Petit Déjeuner n° 2 jusqu'à 10 h 30, voire 11 heures. Plus je mangeais tard, plus je pouvais mettre de la nourriture de côté pour la seconde moitié de la journée. Mieux valait souffrir tout de suite et avoir quelque chose en vue, plutôt que de laisser dans le rétroviseur une grosse partie de ma ration journalière. Cette souffrance-là aurait été pire.

Quand je tenais jusqu'à 11 heures sans rien manger, je me sentais super bien, presque une sainte. Si je craquais à 10 h 30, je me sentais nulle, une vraie feignasse, même si mes sentiments négatifs cédaient vite le pas à l'exaltation d'avaler mon Petit Déjeuner n° 2. Celui-ci consistait en un yaourt grec de 225 grammes à 0 %, auquel j'ajoutais deux sachets de faux sucre, et que je recouvrais d'un demi-muffin light au chocolat que je ne trouvais qu'au supermarché Gelson. J'étais tellement accro à ces demi-muffins que je craignais ce qui se passerait si jamais il n'y en avait plus en stock. Je les achetais par lots de six paquets pour les congeler.

Le demi-muffin faisait 100 calories et le yaourt 90 : un parfait mélange en deux temps, crémeux et sucré, une véritable symphonie de saveurs qui ne pouvait me nuire. Mon moment préféré de la journée, c'était celui où je plongeais ma cuillère dans le yaourt, juste après avoir versé dessus un demi-sachet de faux sucre. À cet instant-là, il y avait encore tellement à manger, le demi-muffin était intact, une simple promesse chocolatée. Après, je regrettais toujours de ne pas avoir mangé plus lentement, pour avoir encore quelque chose à désirer. La fin du Petit Déjeuner n° 2 était un moment de tristesse.

Je le mangeais assise à mon bureau, pile en face d'un autre assistant, Andrew, qui était fan de NPR, la radio publique, de beurre de cacahuète naturel et d'obscurs films scandinaves, en raison justement de leur impénétrabilité. Andrew était affublé d'une tête trop petite pour son grand corps dégingandé. Il avait les narines pincées, prêtes à la réprobation, et il coiffait ses cheveux en une espèce de crinière de rocker indé très travaillée, qui, sur son crâne minuscule, ressemblait à une effrayante perruque genre trop cool. Je savais qu'il me jugeait parce que j'utilisais des sucres chimiques, alors je me cachais derrière une barricade de dossiers, de cactus Ikea et d'un bataillon de mugs pour faire écran à son regard intrusif. J'avais besoin d'intimité pour jouir pleinement de mon rituel.

À midi, c'était encore plus compliqué. Au moins deux fois par semaine, j'étais obligée de me joindre à mon patron, Brett Ofer, pour déjeuner avec des clients, des agents et autres gens de cinéma. Je n'aimais pas manger avec les autres. Le déjeuner était le couronnement de la journée, je préférais le savourer en solo et ne pas tout gâcher en ingurgitant des aliments que je n'avais pas choisis. Ofer nous emmenait toujours au même endroit, le Last Crush, qui avait le même parking que nous. Il insistait pour qu'on prenne des petites assiettes et qu'on partage tout, « comme à la maison », mais je doute que partager une boulette de viande ait jamais donné l'impression à nos clients qu'on formait tous une grande famille. Franchement, qui aurait voulu d'Ofer dans sa famille ? On aurait dit que pour lui, la famille était une chose positive.

Au Last Crush, j'étais obligée de me contenter de macaronis au fromage, de mini-hamburgers et de boulettes de veau. Même les légumes étaient contaminés par un gras intrusif : les choux de Bruxelles étaient noyés dans le beurre, les champignons frits dans la chapelure, et le chou-fleur luisant de menace. La salade de roquette que je commandais pour contribuer à cette débauche de nourriture n'était qu'un cadavre gluant : la mort par l'huile – adieu.

Lors de ces déjeuners, j'avalais de minuscules portions de chacun des trois plats, assignant environ 100 calories à chaque portion, puis ajoutant 100 au total, au cas où quelque chose m'ait échappé. Même si la formule algébrique était imparfaite, j'avais l'illusion de contrôler la situation. Mais Ofer essayait toujours de me pousser à manger davantage.

« Qui veut le dernier mini-hamburger ? Rachel ? Je sais bien que tu en as envie, me harcelait-il avant de mettre le paquet en psalmodiant : Mange ! Mange ! Mange ! »

Ofer était membre à vie des fraternités étudiantes. Il croyait à la loyauté, à la communauté – pas parce que en tant qu'individus nous avions un vrai lien, mais parce que nous faisions partie du même tout. Lorsqu'il vantait les vertus de notre « culture d'entreprise collaborative », avec son crâne chauve brillant, un petit morceau de boulette de veau sur la lèvre inférieure, je l'imaginais servant la même soupe à ses camarades d'Alpha Epsilon Pi, vingt ans plus tôt.

« Vous vous rendez compte de la chance que vous avez ? Vous pourriez bosser chez Management 180, où personne ne partage jamais la moindre information essentielle avec les autres ! Ou être chez Delta Upsilon, à boire la pisse de votre frère ! »

Ofer avait débuté au tri du courrier chez Gersh et il avait gravi les échelons jusqu'à devenir agent. Neuf ans plus tard, il avait quitté l'univers impitoyable des agences pour fonder une boîte où l'on s'occupait de gérer les talents – The Crew –, ce qui lui faisait croire qu'il avait une âme. Pire, sa femme venait d'avoir des jumelles, et à présent il se revendiquait « féministe ». Ofer se construisait une notion artificielle de ce qu'était la justice sociale en lisant des éditoriaux sur la diversité, l'inclusion et l'égalité des salaires dans *Hollywood Reporter*. Il faisait constamment référence à ses « privilèges », mais aussi à celui que nous avions, nous, de travailler dans sa boîte. Ça le gênait réellement que je n'admette pas à quel point j'avais de la chance de faire partie de la famille. Je n'avais jamais rêvé de gérer des talents, et ça le blessait.

Quand je n'étais pas obligée d'aller au Last Crush avec lui et des clients, je déjeunais seule. Ça, c'étaient les bons jours. D'abord, j'allais au Subway – les calories de tous les aliments étaient notées sur le site. Je commandais une salade double dinde, avec laitue, tomates, piments bananes, pickles et olives. C'était une salade magique, qui renfermait un cocktail de saveurs détonant pour un total modeste de 160 calories. La plupart du temps, mon artiste du sandwich était un beau gosse, étudiant à USC, qui remontait ses dreadlocks sur le sommet de son crâne pour gagner dix centimètres. Il me demandait toujours si je voulais de la « sauce », le terme en vigueur chez Subway pour *vinaigrette*, et chaque fois je répondais non. Heureusement, il n'essayait pas de me faire changer d'avis. Parfois, hélas, il ne mettait pas la quantité de laitue nécessaire pour donner à la salade Subway son beau volume.

De temps en temps, j'étais servie par un autre artiste du sandwich, un ado roux avec des gouttières dentaires. Ses salades étaient mesquines, abondamment garnies de laitue, certes, mais il s'intéressait beaucoup trop à moi en tant que personne. À l'instant où je franchissais la porte, il m'interpellait : « Salut ! Double dinde ! » et je lui répondais : « Bonjour, merci, pas de photos s'il vous plaît. » Je n'avais pas besoin de lui dire que je ne voulais pas de sauce parce qu'il s'en souvenait très bien et grommelait : « Pas de sauce, pas de sauce. » Mais quelquefois il éprouvait le besoin de me demander : « Yo, pourquoi vous prenez pas de sauce ? C'est gratuit ! » et je rétorquais : « Je n'aime pas la vinaigrette. » « Elle est trop piquante ? Trop liquide ? » insistait-il, à quoi je répondais : « Juste du sel et du poivre, s'il vous plaît. »

Je déjeunais toujours à l'une des tables du petit patio devant le Subway, même si ce n'était pas l'idéal. Il était hors de question que je mange à l'intérieur, sous les yeux de l'artiste du sandwich. Seulement dehors, j'étais la proie du premier passant venu, y compris des collègues du bureau.

Manger une salade Subway n'avait rien de fondamentalement honteux. Simplement j'aimais que mes rituels alimentaires restent privés – totalement séparés de ma vie professionnelle. C'était un moment à moi et à moi seule. Hors de question de partager. Alors je déjeunais dehors, face à un mur en stuc. Je mangeais avec appétit et gourmandise, engouffrant des fourchettes chargées de dinde-pickles-piments, ou bien choisissant de poser dessus un seul ingrédient, comme une olive isolée.

La gloire de mon déjeuner était qu'il comportait deux plats : la somptueuse salade et le yaourt glacé. J'aimais que la nourriture soit fragmentée, pour prolonger l'expérience. Si j'avais pu, j'aurais mangé continuellement. Mais je devais me restreindre, sans quoi j'aurais passé mon temps à enfourner quelque chose dans ma bouche.

Le Subway était flanqué de deux boutiques qui vendaient du yaourt glacé, Yogurt World et Yo!Good. Chez Yogurt World, on se servait soi-même. Personne d'autre que vous ne touchait à votre glace ni à votre garniture, et le paiement était automatisé. Zéro interaction sociale, le bonheur. Chez Yo!Good, il fallait passer sa commande à un employé, mais ça en valait la peine. Chez Yo!Good, il y avait au choix les parfums banane, caramel et cookie dough 0 % de matière grasse, sans sucre et pauvres en glucides, avec juste 45 calories pour un demi-pot. Cela signifiait que je pouvais en avoir 460 grammes pour 180 calories. Chez Yogurt World, le yaourt glacé le moins calorique affichait 120 calories pour 115 grammes. Il fallait que je me contente d'une portion enfant pour rivaliser avec le volume de ce que j'avais chez leur concurrent. Aussi je sacrifiais ma tranquillité au nom de la quantité et de la logique mathématique.

Je savais gré à l'employé de Yo!Good de ne faire aucune tentative pour parler avec moi. C'était un Juif orthodoxe d'environ dix-neuf ou vingt ans. Très discret, poli, il portait une kippa bleue et des papillotes. Sa gentillesse me rendait triste – et puis la manière dont il prononçait le mot *yaourt* : « ya-hourte ». J'avais le sentiment que j'aurais pu me mettre à pleurer entre les deux syllabes. Il y avait là une forme d'innocence, un réel désir d'être aimable avec la clientèle, la reconnaissance que le yaourt glacé était une substance de grande valeur, une utilisation de la machine précise, calculée, qui dénotait un vrai souci de bien faire. On ne rencontrait pas tous les jours un tel dévouement. Il manifestait également un respect de l'espace privé de l'autre, il ne me tendait jamais directement la glace mais la déposait toujours sur le comptoir devant moi, puis désignait le même comptoir pour y récupérer mon argent, pas de la main à la main, nos mondes ainsi ne se touchant pas. On aurait cru un fantôme surgi d'une époque méconnue. Ou peut-être était-ce moi qui étais méconnue.

2

La synagogue libérale à laquelle je me rendais alors que je grandissais à Short Hills, dans le New Jersey, était fréquentée par des Juifs qui s'y connaissaient mieux en sacs Chanel qu'en exégèse de la Torah. Mon identité juive n'était jamais aussi intense que lorsque mes grands-parents, des libéraux également, mais profondément obsédés par la nourriture juive, m'emmenaient à New York faire la tournée des hauts lieux gastronomiques de notre tribu. D'un point de vue médical, mes grands-parents étaient considérés comme obèses. Tous deux avaient développé un diabète en raison de leur embonpoint, toutefois la nourriture demeurait sacrée pour eux. Il y avait les délicieux petits pains aux oignons tout chauds et bien beurrés, ainsi que les harengs crémeux des restaurants cashers, le bortsch au chou rouge et les sandwiches chauds au pastrami du Deli de la Deuxième Avenue. Il y avait les cookies noir et blanc de William Greenberg Desserts, les livres et les demi-livres de cornichons – aigres, demi-aigres, doux – de Guss, sur Essex Street.

Quand je rentrais de New York, ma mère me demandait de lui faire un rapport sur tout ce que j'avais mangé. « Tu veux être grosse ou tu veux plaire aux garçons ? » me disait-elle.

Mes grands-parents m'offraient un bref répit loin de l'univers. Ma mère représentait l'univers autour duquel tout tournait. Ma mère était le soleil, ma mère était la règle, ma mère était dieu en personne ! La grande prêtresse de la nourriture, religion de notre maison : *Renonce, renonce, renonce !* Ma mère et ses idées archaïques sur les régimes : melon et fromage blanc, thon et bâtonnets de carottes, biscottes. Ma mère, la juge qui s'engouffrait dans la cabine d'essayage du magasin de vêtements pour enfants quand j'avais six ans, et qui me murmurait : « Regarde comment cette robe va à Amy Dickstein. Et maintenant, regarde-toi. » Ces quelques mots se plantaient en moi, restaient gravés là.

J'étais petite et dodue comme un beignet. Elle craignait qu'en raison de ma taille, je n'accumule encore plus de poids et que ça se voie. Elle subodorait mon cauchemar futur, redoutait que je ne devienne à l'image de ses parents, dont l'obésité lui avait naguère fait honte, ou bien de la cousine Wendy, qui était grosse et malheureuse. Et si j'avais pu retourner dans le passé pour m'arracher à cette cabine d'essayage, l'aurais-je fait ? Sans doute que non. Moi aussi, je trouvais cette petite fille potelée répugnante.

Plus ma mère m'empêchait de manger, plus je me goinfrais en douce. Elle ne comprenait pas comment je pouvais continuer à prendre du poids, ne se rendait pas compte que je volais des bonbons dans les magasins, ou que j'avalais les déjeuners des autres dans les vestiaires. Elle m'observait lors des fêtes d'anniversaire tandis que j'engouffrais une part de gâteau. Elle me menaçait d'aller voir la maîtresse pour lui demander ce que je mangeais, si je continuais à grossir. Une fois par mois on me pesait sur une balance à la YMCA. Elle se retenait de hurler en public, mais dans la voiture, je fondais en larmes sur la banquette arrière.

À seize ans, j'ai commencé à me mettre au régime toute seule. J'ai développé toute une panoplie d'astuces : Coca light, cigarettes, faux sucre partout, légumes à la vapeur, sans oublier de retarder le moment des repas et de ne jamais manger en compagnie des autres. Mes grands-parents m'emmenaient toujours à New York, mais les temples qu'étaient pour moi naguère les restaurants s'étaient transformés en lieux de tous les dangers. Je luttais contre les blintzes au fromage, les knishes et les schnecken, et je remplaçais les oreilles d'Aman par du soda Dr Brown's light. Je suçais les boulettes de matsa, je fixais des limites aux bagels, et je me réfugiais dans les cornichons

– si faibles en calories, *Baroukh Hachem*, béni soit Son nom.

Pendant des années, je n'avais jamais été assez mince. Et puis tout d'un coup, je suis devenue trop maigre. J'avais moins de dix kilos à perdre, j'en ai éliminé vingt. Je voulais rester comme ça pour toujours. Je continuais à diminuer mon apport calorique : épinards, brocolis, poulet à la vapeur. J'appelais ça le régime spartiate. J'étais galvanisée par mes sacrifices.

Sauf que je mourais de froid tout le temps. Je passais ma vie dans la baignoire. Un duvet avait poussé sur mon corps. Mes règles s'étaient arrêtées. La nuit je rêvais de buffets gargantuesques. Les os de mes hanches frottaient contre le matelas. À l'école on chuchotait dans mon dos. Ma mère ne disait rien.

Un soir je grelottais si fort que j'ai eu peur de mourir.

« Il faut que je te dise quelque chose, ai-je annoncé à ma mère. Je crois que je souffre de troubles alimentaires, d'anorexie peut-être.

— Les anorexiques sont bien plus maigres que toi. On dirait qu'elles sortent des camps de concentration. Il faut les hospitaliser. Tu n'es pas anorexique.

— Ça fait des mois que je n'ai pas eu mes règles. »

Là, quand même, ça l'a troublée. Ma fertilité était importante : elle voulait avoir des petits-enfants un jour. Elle m'a envoyée voir une nutritionniste qui m'a aidée à augmenter mon apport calorique quotidien. On a fait ça lentement, méthodiquement, avec des graphiques et des listes qui réduisaient tous les aliments à leur quantité en grammes et à leur valeur calorique.

Je n'étais plus gelée, j'avais simplement froid. Je ne grelottais plus. Le duvet a disparu. Je pouvais dormir sur le ventre. Les murmures à l'école se sont tus. J'ai eu mes règles de nouveau. Par contre, j'ai continué à compter les calories. Les calculs constants dans ma tête n'ont plus jamais cessé.

3

Tout en faisant la queue chez Yo!Good, j'imaginais les combinaisons que j'inventerais si par miracle je me retrouvais soudain délivrée du calcul des calories. Je voyais un velours rouge de yaourt glacé dégoulinant de caramel et moucheté de petits morceaux de Snickers. Je noyais du yaourt *dulce de leche* sous un coulis de guimauve, puis je versais un torrent de miettes de cookies Oreo par-dessus. Sur une planète de chocolat belge vivaient toutes sortes d'espèces gélifiées : nounours, vermisseaux, poissons, dinosaures et rondelles à la pêche. Il pleuvait des morceaux de M&M's et des pépites de chocolat sur une montagne de yaourt glacé parfum cookie dough.

Ils avaient tout : du sirop de fraise, des petites boules de cookie dough, de minuscules perles de chocolat blanc formant un arc-en-ciel de tons pastel. Ils avaient du fudge chaud, du caramel tiède et du caramel écossais liquide qui se figeait au moment de l'impact avec la glace. Ils avaient une version light du fudge chaud, qui m'a poussée un instant à m'interroger : *Et si… Et si j'essayais, juste une goutte ?* Mais la nébuleuse calorique dans laquelle « juste une goutte » risquait de m'entraîner était trop dangereuse. Je craignais que si j'essayais cette sauce-là une fois, je ne puisse plus jamais m'en passer. Je n'étais pas certaine d'être capable d'y goûter et pouvoir dire stop ensuite.

Heureusement, le garçon orthodoxe ne me demandait pas : « Pas de garniture ? » comme l'artiste du sandwich chez Subway disait de manière systématique : « Pas de sauce ? » Je l'observais de près quand il remplissait mon pot de glace, pour être certaine qu'il ne dépasse pas le bord (l'espace aérien au-dessus du pot était impossible à quantifier sur le plan calorique). Lorsqu'il atteignait la limite cartonnée, je l'interpellais : « Ça suffit ! »

Il s'arrêtait tout de suite, posait le pot sur le comptoir et m'annonçait gracieusement le prix du « ya-hourte ». En dehors de ces manifestations de politesse, rien ne montrait dans son attitude que j'étais une cliente régulière. Et je lui en étais reconnaissante.

Je consommais les trois quarts du pot à la table du fond, dans l'angle, face aux deux murs. J'avais toujours froid, mais je préférais manger à l'intérieur, où la température était fraîche, plutôt que dehors à l'une des tables ensoleillées, car il y avait toujours du monde. Je dégustais ma glace en suivant un rythme précis, à ma manière, et je ne voulais pas qu'on me regarde. D'abord, je léchais sur les contours du pot les gouttes qui fondaient. Ensuite, j'enfournais cuillère après cuillère de la glace plus froide dans ma bouche et je la faisais aller d'avant en arrière entre mes dents pour qu'elle se liquéfie.

Quand j'atteignais le dernier quart du pot, j'abandonnais cette méthode et je sortais. Ces cinq dernières minutes au soleil étaient le paradis, la fin du paradis en réalité, parce que mon bureau glacial m'attendait. La climatisation était si forte que je devais porter une doudoune à l'intérieur. Mais dans ces derniers instants de chaleur, j'entrais en communion avec le fond de la glace et j'imaginais que le soleil me pénétrait, créant un champ de force qui pouvait vivre en moi et me réchauffer tout le reste de la journée. Puis je retournais à l'agence et j'enfilais ma doudoune.

Je passais l'après-midi à penser au goûter : une barre protéinée au chocolat de 180 calories. Les bons jours, je repoussais le moment de la manger – phare de douceur qui se profilait avec espoir – jusqu'à mon départ pour la salle de gym, à 18 heures. Les mauvais jours, je la déballais à mon bureau, « juste pour la sentir », et je l'engloutissais.

J'étais raide dingue de cette barre protéinée : son goût de chocolat, son onctuosité, et le pouvoir de satiété qu'elle renfermait. Peu auparavant, j'avais été dévastée en découvrant sur l'emballage qu'il y avait eu une augmentation pernicieuse de 20 calories.

Quand était-ce arrivé ? Depuis combien de temps étais-je victime de cette traîtrise ? Y avait-il eu un changement de recette, ou avaient-ils sciemment mené tout le monde en bateau ? Il semblait que des excuses publiques soient envisagées. À présent, j'étais en pleine convalescence : je réapprenais à faire confiance à ma barre protéinée.

Parfois, je repoussais le moment de la consommer jusqu'au « thé de l'après-midi » dans la cuisine du bureau. J'aimais boire un thé avec Ana, l'office manager, une femme à forte poitrine d'environ cinquante-cinq ans, qui portait de charmants chemisiers en soie au décolleté profond, bien rentrés dans ses pantalons taille haute qui mettaient en valeur la finesse de sa taille. La plupart des femmes de son âge qui travaillaient dans l'industrie du divertissement étaient botoxées à mort. Mais Ana avait fait les choses avec élégance – comblement des rides subtil, tension des tissus modérée –, laissant quelques petites rides fines autour de sa jolie bouche et de ses grands yeux marron, sans oublier de colmater les creux profonds et de lisser les plis : un réalisme feint, plutôt qu'un gros mensonge.

« Chut ! a-t-elle fait afin qu'on puisse entendre ce qu'Ofer disait au téléphone dans le couloir. Écoute ça : c'est la bande-son des films qui deviennent de plus en plus débiles.

— Je sais. Mais est-ce qu'il existe quelque chose au monde de plus bête que le divertissement ? »

L'ex-mari d'Ana avait produit une trilogie sur les vampires au début des années 2000 : *La Nuit polymorphe*, *L'Énigme de la descendance*, et *Le Suaire pervers*. Pendant la postproduction de *L'Énigme de la descendance*, il l'avait quittée, elle et leur fils de neuf ans, pour une maquilleuse spécialiste en effets spéciaux. Désormais, Ana considérait qu'être obligée de travailler dans l'industrie du spectacle était une insulte à son intelligence. Elle restait vivre à Los Angeles uniquement parce que son fils et sa petite amie vivaient à Highland Park.

« Je suis plus âgée que toi, donc j'ai le droit de tout détester encore plus ! a-t-elle rétorqué. Attends, ne me dis pas que tu bois le Lipton de la boîte ? S'il te plaît, prends mon Harney & Sons, je t'en supplie. »

J'étais contente qu'Ana veuille me faire profiter de ce qu'il y avait de meilleur. En fait, j'adorais le Lipton avec une cuillerée de crème light et quatre sachets de faux sucre : c'était mon milkshake. Mais j'étais toujours prête à prendre tout ce qu'elle me donnait. Ce n'était pas tellement qu'elle était gentille avec moi. Mais elle détestait tous les autres avec férocité. Elle et moi étions devenues un « nous » parce que nos collègues faisaient un « eux » si médiocre. Et moi, j'aimais vraiment être un « nous ». Je me demandais si elle disait du mal de moi dans mon dos comme elle avait l'habitude de le faire avec les autres.

« Au moins tu ne manges pas les saloperies qu'ils laissent traîner ici, a-t-elle ajouté. Les autres assistantes se laissent un peu trop aller côté pâtisseries. Cette Kayla, en particulier, elle a déjà un bon cheesecake d'avance. »

J'espérais être très, très en dessous de la limite. Les gens disaient qu'Ana et moi, on se ressemblait. Et en effet elle me ressemblait davantage que ma propre mère. Nous avions toutes les deux une abondante crinière brune bouclée, une peau olivâtre qui bronzait vite au soleil et des yeux brun sombre. Ma mère avait des cheveux noirs et fins, des yeux gris et une peau si claire qu'elle en était transparente. Mais quant au principe selon lequel la minceur était la mesure de toute chose, elles étaient sur la même longueur d'onde. Ma mère m'avait convaincue qu'il fallait être mince à force de m'insulter. Ana aboutissait au même résultat en insultant tous les autres. Elle ne me rejetait pas, et pour moi, c'était pareil que si elle m'avait acceptée.

4

Ma psy à Los Angeles, la Dr Rana Mahjoub, portait des chaussures pour pieds sensibles et balançait des formules éclairantes et très générales du style : « Mettez votre masque à oxygène avant d'aider les autres », pourtant elle ne jouissait pas de mon respect plein et entier parce qu'elle acceptait de se faire payer par Blue Shield, ma compagnie d'assurance maladie. Comment pouvait-elle être réellement compétente si elle acceptait de travailler avec ce genre de multinationale ? Je ne pouvais m'enlever de l'idée que nos séances étaient pareilles à ces échantillons de savon distribués gratuitement dans les centres commerciaux.

Le cabinet de la Dr Mahjoub était rempli d'éléphants : sculptures d'éléphants, statuettes d'éléphants, lithographies d'éléphants. Je me demandais si elle aimait réellement les éléphants et les collectionnait depuis des années, ou si elle était tombée sur un lot soldé chez Pier Import et s'était dit : *Oui, une thématique de décoration cohérente facilite l'intégration du moi chez les patients* et les avait tous achetés d'un coup.

J'avais entamé cette thérapie dans l'espoir de régler un tant soit peu mes problèmes relationnels avec ma mère et mes troubles alimentaires, mais sans pour autant être obligée de procéder à de vrais changements dans un cas comme dans l'autre. J'espérais mettre en place avec la Dr Mahjoub une sorte de protocole hypnothérapeutique qui agisse sur le subconscient, par exemple apprendre à me plonger dans une sorte de coma artificiel tout en restant en apparence éveillée. Sauf que la Dr Mahjoub, elle, voulait que je passe à l'action.

« Pour ce qui est de la communication avec votre mère, je préconise une période de détox, a-t-elle dit.

— Mais oui, pas de problème, ai-je répondu.

— Je vous propose une période de quatre-vingt-dix jours sans aucun contact.

— Quatre-vingt-dix jours ! Sans aucun contact ?

— C'est ça.

— Genre, même pas un émoji ?

— Essayez. »

J'ai explosé de rire, comme on dit.

« Elle ne m'autorisera jamais à la laisser plus de quatre jours sans nouvelles.

— Elle *ne vous autorisera* ?

— Disons qu'elle ne peut pas me forcer à parler. Mais le sentiment de culpabilité serait insupportable.

— Mettre des limites n'est pas toujours très agréable. Mais ce n'est pas parce que vous vous sentez mal que ça ne vous fait pas du bien. »

Peut-être n'était-ce pas mauvais de poser des limites. Mais je savais que pour moi, ce serait l'horreur. Je n'arrêtais pas de me dire : *Ma mère va mourir un jour.* Moi aussi, je mourrai. La Dr Mahjoub ne pouvait empêcher la mort. Alors qu'en savait-elle vraiment ?

Lors de notre dernière séance, elle m'avait encouragée à être « une mère pour moi-même ». Au milieu de tous ces éléphants mahjoubesques, cette idée m'avait paru positive, envisageable, voire amusante. Il fallait que je parle gentiment à la petite Rachel, que je lui dise que tout irait au mieux d'une voix douce et pleine d'empathie. Je serais donc une mère pour moi-même.

Et puis, en sortant du cabinet, j'ai pensé : *Attends un peu, je suis censée faire quoi, là ?* Il s'agissait de me rassurer, d'offrir un peu de compassion à la petite Rachel en moi. Sauf que la petite Rachel, je ne pouvais pas la blairer !

La petite Rachel passait son temps à s'enthousiasmer pour des trucs qui, très vite, faisaient pschitt, comme un ballon gonflable. Elle finissait toujours complètement à plat. Elle en demandait trop. Cette semaine-là, la petite Rachel désirait un peu de reconnaissance de la part de sa mère.

Je venais juste d'être sélectionnée par un blog de divertissement assez confidentiel parmi une liste de vingt-cinq jeunes comiques féminines « à suivre ». J'avais envoyé le lien à ma mère, et elle m'avait répondu : *Comment ils ont fait pour te trouver ?*

Puis, quelques minutes plus tard : *Le lien marche pas.*

Ensuite : *Tu n'as rien dit de gênant, hein ?*

Enfin : *Tu ne m'as pas fait honte, j'esmère !*

La Dr Mahjoub a déclaré que si sa fille lui apprenait ce genre de nouvelle, elle serait terriblement fière.

« Ma fille n'a que onze ans, a-t-elle ajouté. Mais j'espère qu'elle réussira un jour aussi bien que vous.

— Ne nous emballons pas, ai-je répondu. Ce n'est qu'un blog. »

C'était bizarre de penser qu'il existait des mères telles que la Dr Mahjoub, c'est-à-dire des mères qui soutenaient leurs filles. Je me suis sentie jalouse de la sienne, de la chance qu'elle avait d'avoir une mère comme ça. Je lui ai dit que je n'attendais pas un déluge de compliments de la part de ma mère. Mais j'avais espéré qu'elle serait un tout petit peu contente de moi.

« Une fois de plus, vous allez chercher du lait à la quincaillerie, m'a-t-elle répondu.

— Oui, mais une quantité minuscule.

— Et c'est justement ça, le problème. Il ne faut rien espérer. »

Ne rien espérer. La simplicité de cette directive, son pouvoir fondamental, sa complète autonomie étaient enivrants. Ne rien espérer. C'était tellement clair, tellement puissant.

C'était le genre de phrase que prononce une personne qui n'attend rien des autres, à la manière d'un système fermé, d'un automate. Voilà ce que je voulais être. Un automate.

« D'accord, je vais essayer.

— Oui, essayez, a dit la Dr Mahjoub.

— D'accord ! ai-je répété. Pourquoi pas ? »

Je suis sortie du cabinet, forte, pleine d'espoir, comme enivrée. Je me suis presque mise à danser dans le parking. Ne rien espérer. C'est vrai, pourquoi espérer quand on peut choisir de ne *pas* espérer ?

Dans ma voiture, j'ai envoyé un SMS à ma mère.

Coucou. Je ne serai pas dispo pendant les 90 prochains jours. Merci.

Elle a aussitôt répondu : *Mais de quoi tu parles ?!?*

Désolée, je ne suis pas disponible, ai-je répondu.

Alors elle m'a appelée.

« Je fais détox, ai-je dit.

— Comment ça, tu fais détox ?

— Je fais détox de notre relation. Parce que ce n'est pas bon pour moi sur le plan émotionnel.

— Comment ça, pas bon pour toi sur le plan émotionnel ? »

C'était ça, le truc, avec les limites : pendant la séance, ça faisait sens, mais lorsqu'on essayait de les mettre en place dans la réalité, les gens ne comprenaient pas du tout de quoi vous parliez. Ou plutôt si, tout au fond d'eux-mêmes, ils le savaient très bien et ils se blindaient aussitôt pour afficher le plus parfait déni.

« Donc, je suis une mauvaise mère, a-t-elle conclu. Je suppose que j'ai tout fait de travers. »

Elle essayait d'ouvrir un registre dont la première entrée remontait à sa grossesse. Voilà pourquoi je n'allais jamais jusqu'à la confrontation avec elle. À présent il faudrait tout passer en revue ensemble, dans les moindres détails, jusqu'à ce que je me rétracte entièrement.

Et si, tout simplement, je refusais ?

« Je ne peux pas, ai-je répondu. Désolée, je ne peux pas. »

J'ai refermé le registre.

5

Le Relou Show était une soirée stand-up lancée à Silverlake par Nathan, mon ex-petit ami à l'université. À Madison, il nous emmenait toujours dans un bar, le Blind Willie's Hideaway, qui proposait des soirées scène ouverte. J'étais sortie avec lui par défaut, parce qu'un soir dans sa voiture, il avait posé la main sur ma cuisse et que j'étais trop affamée et trop fatiguée pour la retirer. J'avais mis fin à l'histoire quelques mois plus tard, quand j'avais eu l'énergie de retirer sa main.

Nathan avait rapidement rencontré le succès à L.A. et il animait sur la chaîne Comedy Central la première saison d'une émission appelée *Sexplication*, un jeu de charade basé sur des mèmes Internet. Il ne participait plus au Relou Show, mais grâce à lui j'y étais invitée toutes les semaines – même s'il était évident que mon style ne collait pas avec celui des habituées de l'affiche.

Les autres sentaient les adaptogènes Moon Juice, le brillant à lèvres bio et la cocaïne, tandis que moi, j'utilisais des cosmétiques cancérigènes et je suais le Coca zéro. Elles portaient des vêtements affreux exprès : des jeans à maman, des baskets à papa, des lunettes de tueur en série et des visières fluo. Moi, j'étais toujours tout en noir, l'essentiel de mes tenues venant de chez Saks Off Fifth, la chaîne de vêtements de marque à prix cassés. Je jouais les princesses juives indé ; elles étaient juste indé.

Le public était pour l'essentiel constitué de touristes. Ils adoraient que je sorte des conneries du genre : « J'envisage de faire congeler mes ovules dans une clinique de fertilité à Beverly Hills, juste pour que mes ovules puissent vivre à Beverly Hills. »

Sauf que quand trente personnes rient et que trois autres ne rient pas, ces trois-là sont bien entendu les plus importantes. J'avais envie d'écrire le style de vannes qui plaisaient au public lambda tout en montrant à mes collègues humoristes la nature fondamentalement caustique d'un talent non conventionnel. Mes nouvelles punchlines avaient pour thème les catastrophes naturelles.

« Y a quelqu'un qui vient de la côte Est, par ici ? » ai-je lancé.

Encouragements de la foule, froncement de sourcils du mec qui s'occupait des lumières.

« Comment ça se fait que vous en sachiez plus que nous sur le temps qu'il fait ici ? Ma mère m'envoie tous les jours des SMS du New Jersey pour m'annoncer ma mort imminente. "Vous venez d'entrer dans la saison sèche ! La Chaîne météo dit que quelqu'un à Pasadena vient d'allumer une bougie ! Attention !" »

La partie sur ma mère était plus ou moins vraie. Il y avait seulement vingt-quatre heures que l'opération détox avait débuté et j'étais mitraillée de mises en garde météorologiques.

Je viens de lire sur Yahoo un article sur le vent de Santa Ana ! Fais tèrs attention !!

Tremblement de terre dans le désert Mojave !!! 1,6 Tu las senti ?

Alerte tsunami !! Ne dors PAS sur la plage !!!

J'essayais de présenter au public une version de ma vie entrelardée de « mais franchement ça va » bravaches, pour transformer en expérience gérable – voire agréable ! – le désespoir latent qui me poussait à me produire devant des inconnus afin de me faire accepter. Quand le public riait de mes demi-vérités, j'éprouvais le frisson de me sentir presque exister.

J'avais suivi des études de théâtre. En première année à l'université du Wisconsin, je lâchais des diatribes enfiévrées sur l'art dramatique qui devait être le vecteur du changement social, inspirées par une série incroyable de rôles interprétés au lycée, comme ceux d'Abigail Williams dans *Les Sorcières de Salem*, de Nora Helmer dans *Une maison de poupée* et de Sheila dans *Hair.* C'était bel et bien l'avènement de l'ère du Verseau et j'allais y faire mon entrée.

À la fin de cette première année, j'avais compris deux choses. L'une, c'est qu'en réalité je n'étais pas aussi douée que ma professeure d'art dramatique au lycée, Ms Dannenfelser, semblait le croire. L'autre, c'est que je détestais tous ces connards de théâtreux. Je détestais la manière dont ils articulaient chaque syllabe même lorsqu'ils n'étaient pas sur scène. Je détestais leurs gestes affectés, l'idée que le corps était un instrument et la construction du moi une forme d'artisanat. En troisième année je ne fréquentais plus que les accessoiristes. J'ai commencé à faire des scènes ouvertes de stand-up au Blind Willie's Hideaway pour m'aider à renoncer à mes rêves. J'étais douée pour la comédie, en tout cas c'est ce que semblaient penser les clients du Blind Willie's. Après le côté artificiel du théâtre, je voulais le vrai truc. Les rires alcoolisés me paraissaient vraiment réels. J'ai décidé qu'après mes études j'irais vivre à Los Angeles, et c'est ce que j'ai fait.

J'ai débuté ma vie professionnelle à L.A. en tant que serveuse dans un petit restau végane sur La Brea, et j'ai vite compris que j'étais une très mauvaise serveuse. Je me laissais trop facilement distraire, j'étais obsédée par ce que mangeaient les clients : nachos seitan-chorizo, tostadas à l'avocat, dip épinards-artichaut. Je n'avais pas assez d'énergie pour me tenir debout toute la journée. Parfois, quand personne ne me regardait, je restais plantée là à toucher les aliments : je caressais un petit pain, une pomme de terre farcie, je massais une tortilla de blé tiède. Le jour où un steak de soja laissé intact par un client a atterri dans ma bouche, je suis rentrée chez moi et j'ai postulé à toutes les offres d'emplois assis que j'ai trouvées sur Internet.

J'ai passé un entretien avec Ofer, feignant l'enthousiasme à l'idée de « soutenir » d'autres artistes – le même genre de comédiens que je fuyais à l'université. En réalité, je cherchais juste une chaise où poser mes fesses, un refuge pour échapper à l'avalanche de donuts véganes qui menaçaient de me submerger.

6

J'étais censée brûler 3 500 calories par semaine, chiffre auquel j'étais arrivée grâce à une équation interactive mêlant de vieilles données Weight Watchers au calcul de mon apport calorique journalier et à la manière dont mes vêtements me seyaient au fil du temps. Je m'accrochais à ce chiffre de 3 500 comme à un numéro gagnant du Loto. Nul ne pouvait y toucher. Ce chiffre garantissait ma sécurité physique et émotionnelle.

Je n'étais pas sportive. Je ne courais pas, je ne nageais pas, je ne skiais pas et je ne jouais pas au foot. Je me foutais complètement de tout ce qui entrait dans les catégories « sport » ou « jeu ». Je ne voyais qu'une chose : la lueur verte des chiffres qui grandissaient – *147 cal*, *215 cal*, *319 cal* – à mesure que je pédalais sans ardeur sur le vélo classique ou elliptique.

J'allais à la gym tous les soirs, même le jeudi où, après m'être changée en sortant du boulot pour mettre ma tenue de sport, je me changeais de nouveau et revêtais mon ensemble noir pour contrer les visières fluo du Relou Show. En général je passais trois bonnes heures à la salle : une existence définie par les calories brûlées à la minute, le temps écoulé et la longueur des pas. Ce timing m'empêchait opportunément de nouer toute relation humaine intime. Même si je l'avais voulu, je n'avais tout simplement pas le temps.

C'était seulement après avoir purgé ma peine gymnique quotidienne que je pouvais me laisser aller un peu. Clouée chez moi le soir, toute seule, après une journée de calculs et calibrages réussis, je pouvais m'offrir une procession culinaire, un défilé de délices.

D'abord, un plat de spaghettis surgelés light de 240 calories, arrosés d'une cuillerée de sauce au piment sriracha. Ensuite, une patate douce de taille moyenne, cuite pendant sept minutes au micro-ondes, fourrée de trois sachets de faux sucre. Si jamais j'avais l'impression de prendre du poids, la première suspecte de la liste, c'était elle : j'étais alors obligée de me rabattre sur une patate douce plus petite pendant quelques semaines – changement triste mais nécessaire.

Après la patate douce venait le Premier Dessert : un demi-muffin light de 100 calories nappé de quatre cuillerées de chantilly light. Je mangeais tout ça debout dans ma cuisine vide tout en longueur, sur des assiettes en carton, avec des couverts en plastique. Je n'avais ni assiettes ni vrais couverts, ni poêles ni casseroles. Je possédais par contre quatre énormes verres de Noël – ornés de très jolis motifs de houx – laissés par la locataire précédente.

Avant de me coucher, mon orgie s'achevait sur un demi-litre de crème au chocolat light de 150 calories, que je passais 45 secondes au micro-ondes et que je mélangeais ensuite à une demi-tasse de céréales Special K fruits rouges. Je consommais ce délice dans mon lit, sur mon drap converti provisoirement en nappe.

Achever chaque journée sur une note d'abondance me donnait le sentiment d'être libre. Était-ce vraiment la liberté ? Sans doute que non. Mais grâce à mes rituels, je restais mince, et si le bonheur pouvait se concentrer sur une seule chose, la minceur, alors d'une certaine manière, j'étais heureuse.

7

« Vous vous rendez compte à quel point je m'en sors bien ? » ai-je déclaré à la Dr Mahjoub.

J'en étais au troisième jour de détox et je tenais bon, pourtant je m'étais rendue à son cabinet pour une séance de soutien lorsque les alertes météo de ma mère avaient pris unc tonalité plus sombre. Maintenant, je recevais des messages sous forme de questions rhétoriques soulignant combien j'étais une fille ingrate :

Qui t'a emmenée au cours d'art dramatique pour bébés au théâtre Paper Mill ?

Qui t'a consolée quand tu n'as pas eu le rôle d'Éponine ??!

Qui t'a félicitée quand tu as été prise dans le Wisconsin ?

Est-ce que je suis vraiment si horrible que ça !?!!

Elle m'envoyait une rafale de SMS, puis s'arrêtait, attendait quelques heures et recommençait. Les moments de silence étaient les pires. C'est alors que je culpabilisais. Je fermais un œil, je regardais mon téléphone et je l'imaginais se fendant en deux, comme les gens qui, pendant la shiva, déchirent un morceau de tissu. Je ne voulais pas me sentir coupable. Je ne voulais pas faire mon deuil – non seulement de nos échanges, mais aussi de l'idée que ma mère allait changer. Cela me donnait trop l'impression d'être une loseuse. Cela montrait que j'avais désiré quelque chose et que je ne l'avais pas obtenu, et donc que d'une certaine manière j'avais été rejetée. Cela signifiait que mes besoins en ce monde étaient trop vastes pour être comblés.

« C'est un bon début, a dit la Dr Mahjoub. Mais si vous voulez vraiment vous libérer de la voix de votre mère, il faut maintenant qu'on s'occupe de votre façon de vous alimenter. »

Je voyais d'après ses tuniques en coton et ses pantalons larges en lin bio que la Dr Mahjoub était le genre de femme qui mangeait quand elle avait faim et s'arrêtait une fois rassasiée. De temps à autre, je repérais un paquet de Figolu sur son bureau. Elle faisait certainement partie de ces personnes qui prenaient un vrai plaisir à déguster une poire.

« Pourquoi est-ce que je ne pourrais pas continuer comme je le fais déjà ? ai-je demandé.

— La simple survie vous suffit-elle ? Ou est-ce que vous voulez aller bien ? »

J'ai regardé un éléphant en papier mâché agenouillé au bout de sa table, la trompe en l'air, puis un triptyque multicolore d'éléphants accroché au mur. Elle les avait tous achetés en même temps, c'est sûr.

« Je vais suffisamment bien », ai-je répondu.

En sortant du cabinet, j'ai de nouveau consulté mon téléphone. Pas de message. Que se passerait-il si ma mère venait sonner à ma porte ? D'un point de vue tout à fait rationnel, je savais que c'était très peu probable. Elle était terrifiée à l'idée de prendre l'avion, et ne l'avait pas fait depuis plus de dix ans. Mais toute la nuit, j'ai attendu qu'elle se matérialise devant moi. Quelque part, j'avais envie qu'elle soit là.

Je savais que la mère que je voulais réellement voir ne serait pas celle qui débarquerait. Je tenais ça de la Dr Mahjoub – que je ne souhaitais plus jamais revoir, elle. J'en voulais à ma psy car ma mère m'épuisait. J'aurais aimé faire naître du néant l'incarnation de la mère que je désirais. Ce jeu entre espoir et réalité faisait partie du processus de deuil.

8

Ana était la seule figure maternelle qui me restait. Je désirais plus que jamais lui plaire. Je voulais qu'elle me noie sous les compliments. J'admets aussi qu'elle m'attirait physiquement. J'avais tenté de le cacher, surtout à moi-même, mais cela débordait de toute part. Chaque fois que je me masturbais, je ne pouvais m'empêcher de penser à Ana ; mais quand elle émergeait – avec ses seins géants, sa taille fine, le petit renflement juste au-dessus de sa chatte, son entêtant parfum de fleurs blanches – je bloquais son image. J'avais honte, comme si j'avais fantasmé sur ma propre mère. Pourtant, au quatrième jour de détox, alors que je me caressais mollement dans mon lit, je me suis autorisée à imaginer pleinement Ana pour la première fois.

J'étais sa fille et j'avais mal au ventre parce que j'avais mes règles. Maman Ana me cajolait et m'apportait une tasse de thé Harney & Sons au lit. J'étais allongée sous les draps frais et elle me parlait tout doucement, murmurant presque.

« Tu veux que je te caresse le ventre ? »

Elle portait un peignoir rose légèrement ouvert, et dans la faible lumière, je voyais ses seins généreux.

« Oui, ça me fera du bien. »

Elle voulait vraiment me réconforter. Elle voulait à tout prix me soulager. Elle en mourait d'envie. Je me sentais belle et choyée, tandis qu'en roucoulant elle me caressait le bas-ventre à travers mon pyjama de coton (dans mon fantasme je portais un pyjama de coton pour me branler).

« Je vais enlever ça, a-t-elle dit à propos de son peignoir. Je serai plus à l'aise pour te caresser le ventre.

— D'accord. »

Elle a ouvert le peignoir et une bouffée de fleurs blanches m'a envahie, telle une brise douce et obscène. Je sentais aussi l'odeur de sa chatte, salée, avec des relents de poisson. Ses seins étaient de voluptueux pendules avec de larges tétons aux nuances vieux rose, imposants et parfaits. Mais ce petit renflement sous sa taille, juste au-dessus de sa chatte, là où la chair s'était épaissie avec l'âge, c'est ça qui me rendait dingue. Je voulais me frotter contre son ventre, puis descendre jusqu'à ses poils : sa chatte, ni rasée ni épilée, était un épais mont de féminité brute et sombre.

Je l'entendais respirer pendant qu'elle me frottait doucement le ventre.

« Ça fait du bien ?

— Oui, ai-je murmuré.

— Parfait. »

Je commençais à avoir le sentiment qu'elle m'aimait, mais pas comme sa fille. C'est vrai, elle était nue. Mais elle n'avait encore touché aucune partie de mon corps qu'une mère aurait évitée.

« Je veux que tu te sentes bien », a-t-elle dit tout en continuant de me frotter le ventre.

Elle s'est juchée au-dessus de moi, son visage contre le mien, ses cheveux caressant mes joues. Elle a frotté son nez contre mon front, puis contre mon nez, puis dans mon cou. Ensuite elle m'a embrassée tout doucement sur la bouche. Pause. Puis elle m'a de nouveau embrassée, la bouche ouverte, cette fois. Sa langue cherchait la mienne, la goûtait, comme une fraise mûre.

C'était sûr : maman avait envie de moi ! Elle voulait me séduire et ne semblait même pas avoir honte. Si elle n'avait pas honte, alors moi non plus. Je n'étais que la fille séduite. J'étais innocente dans cette histoire.

« Tu es innocente dans cette histoire », m'a-t-elle dit.

J'adorais jouer les ingénues. J'ai entendu un gémissement sortir de ma bouche pour remplir la sienne. Doucement, elle a soulevé mon haut de pyjama et ses lèvres se sont posées sur mes tétons. J'avais l'impression d'être liquide, visqueuse, battante de désir. Je me caressais toujours frénétiquement, imaginant ce qui allait suivre. Je me suis repassé ce premier baiser encore et encore. Puis ses seins sont venus me caresser le visage. Je les ai tétés en pensant : *Nourris-moi, maman ! Pour que je puisse vivre !*

Ma vraie mère ne m'avait pas allaitée. Elle disait que je lui faisais trop mal. Je savais que si Ana avait été ma mère, elle m'aurait allaitée quand j'étais bébé. À présent, elle s'y remettait. J'absorbais autant que possible son sein dans ma bouche. Je voulais m'étrangler, m'étouffer, être entièrement remplie par son sein, jusqu'au fond de la gorge. Je tétais en émettant de petits bruits.

Elle s'est mise à cheval sur ma cuisse. Puis elle a commencé à vraiment me chevaucher. Sa cuisse frottait ma chatte par mouvements circulaires. Ses poils étaient épais et rudes. Je sentais qu'elle était mouillée, à quel point elle me désirait. Je humais son parfum de fleur et de poisson. Elle faisait tout. Je n'avais qu'à rester allongée là et à être moi-même.

Chaque fois que j'arrivais au bord de l'orgasme, je cessais de me masturber et je laissais le désir retomber un peu.

Je veux que tu me manges, ai-je songé à l'approche de la jouissance.

La mère dévoratrice, ai-je pensé en m'arrêtant.

Je veux que tu me manges, ça vient, ça vient.

La mère dévoratrice, encore, encore.

Et puis j'étais trop proche pour reculer. J'ai joui en me dissolvant dans la lumière pure.

Quand le plaisir a décru, maman Ana avait disparu. À sa place se trouvait l'office manager Ana. Elle était assise dans son fauteuil ergonomique et mangeait une salade César aux crevettes de chez Simply Salad tout en répondant au téléphone :

« The Crew, ne quittez pas. »

9

Ofer n'était pas satisfait de la boîte qui vendait les faux profils Instagram que nous achetions pour nos clients.

« Ils ne font pas assez attention à la diversité en matière de race, d'ethnicité et de genre, a-t-il déclaré quand nous nous sommes tous assis au Last Crush.

— Mais ce sont des faux profils, ai-je rétorqué.

— Ils devraient avoir l'air vrais. Au bureau, tout à l'heure, je veux que vous cherchiez d'autres boîtes qui proposent le même service. Notez leurs prix, leur ancienneté, la diversité des faux profils et... C'est quoi ce bruit de froissement ? »

Ce bruit de froissement, c'était moi. J'essayais d'extirper de son emballage un chewing-gum à la nicotine dans mon sac. D'habitude, avant chaque déjeuner pro, j'en préparais cinq à l'avance et je les mettais dans mon sac, déballés, à côté d'un morceau de papier-toilette où je déposais ceux que j'avais fini de mâcher. Comme ça, je pouvais prendre un chewing-gum sans bruit. Sauf que ce jour-là, j'avais oublié de les préparer et j'étais forcée de les extraire de leur papier métallique tandis que nous attendions l'arrivée du morceau de choix d'Ofer – un acteur nommé Jason Blagojevitch qui se faisait appeler « Jace Evans » – et ses deux agents.

Jace avait décroché le rôle principal de Liam dans une nouvelle série qui cartonnait sur CW, *Breathers*, et qui racontait le destin de trois jeunes gens sexys ayant survécu à une apocalypse de zombies. La série faisait un carton auprès des ados et elle marchait de plus en plus auprès d'un public adulte qui jouait les anti-intellectuels, mais qui était peut-être tout simplement con. *Breathers* venait d'être reconduit pour une deuxième saison, et Jace se trouvait dans une position confortable. Il n'était sorti de son bled, Akron, dans l'Ohio, que depuis deux ans.

Ofer avait commencé à représenter Jace avant qu'il ait un agent. Il avait réussi à lui faire obtenir le rôle sans qu'il soit représenté par une agence, ce qui se produisait rarement. Les agents de Jace, deux moutons qui cherchaient une place au soleil, Josh et Josh, avaient « rejoint l'équipe » juste à temps pour établir le contrat. Ils ne se seraient jamais intéressés à Jace si on ne leur avait pas mis le nez dessus, mais à présent ils se comportaient comme s'ils l'avaient inventé.

« Les meeecs ! » a grogné Ofer en se levant pour accueillir les deux Josh.

Au fond de lui, il les détestait, disait qu'ils n'avaient pas de boussole morale, mais je savais que la véritable cause de son animosité était que les deux Josh pensaient qu'il était un agent raté. Moi, j'étais contente qu'ils déjeunent avec nous. Plus il y avait de convives à table, moins on faisait attention à ce que je mangeais.

J'étais là pour prendre des notes sur mon téléphone. En réalité, je passais mon temps à compter les calories sur Google en essayant de ne pas dévisager Jace. Je n'arrivais pas à savoir s'il m'attirait. Ses cheveux me fatiguaient, il avait la moitié du crâne rasée à blanc, et sur le dessus une espèce de moumoute dressée vers le ciel. La moumoute luttait pour rester droite, tandis que son look général hésitait entre plusieurs styles : punk ou pompadour, skinhead ou sculpture, bref, sa coiffure se cherchait. Visiblement, Jace investissait beaucoup de temps et d'argent dans son identité capillaire, même si j'avais du mal à croire que les salons de coiffure aient survécu à une apocalypse zombie.

Jace, c'était le genre de mec qui donnait toujours l'impression de se balader avec un Borsalino, même quand il n'en portait pas. Il avait autour du cou deux rosaires, qui selon moi venaient de chez Fred Segal, la boutique iconique sur Sunset Boulevard. Son blouson de motard avait l'air neuf, mais avec un effet « vieilli », et à voir le nombre de bracelets en cuir et en métal qu'il portait aux poignets, on aurait dit qu'il comptait se lancer dans une bataille médiévale juste après le déjeuner. À la main gauche, il avait une espèce de tache de la taille d'une gomme. J'ai trouvé ça affreux.

« Je suis gêné par le triangle amoureux de Liam dans la prochaine saison, a dit Jace en se caressant le menton avec la main portant la tache. J'espère que les scénaristes n'en font pas le conflit central. »

J'ai noté les mots *conflit central* dans mes notes, surprise qu'il connaisse ça.

« D'accord. C'est une histoire de survie, pas d'amour », a dit Josh.

J'ai noté : *Survie, pas amour.*

« Ofer, trouvons une manière constructive de transmettre aux producteurs les doutes de Jace, a dit l'autre Josh.

— On va bosser là-dessus, a répondu Ofer. Même si je pense que ce changement de ton est plutôt flatteur. Quand Jace a été engagé, personne n'imaginait quelle star il allait devenir. À part moi, bien sûr. »

Je n'aurais pas qualifié Jace de star. Plutôt d'autocollant phosphorescent.

« Il faut juste faire en sorte que l'univers de la série reste authentique », a ajouté Jace.

J'ai noté : *Authentique*. C'était une série avec des zombies. Comment cet univers pouvait-il être authentique ?

Je ne parvenais jamais à savoir si les gens croyaient vraiment aux conneries qu'ils disaient ou pas. J'étais sincèrement perplexe – surtout lors des déjeuners de boulot, mais souvent aussi en dehors. Dans ces moments-là, j'avais envie de briser le quatrième mur et de leur murmurer : *Eh, ça reste entre nous, mais là, vous êtes sur une posture ou vous pensez réellement ce que vous dites ?*

Je me suis dit que Jace était objectivement beau gosse. Je n'avais pas forcément envie que nos parties génitales entrent en contact, mais dans un petit coin de mon esprit, ou peut-être de mon plexus solaire, je sentais qu'il me plaisait. J'avais la sensation d'être programmée, comme ces chiens qui reniflent la drogue, pour obtenir son aval.

Ce que je voulais par-dessus tout, c'est que ce canon officiel reconnaisse en moi un autre canon, afin de vérifier une bonne fois pour toutes que j'en étais un. Ce n'est pas que les mecs lambda ne me trouvaient pas sexy. Mais qu'un canon officiel m'adoube ? C'était trop la classe.

« Peut-être qu'il faudrait qu'on rappelle à la chaîne que Jace a aussi des fans ailleurs », a dit Josh.

J'ai noté : *Fans.*

« Il a des fans chez Netflix, chez Universal, a ajouté l'autre Josh. Il a des superfans chez Universal, et du côté des studios, également. »

J'ai noté : *Fans fans. Superfans.*

Jace s'est alors tourné vers moi.

« Merci de prendre des notes. »

Il faisait comme si c'était un choix de ma part. Mais bon, il avait l'air sympa. Enfin, il en avait les moyens. Il était au centre de l'attention. S'il avait été à ma place, s'il n'avait pas été l'objet de toutes les convoitises, est-ce qu'il aurait été aussi gentil ?

« Pas de problème », ai-je répondu en regardant le mot BEEF écrit sur le mur du fond, au-dessus de lui.

Le Last Crush cultivait un côté circuit court merdique qui m'évoquait toujours la mort par pendaison : des poutres en bois, des ampoules qui se balançaient au plafond comme des pendues. Ces ampoules basse conso étaient assez nombreuses pour illuminer un stade. Franchement, qui avait besoin d'autant de lumière ?

« Du pain ? » m'a proposé Jace en approchant une corbeille de glucides menaçante près de ma tête.

J'ai imaginé qu'une horde de zombies envahissaient le restaurant, éclaboussant de sang et de pus les dalles de pierre et les murs faussement rustiques, jusqu'à en imbiber le pain. Quelle cervelle dégusteraient-ils en premier ? Sans doute celle de Jace, car c'est lui qui avait le plus de fans.

« Non, merci », ai-je répondu.

10

La Dr Mahjoub refusait que je rompe avec elle par téléphone. « Si vous voulez mettre un terme à votre thérapie, il est important que nous rendions hommage au travail que nous avons accompli ensemble lors d'une séance finale. »

Moi, je ne voulais rendre hommage à rien du tout. Pourtant, j'étais là, assise en face d'elle, et entre nous se trouvaient quatre pots d'un truc appelé « Terrapeuthique antimicrobienne à modeler ».

« Rachel, s'il s'agit de notre dernière séance, j'aimerais que nous essayions quelque chose d'un peu différent. J'espérais que vous seriez disposée à faire un peu d'art-thérapie. »

Je n'y étais pas disposée. Mais l'argile, elle, semblait m'attendre.

« Au cours de nos séances, j'ai noté quelques mots que vous avez utilisés pour décrire votre corps, a-t-elle dit en se raclant la gorge. *Amorphe.*

Hors de contrôle. Dégoûtant. Explosif. Ce genre de termes révèle selon moi une profonde dysmorphophobie…

— Non, je n'ai pas peur d'exploser.

— C'est le mot que vous avez utilisé.

— Je parlais du futur. Je ne veux pas en arriver là. À l'explosion.

— Donc, il serait plus juste de dire que ces qualificatifs décrivent ce que vous… redoutez de devenir.

— C'est ça.

— Mais pas la vision que vous avez de vous-même.

— Pas aujourd'hui.

— Très bien. J'aimerais quand même essayer cette approche, si vous êtes d'accord. Je voulais vous demander de sculpter une image de vous-même. J'espérais que nous pourrions identifier de manière visuelle et tactile la différence qu'il y a entre la façon dont vous vous percevez et l'image que vous donnez réellement à voir aux autres…

— Vous voulez que je fasse un autoportrait ?

— Oui. Mais à présent, je pense qu'il serait plus productif et plus éclairant si vous acceptiez de sculpter pour moi – enfin, en réalité, pour vous – une représentation de vos peurs futures. Qui est cette femme hors de contrôle que vous redoutez tant de devenir ? À quoi ressemble-t-elle ?

— Vous voulez que je sculpte un corps ?

— C'est cela. »

Est-ce que j'avais une tête de Michel-Ange ? Je n'avais aucune envie de faire ça. Seulement il y avait encore trente-six minutes à tirer avant la fin de la séance.

J'ai ouvert la boîte de Terrapeuthique rose, j'ai sorti l'argile et je l'ai écrasée entre mes mains. J'en ai pris un morceau et j'ai fait une tête ronde. Puis je l'ai posée sur la table basse en verre de la Dr Mahjoub. Avec le reste d'argile, j'ai commencé à former un tronc. D'abord, un énorme ventre et des seins gigantesques. Mais je n'avais pas assez d'argile, alors j'ai ouvert la boîte bleue. Puis la verte. J'ai confectionné de grosses cuisses, des jambes aux mollets ronds, un cul immense. Je prenais de plus en plus d'argile pour modeler une géante psychédélique.

Je me suis laissé complètement absorber par ma sculpture. En fait, j'aimais ces sensations : la fraîcheur de la matière, la manière dont elle réchauffait mes mains, le fait de ne pas réfléchir, de laisser mon instinct s'exprimer pour créer cette grosse femme. J'ai aussi compris tout en travaillant que je ne représentais pas ce que je craignais de devenir, mais une forme que je connaissais déjà. Un corps qui avait toujours vécu en moi. Et qui était destiné à sortir au grand jour. Mais le plus effrayant, c'était combien mes mains aimaient ça.

J'ai utilisé le reste de la boîte jaune pour lui faire des cheveux. Puis j'ai montré la sculpture à la Dr Mahjoub.

« Voilà, ai-je dit. Vous êtes contente ?

— Très contente, Rachel. J'apprécie vraiment la bonne volonté avec laquelle vous vous êtes livrée à cet exercice. D'ailleurs ça a eu l'air de vous plaire, non ?

— Ça va.

— Bien. Laissez-moi vous poser une question. Ce corps, cette créature que vous avez modelée, c'est elle qui est pour vous "amorphe, explosive, hors de contrôle" ?

— Je sais pas. Je l'ai fait parce que vous me l'avez demandé.

— D'accord, a dit la Dr Mahjoub en rajustant son sabot pour pieds sensibles. Permettez-moi encore de vous demander : est-ce ainsi que vous vous imaginez si…

— Non. C'est juste… un truc. »

Je n'avais pas envie de lui dire que, quelque part, j'avais le sentiment que cette sculpture faisait partie de moi, qu'elle en était directement issue.

« Moi, je la trouve très jolie, a repris la Dr Mahjoub. Vous ne trouvez pas qu'elle est jolie ?

— Ça va.

— Oui, je la trouve vraiment très jolie. Et je pense qu'elle est digne d'être aimée – plus que ça, même, non ? Vous ne trouvez pas ?

— Quoi ?

— Vous ne pensez pas qu'elle est digne d'être aimée ?

— Ouais, ai-je répondu, les joues brûlantes. Sans doute. »

Je pleurais. Je me sentais en colère, piégée. Cette séance était censée être une séance de clôture, pas d'art-thérapie.

Je suis sortie en trombe, sans même payer. En arrivant à ma voiture, je me suis aperçue que je tenais toujours à la main cette stupide statuette d'argile. J'ai ouvert le coffre et je l'ai enterrée sous un tas de vieux vêtements.

« Putain d'art-thérapie. »

11

Détox, jour 7, je suis allée chez Yo!Good chercher mon demi-litre de dessert sans garniture, et j'ai découvert que le garçon orthodoxe n'était pas là. À sa place, une femme qui devait avoir mon âge – peut-être un peu plus jeune, vingt-deux ou vingt-trois ans. Elle avait la peau très pâle, des yeux bleu clair et une natte blonde comme les blés. Ses sourcils étaient d'or, ses cils presque blancs. À cause de son teint très clair, ses autres traits étaient surprenants – j'avais oublié que des lèvres pouvaient être roses, et en regardant sa bouche je me le suis rappelé.

Sur l'une de ses joues roses et rebondies, un petit grain de beauté, tel un morceau de caramel échappé du bar à toppings. Le rosé naturel de sa carnation s'étendait jusqu'au grain de beauté, le baignant d'un coloris qui interagissait avec lui. Dans son cou, un triangle de grains de beauté plus sombres : une goutte chocolat noir sur sa pomme d'Adam, bordée de deux autres, chocolat au lait, sur la gauche. Elle avait l'air à la fois juive et pas juive – pourtant, elle dégageait quelque chose de distinctement juif, l'essence du shtetl que seule une autre Juive peut-être pouvait détecter.

Par-dessus tout, elle était grosse : indéniablement, irréfutablement grosse. Elle n'était pas gironde, potelée ou grassouillette. Elle était plus que dodue ou plantureuse. Elle était si grosse que cela dépassait toutes mes craintes concernant mon propre corps.

Mais on aurait dit qu'elle ne le savait pas ou qu'elle s'en fichait. Si elle avait voulu dissimuler son corps, elle aurait porté un vêtement noir et large. Bien au contraire, elle était attifée d'une robe droite en coton bleu pâle, couvrante parce qu'elle avait des manches longues et lui descendait jusqu'aux chevilles, mais qui révélait tous ses bourrelets, poignées d'amour et autres plis. Le tissu souple se tendait et scintillait en moulant ses hanches et son cul. Elle avait des seins énormes – bonnet F ? G ? –, mais la robe ne les flattait en rien. C'était comme s'il y avait eu d'un côté la robe, de l'autre côté les seins, et que ni l'une ni les autres n'avaient voulu coopérer.

Elle m'a surprise en train de la regarder et m'a dit : « Qu'est-ce que je peux vous servir ? » Elle m'a dit ça d'un ton aimable et plein d'énergie, comme si elle se moquait complètement que je l'aie ainsi dévisagée.

« Je prendrai du cappuccino 0 % sans sucre, avec du cheesecake 0 % sans sucre. Dans un pot médium. »

Elle a pris un grand pot.

« Non. Médium. Le 50 centilitres. »

Elle a reposé le premier pot pour en prendre un médium.

« Oh, et remplissez-le jusqu'en haut mais pas plus. Je veux dire, pas au-delà du bord. »

Elle a acquiescé pour montrer qu'elle avait compris. Puis elle a actionné le levier et j'ai entendu la machine se mettre à ronronner. Je l'ai observée qui tournait le pot à mesure que la glace se déversait. Elle était à l'aise, précise, ne laissant pas de poche d'air, exactement comme j'aimais. Mais alors que le niveau de la glace s'approchait dangereusement du bord, elle n'a pas semblé ralentir.

« Ça ira », ai-je dit doucement.

Elle ne s'est pas arrêtée. La glace a fait un tour complet au-dessus du bord.

« C'est bon ! » me suis-je écriée d'une voix forte.

Elle a relâché le levier de la machine, interrompant la coulée de yaourt. Puis elle s'est retournée vers moi.

« Le prix dépend du pot, pas du poids. Vous ne paierez pas plus pour ce qui déborde.

— Ah, ai-je fait d'un ton détaché. D'accord. »

Elle a de nouveau actionné le levier et la glace s'est remise à couler. Les volutes s'empilaient de plus en plus haut, formant un donjon crémeux et luisant qui dominait le pot.

« Quelle garniture vous voulez ? a-t-elle demandé, car visiblement elle n'avait pas fini de détruire ma vie.

— Euh, pas de garniture. Ça ira comme ça.

— Rien du tout ?

— Non, j'aime ma glace nature. »

Elle m'a lancé un regard incrédule, mais je me fichais bien de ce qu'elle pensait car j'avais un autre problème sur les bras. Il y avait maintenant un litre de glace dans mon pot d'un demi-litre. Il me fallait déterminer une stratégie.

Je pouvais déguster l'hémisphère nord jusqu'au bord, puis jeter la moitié sud. Sauf que c'était trop triste. Et une fois commencé, qui voudrait s'arrêter, hein ? Ce serait beaucoup plus simple de me débarrasser de la moitié supérieure de ma glace et de manger tranquillement le reste. Mais comment faire ? Je ne pouvais pas me livrer à ce genre de chose devant elle. Je devais procéder à cette amputation délicate à l'extérieur.

J'ai trouvé une poubelle sur le trottoir, mais là, j'ai été confrontée à un autre problème : elle n'avait pas d'ouverture suffisante. C'était l'un de ces chefs-d'œuvre du mobilier urbain californien, doté d'une fente insignifiante. Impossible de balancer le trop-plein de glace d'un seul coup. Je pouvais y aller cuillerée par cuillerée, sauf qu'il me fallait cogner la cuillère sur quelque chose pour faire tomber le yaourt. Hors de question qu'elle touche la poubelle.

J'ai donc pris un peu de glace sur le dessus. Puis j'ai tapé la cuillère contre mon téléphone, juste au-dessus de la fente. Les secousses ont suffi à faire tomber la glace. J'ai repris une cuillerée. Tapé contre mon téléphone. Cuillerée. Téléphone. J'étais si concentrée que je n'ai pas vu arriver Andrew, le fan de NPR, sur ma droite.

« Salut, Rachel », a-t-il dit.

J'ai levé les yeux, en pleine opération. Il portait des lunettes de soleil et des écouteurs. Un rictus s'affichait sur son minuscule visage. Il ne s'est pas arrêté.

Donc, ce connard m'avait surprise en flagrant délit. J'ai éprouvé une sensation de honte, comme si on avait violé mon intimité. J'ai prié pour qu'il ne comprenne pas ce qu'il avait vu. Une chose est sûre : c'était vraiment bizarre.

Enfin, mon pot de glace était prêt. Je pouvais manger en paix et avec une bonne dose de dégoût de moi-même. Debout au soleil, j'ai commencé à lécher le bord, puis je suis passée au rituel de la cuillerée que je faisais aller d'avant en arrière entre mes dents. Café et cheesecake, c'était un bon mélange. Carrément sublime.

12

L'incident de la poubelle a marqué le début d'une phase nouvelle : l'ère du *yogurtus interruptus*. Les jours suivants, le garçon orthodoxe n'est pas revenu travailler. À sa place, toujours la même fille gironde et ingérable.

Chaque fois qu'elle arrivait au bord du pot, je criais : « OK ! » ou « C'est bon ! » ou « Arrête ton char, Ben-Hur ! »

Mais mes appels au secours étaient traités avec mépris et elle ne faisait qu'accélérer. Ensuite, elle me mettait sous le nez cette montagne de glace en me rappelant : « C'est au pot, pas au poids. »

J'ai essayé d'aller chez Yogurt World. Le pot faisait la taille d'un dé à coudre.

Un amuse-bouche, me suis-je dit à moi-même. *C'est petit, c'est chic, sooo Frenchy !* Sauf que je n'étais pas française.

Je suis retournée chez Yo!Good avec une nouvelle idée en tête. Une fois servie, je suis allée dans la ruelle derrière le magasin pour éliminer le trop-plein dans leur poubelle à eux. Ensuite, j'ai pu profiter de mon dessert en toute quiétude, entourée de mouches, au milieu des relents puants de vieilles poubelles.

C'était une solution horrible et géniale, et tout a parfaitement fonctionné – jusqu'à ce que je me fasse prendre en flagrant délit de décapitation d'une glace beurre de cacahuète et cookie dough.

« Votre glace n'est pas bonne ? » a demandé la plantureuse vendeuse.

Elle tenait deux gros sacs-poubelle.

« Non, ai-je aussitôt répondu. Je suppose que j'aurais dû en rester au café-cheesecake. »

Elle a hoché la tête, pris une cigarette et l'a portée à sa bouche. Ça faisait bizarre de voir quelqu'un fumer à L.A. Elle fumait des cigarettes aux clous de girofle, mes préférées depuis toujours. À la grande époque où j'étais anorexique, j'en fumais en buvant du chocolat chaud, et je comptais ça comme un repas. Mais pour cette femme, fumer n'équivalait sûrement pas à un repas. Elle fumait parce que… elle aimait ça.

Je contemplais les volutes qui sortaient de sa bouche. On aurait dit qu'elle exhalait la forme d'un arbre, un flot épais pour le tronc, puis de plus petits pour les branches.

« Vous en voulez une ? » m'a-t-elle proposé.

Et en effet, j'en avais envie, alors j'ai dit oui. Elle l'a allumée pour moi et j'ai songé qu'elle me donnait chaque fois des choses à mettre dans ma bouche. Cette fille était-elle mon pire cauchemar ?

Mes yeux se sont de nouveau posés sur les trois grains de beauté dans son cou. J'ai éprouvé le désir étrange de les téter.

Enfant, j'avais trois grains de beauté semblables. Ils étaient positionnés à l'intérieur de mon bras droit, en dessous du pli du coude. Ses grains de beauté à elle étaient plus gros que les miens, mais dans les deux cas, si on les avait reliés avec un stylo, ils auraient créé une forme proche de celle de la Grande Casserole.

J'avais détesté mes grains de beauté : leur proéminence, leur bizarrerie, la manière dont ils attiraient l'attention sur mon bras potelé. J'aurais préféré qu'ils soient situés à l'extérieur. L'intérieur du bras était une partie si tendre et vulnérable, c'était encore plus honteux que de l'autre côté.

J'avais eu mal quand la dermatologue m'avait fait une anesthésie locale pour me les retirer avec un engin qui ressemblait à une perforatrice. Mais j'étais euphorique à l'idée de ne plus les subir. À présent, sur l'intérieur de mon bras se trouvaient trois petites cicatrices blanches – chacune tel un nuage minuscule. Il y avait des années que je ne leur avais pas prêté attention.

« Vous travaillez ici à temps plein maintenant ? ai-je demandé pour essayer de comprendre la situation.

— Je remplace mon frère Adiv. Il est parti en voyage en Israël. »

Et elle s'est arrêtée là. *Il est parti en voyage en Israël.* Elle s'exonérait de toute responsabilité, genre : *Il éprouve des sentiments mitigés vis-à-vis de la situation politique.* Ou : *Ce n'est pas un voyage subventionné par les associations juives.* Ou encore : *Personnellement, je suis pour le boycott, le désinvestissement et les sanctions.*

« La boutique appartient à ma famille. Toute la chaîne Yo!Good. Je fais des remplacements là où il y en a besoin. Au fait, je m'appelle Miriam. »

C'était aussi mon second prénom en hébreu. Je m'appelais Rachel Meredith, et la version en hébreu était Rachel Miriam. Je ne le lui ai pas dit.

« Moi, c'est Rachel. Je suis surprise de te voir fumer.

— Parce que je suis croyante ?

— Ouais. Et parce qu'on est à L.A. C'est cool de rencontrer quelqu'un qui n'a pas peur du cancer. C'est vrai, quoi, la vie est assez longue comme ça.

— Tu es drôle, a-t-elle dit sans rire. Les Juifs orthodoxes fument. Et boivent. J'adore boire. Des Mai Tai.

— Des Mai Tai ?

— C'est un cocktail tropical.

— Je sais ce que c'est. Ça me paraît juste un choix intéressant.

— Tu es juive ?

— Oui. Mais je suis une mauvaise Juive. Très, très mauvaise, même.

— Moi aussi. » Elle s'est mise à rire. « Mais tu manges casher ?

— Non », ai-je dit en tirant une bouffée de ma cigarette : c'était chaud, sucré, avec un parfum de cannelle.

« Ah. Moi, oui. »

Elle avait beau dire qu'elle était une mauvaise Juive, ce n'était pas du tout dans le même sens que moi.

« Il y a un restau chinois casher sur Fairfax qui fait les meilleurs Mai Tai. Le Golden Dragon. Tu y es déjà allée ? »

J'ai secoué la tête en essayant d'imaginer comment ce serait d'être comme elle : boire et manger tout son soûl. Je me suis demandé si elle mangeait des pâtés impériaux, des crêpes chinoises à la ciboule, tous ces trucs frits. J'étais sûre que oui.

« Tu bois de l'alcool ?

— Absolument, ai-je répondu, même si en réalité je ne buvais pas à cause des calories.

— Moi, j'adore ça. Surtout quand on boit en famille. On est huit, dont six enfants. On rigole bien. »

Je n'avais jamais imaginé que les Juifs orthodoxes puissent rigoler – je voyais plus en eux l'incarnation du sexisme et des règles de vie strictes.

« Oui, ça m'en a tout l'air.

— On est grave *meshugas*. »

Elle a éclaté de rire.

Puis elle a soufflé un autre arbre de fumée.

« Et toi, tu es proche de ta famille ? »

13

Au treizième jour de détox, mon père m'a appelée.

« À quoi dois-je ce plaisir ? » ai-je demandé.

J'étais debout dans la salle de bains, les cheveux mouillés, et je venais de finir mon Petit Déjeuner n° 1 sous la douche.

« Rachel, je ne sais rien de cette histoire de "détox", mais tu ferais mieux d'appeler ta mère tout de suite. »

Si elle avait mis mon père dans le coup, c'est qu'elle était désespérée.

« Dis-lui que je vais bien.

— Je suis content que tu ailles bien. Mais là n'est pas la question. Le problème, c'est qu'elle m'appelle tous les jours pour tout me raconter ! »

Que ça nuise à mon père m'était pénible. Il était rare qu'il désapprouve quoi que ce soit. À l'époque où mes parents étaient encore ensemble, jamais il ne s'élevait contre la manière dont ma mère fliquait mon alimentation. En revanche, pour compenser, il m'emmenait dans des restaus où l'on pouvait se gaver à volonté de junk food. Après leur divorce, il avait épousé une céramiste, Christina (pas juive), et il avait déménagé dans les montagnes du Berkshire. Je ne le voyais plus que quelquefois par an, mais je n'avais pas de problème relationnel avec lui. Même s'il n'était pas là, je savais où on en était, lui et moi.

Quand il venait me voir pour mon anniversaire ou pour Hanouka, on bâfrait toute la journée. On allait manger dehors midi et soir : un troquet du coin, un restau chinois, ou une ferme-auberge avec une vraie grange où on servait des épinards à la crème, du maïs à la crème, des gaufres. Ensuite, on passait au magasin de bonbons et au supermarché pour m'acheter plein de saloperies. Ma mère me laissait vingt-quatre heures pour évacuer tout ça, après quoi, elle jetait ce qui restait. J'aurais aimé pouvoir cacher mes trésors, mais dès que j'arrivais à la maison, elle faisait l'inventaire.

La seule fois où je me suis sentie triste après le départ de mon père, c'était lors de mon dixième anniversaire. Après qu'il m'a ramenée à la maison, je me suis mise en pyjama et je suis retournée à la cuisine me délecter de mes richesses. J'avais encore vingt-trois heures et j'étais bien déterminée à manger tout ce que je pouvais.

En fouillant dans le sac du supermarché, j'ai découvert une boîte que je n'avais pas vu mon père acheter. Une de ces boîtes qui contenaient toutes sortes de minipaquets de biscuits apéritifs : Cheetos, Doritos, bretzels. Dessus était marqué en grosses lettres rouge et jaune : MÉLANGE APÉRITIF.

Mais qu'est-ce que c'était ? Il semblait avoir choisi un cadeau-surprise rien que pour moi. Pendant que j'étais scotchée à la machine à granité, il avait dû inspecter les rayons, ses lunettes sur le bout du nez, en se posant encore et encore la question : *Qu'est-ce qui ferait vraiment plaisir à Rachel ?*

Et soudain, ses yeux de papa étaient tombés là-dessus : *Mélange apéritif*. De sa main de papa, il l'avait attrapé. *Mélange apéritif* ! Peut-être même qu'il avait murmuré ces mots à voix haute : « Le Mélange apéritif – ah oui, ça devrait vraiment lui plaire. »

« Mélange apéritif, Mélange apéritif », avais-je dit, debout dans la cuisine, mangeant tout en pleurant.

C'étaient pour moi des mots magnifiques. Et dévastateurs aussi.

« Rachel, tu as mis le haut-parleur ? Tu m'entends ? a demandé mon père.

— Désolée. »

L'eau dégoulinait de mes cheveux sur l'écran de mon téléphone, et je savais que ça m'empêcherait de swiper pendant des jours.

« Je t'en prie, parle-lui. Fais-le pour moi. Pour que j'aie enfin la paix.

— Je ne peux pas. Plus de magasin de bricolage ?

— Quoi ?

— Rien. »

J'ai regardé mon visage mouillé dans le miroir. Mes traits devenaient-ils déplaisants ? J'avais l'impression que mon cou avait épaissi.

« Pour moi non plus, ce n'est pas facile, ai-je dit.

— Et donc…

— Écoute, ce n'est pas parce que quelque chose est douloureux que ça ne fait pas du bien.

— Euh… Qui a dit ça ? Benjamin Franklin ? »

14

Un vrai miracle s'est produit. Adiv est revenu.

« Shalom ! me suis-je exclamée en le voyant derrière le comptoir.

— Shalom », a-t-il répondu, l'air interloqué.

Jamais, j'en étais certaine, aucune cliente n'avait été si heureuse de voir Adiv de retour à son poste. C'était mon buisson ardent, mon arche de Noé avec la colombe en bonus. J'allais redevenir capitaine de mon dessert : plus de pression sociale pour des extras, ni de yaourt de conversation.

Je me demandais comment s'était déroulé son voyage en Israël, quel était son point de vue. Mais une transaction alimentaire n'offrait guère l'opportunité de demander : *Donc, vous pensez quoi de la solution à deux États ?*

« Je vais prendre le parfum cheesecake », ai-je dit, oubliant toute discussion sur le devenir des territoires.

À cet instant, Miriam est sortie de la pièce du fond.

« Salut, Rachel ! a-t-elle lancé en faisant signe à son frère qu'elle allait s'occuper de moi.

— Oh, bonjour.

— Rends-toi utile, va déballer les cônes bretzel », a-t-elle dit à Adiv, qui s'est exécuté.

Je l'ai regardée attraper un pot médium et actionner le levier de la machine. La glace a commencé son ascension, spirale montant jusqu'au bord, puis elle a gagné l'espace inhospitalier au-dessus. C'est alors qu'elle a transcendé son royaume en s'élevant à des hauteurs nouvelles impensables, atteignant un sommet à des kilomètres de son point de départ. Même pour Miriam, ça dépassait tout ce qu'on pouvait imaginer.

« J'aimerais t'offrir la garniture de ton choix, a-t-elle ajouté. Parce que ta dernière glace ne t'a pas plu.

— Je te remercie, mais ça ira.

— Allez. Il y a bien quelque chose que tu aimes ? Des perles de sucre ? Je vais en mettre un peu par-dessus, juste un peu.

— Arc-en-ciel », ai-je dit sans réfléchir, et puis j'ai pensé : *Et merde !*

Je l'ai vue faire pleuvoir les perles sur le yaourt, et pour la première fois, j'ai remarqué qu'elle avait de très jolis ongles : lisses, en amande, très soignés. Elle ne se les rongeait pas comme moi, habitude compulsive que j'avais prise dans l'enfance, à croire qu'il s'agissait d'un en-cas. Désormais je mettais du vernis rouge pour m'en empêcher, mais je finissais par ronger le vernis aussi – et je recrachais des petites brisures rutilantes.

Quand elle m'a donné mon pot, chaque centimètre carré de cette montagne de glace était recouvert de perles arc-en-ciel. C'était magnifique, sans le moindre espace vide, comme si la glace elle-même était un arc-en-ciel : aucune séparation entre elle et la garniture. Pareille beauté m'a fait songer un instant que les choses auraient toujours dû être ainsi.

J'ai contemplé ce chef-d'œuvre sculptural entre mes mains. J'avais envie de l'embrasser, de le toucher avec ma langue et mes lèvres pour explorer toutes ces minuscules textures, bref, j'avais envie de me le faire. Rien qu'en tenant le pot, j'ai été renvoyée dans un passé rempli de perles. Je me suis souvenue qu'il s'agissait en réalité de minuscules morceaux de sucre glace, que l'on pouvait laisser fondre dans la bouche et sucer jusqu'à ce qu'ils deviennent liquides, achevant l'un des grands cycles de transformation de la vie.

« Tu vois ? a dit Miriam. Tout le monde aime les toppings. »

Je lui ai souri, je me sentais très faible. Alors, comme mue par une force surnaturelle, j'ai approché cette majestueuse montagne de ma bouche, je l'ai léchée, et j'ai mordu dedans.

« Mmmmmmmmm, ai-je dit la bouche pleine. Merci. »

J'ai fermé les yeux. Les perles étaient si délicieuses, elles fondaient sur ma langue, et ma gorge a commencé à les réclamer.

Quel mal y a-t-il ? Quel mal y a-t-il ? disait ma gorge. *Pourquoi serait-ce si mauvais d'avaler ?*

Bien sûr, je savais quel danger il y avait à avaler. Les perles étaient gorgées de sucre et il n'y avait aucun moyen de savoir combien en contenait chaque bouchée. D'un coup de langue à l'autre, il serait impossible de calculer mon apport calorique.

Prise de panique, j'ai tourné les talons et je suis sortie. J'espérais garder tout ça dans ma bouche assez longtemps pour atteindre la poubelle sans avaler. Sauf que quand je suis arrivée devant, mes lèvres ont refusé de s'ouvrir pour tout recracher. Je suis restée plantée là, et tout a coulé dans mon gosier.

Alors, horreur ! je me suis retrouvée, la langue plongée dans l'interstice entre la glace et le pot, où un petit tas de perles s'étaient amassées, et je les ai léchées. Je ne me suis pas arrêtée là, j'ai gobé les gouttes de glace fondue qui formaient avec les perles un mélange visqueux. Je les ai attrapées très vite, et j'ai avalé, avalé encore, à croire que c'était la manière la plus rapide de m'en débarrasser.

Et pendant que je mangeais, je m'observais – comme si j'étais suspendue au-dessus de moi-même, coupée en deux. Une partie de moi était en train de se goinfrer. L'autre l'observait, sous le choc. *Arrête ! Arrête !* s'écriait mon moi observateur, mais c'était sans effet.

J'étais tout entière absorbée par la glace, mes cinq sens baignant dans ses gouttelettes et ses volutes : j'avais franchi la porte du royaume du yaourt, plus de pensée ni de vision ni de son, rien que du yaourt et des perles, toute peur ou hésitation totalement éclipsée par la sensation, le croustillant, la langue qui lèche, le sucre qui fond, la divine sensation de nettoyer chaque côté du pot avec ma langue – dureté et moelleux, douceur, et encore plus de douceur –, un prisme de beauté sur la Terre et dans le ciel, et moi, le moi planté sur la Terre, je n'étais plus qu'une bouche géante et une langue, mangeant et mangeant, et tout ça pour une seule raison : le plaisir pur.

Je ne sais pas combien de temps je suis restée devant cette poubelle, à lécher, avaler, dévorer. Je sais simplement que quand mon corps et mon esprit ont de nouveau été réunis, la première chose que j'ai remarquée, c'est cette odeur fétide de détritus en plein soleil. J'ai eu peur, et puis la honte m'a envahie, brûlante. C'était vraiment arrivé. J'avais tout mangé. Tout ce qui restait, c'était une goutte au fond, avec deux perles qui flottaient : une rose et une bleue. Je les ai attrapées avec ma cuillère et j'ai enfourné cette dernière bouchée.

Quelque chose en moi avait pris le dessus, m'avait possédée, une sorte de fantôme transmis par Miriam, ou un démon caché qui avait patienté pendant toutes ces années et qui soudain s'était réveillé. Je n'avais pas perdu le contrôle ainsi face à la nourriture depuis l'âge de seize ans. Je croyais que le démon était mort.

Non, ce n'était pas vrai. J'avais bien senti en moi pendant toutes ces années la présence de cette créature qui attendait le bon moment pour me faire ouvrir la bouche et engouffrer le monde dans mon gosier. Toutes ces restrictions, tous ces efforts pour me contrôler, alors que chaque jour j'avançais sur la pointe des pieds à la lisière de la faim, avaient pour objectif de garder le démon enfermé : dormir tard pour repousser le moment de manger, tout écrire, manger des glaçons, éviter les amis. Mais, concentrée sur tous ces efforts, j'avais oublié ce qui rendait le démon si dangereux : quand il s'emparait de vous, quel pied !!!

En retournant au bureau, je suis passée dans le parking. J'ai ouvert le coffre de ma voiture et fouillé, énervée, dans le sac de fringues où j'avais balancé la statuette que j'avais fabriquée au cours de la séance d'art-thérapie. Putain de Mahjoub ! Je lui en foutrais, moi, des hommages à notre travail ! J'ai sorti deux robes noires, un tee-shirt noir sale et une paire de vieilles Nike. Pas de sculpture. Un chemisier noir avec un trou à la manche, une brassière, un escarpin noir en cuir de bonne qualité, une jupe noire. Le sac était vide.

Toujours pas de statuette. Peut-être qu'elle était tombée du sac et s'était égarée dans le coffre ?

C'était tellement le bordel là-dedans. Ce machin pouvait se trouver n'importe où dans ce tas de merde ! J'ai commencé à tout sortir, à tout poser par terre : des lunettes, un carton de pots de fleurs cassés, mon diplôme universitaire, un pack de Coca zéro, du liquide pour essuie-glaces, une roue de secours, mon exemplaire égaré de *Pensez avant de parler, lisez avant de penser* de Fran Lebowitz, trois canettes vides de Coca zéro. Pas de sculpture. Elle avait disparu.

15

Nous étions invités à une soirée avec toute l'équipe de *Breathers* pour fêter la nouvelle saison. Je redoutais ce genre d'événement. C'était toujours plein de minces professionnelles, payées pour être minces, des super-hyper-minces. Je savais qu'il me serait impossible de maigrir suffisamment pour atteindre une telle minceur sans souffrir davantage encore. Sur l'échelle de la souffrance, j'en étais à 7,5. Je n'avais pas envie de monter à 9 ou à 10. Mais quand j'observais les super-hyper-minces, j'oubliais cette souffrance et voyais seulement combien ce cocon d'absence de chair les protégeait de tout jugement, de toute douleur ou honte. En regardant les super-hyper-minces, je pensais : *Sécurité.*

Ofer se comportait comme s'il me faisait une faveur en m'emmenant avec lui – comme si ce genre de cirque m'intéressait. Une fois sur place, il se mettait en mode réseautage et je n'existais plus.

Je suivais son crâne chauve tandis qu'il évoluait à travers la pièce, reniflant les talents insatisfaits : des acteurs et actrices dont les agents n'en faisaient pas assez pour eux – l'éternelle plainte.

Je mourais de faim. Je craignais à tout moment que ma main et ma bouche ne fomentent une alliance secrète et que, à l'insu de ma conscience, ma main attrape un petit-four sur le plateau d'un serveur : les mini-roulés à la saucisse, les bouchées de gaufres au poulet et les petites pizzas rustiques étaient partout en embuscade. Ma barre protéinée était en planque au fond de mon sac, prête à me préserver de la faim. Mais impossible de la sortir dans cet endroit bondé, débordant de nourriture.

Je devrais aller la manger dans les toilettes. Franchement, ça ne me gênait pas. À choisir, je préférais largement déguster une barre protéinée dans les toilettes que passer une heure à un cocktail sous les regards intrusifs des autres. Au moins, aux toilettes, on avait une pièce à soi.

Hélas, dans ces toilettes-là, il n'y avait que deux cabinets. Une femme occupait déjà l'un d'eux. Je suis entrée dans le second, je me suis assise et j'ai attendu. Je voulais qu'elle parte, craignant de faire du bruit en mangeant. La barre était tendre, essentiellement composée de protéines de lactosérum, et non de céréales ni de quoi que ce soit de croustillant. N'empêche, j'avais besoin d'être seule.

Ma voisine a fini de pisser, mais une autre femme est entrée et a immédiatement pris sa place. Et une troisième à sa suite. Elle ne faisait aucun bruit. Elle est restée là, assise en silence pendant très, très longtemps. Je savais qu'elle attendait elle aussi que je sorte pour faire ce qu'elle avait à faire. On était coincées toutes les deux, ni l'une ni l'autre ne voulant céder.

Je crevais de faim. C'était maintenant ou jamais – j'allais la laisser gagner. Dans la plus grande discrétion, j'ai sorti la barre protéinée de mon sac. Déchirer l'emballage ne s'est pas fait sans bruit. J'espérais que ma voisine imagine que c'était un tampon. Avec le plus grand soin, j'ai mordu dedans et essayé de mastiquer en silence. La salive dans ma bouche produisait un son juteux. C'était le moment d'abandonner et de déclarer forfait. J'ai pris ma deuxième bouchée avec plus d'entrain et j'ai mâché naturellement.

Soudain, j'ai entendu une série de pets jaillir du cabinet voisin, puis le bruit de la merde qui tombe dans la cuvette, assurément de la diarrhée, et enfin une nouvelle série de pets. Je me suis demandé si ma voisine était mortifiée, sachant que j'entendais tout. Quel sentiment excitant ! J'étais heureuse que pour une fois la honte ne retombe pas sur moi ! Puis l'odeur m'a frappée. Je ne savais plus quoi faire. Finir ma barre dans ce nuage de puanteur ? Retourner à la fête en proie aux vertiges à cause de l'hypoglycémie ? Entendre une nouvelle salve de merde tomber dans la cuvette m'a coupé toute envie de manger. J'ai quand même avalé ma bouchée, fourré la barre protéinée dans mon sac, et j'ai tiré la chasse d'eau même si je n'avais pas fait pipi.

Je me suis lavé et séché les mains, puis j'ai repris le bout restant de ma barre, je l'ai déballé et fourré tout entier dans ma bouche. Ensuite je suis sortie des toilettes, la bouche pleine, façon hamster.

« Salut, Rachel. »

Jace Evans. Impossible d'ouvrir la bouche. Je sentais déjà une goutte de salive se former aux commissures de mes lèvres. Je lui ai fait coucou sans m'arrêter, mais il s'est planté devant moi.

« Y a quelqu'un dans les toilettes des femmes ? Il y a un type enfermé dans celles des mecs depuis dix minutes. Je dois parler aux journalistes, mais faut vraiment que j'y aille d'abord.

— Mmm-hmm », ai-je dit, lèvres serrées, protubérantes, comme si j'avais un protège-dents. J'ai levé deux doigts pour lui faire comprendre qu'il y avait déjà deux personnes chez les femmes.

« Ah, d'accord. Et… ça va ?

— Mmm-hmm », ai-je de nouveau répondu en essayant d'attirer un peu plus en arrière la boule protéinée géante dans ma bouche. Impossible d'avaler ça sans m'étrangler. Ça avait la consistance d'un énorme caramel. D'instinct, dès qu'elle a touché mes molaires, je me suis mise à mastiquer.

« Tu manges toujours dans les toilettes ? » m'a demandé Jace.

16

« Où est Adiv ? ai-je demandé à Miriam, alors qu'elle m'accueillait au comptoir avec un grand sourire.

— Il fait ses valises.

— Ah bon ?

— Il retourne en Israël. Entraînement de base. Il part faire son service militaire.

— Oh. »

Son service militaire ?! La situation était plus inquiétante que je l'imaginais. Je n'aurais sans doute pas dû être surprise. Adiv avait l'air du genre à suivre les ordres. Au moins, il savait honorer une commande de yaourt glacé, ce qu'on ne pouvait dire de Miriam.

« Écoute, ai-je lancé d'un ton ferme et solennel avant même qu'elle s'approche de la machine. Je veux vraiment que ma glace ne déborde pas du pot.

— D'accord », a-t-elle répondu en haussant les épaules.

Elle a donc rempli le pot, en dépassant le bord seulement de quelques centimètres – sans doute par dépit.

« Quelle garniture tu veux ? »

Donc, le petit jeu continuait.

« Pas de garniture, merci.

— Tu n'as pas aimé les perles la dernière fois ? »

Oh si, je les avais aimées !

« C'était bon. Mais je préfère sans.

— Peut-être que tu devrais essayer un autre topping alors ?

— Non, ça ira.

— Écoute, laisse-moi te préparer une glace spéciale. Si ça ne te plaît pas, je te servirai ton pot sans garniture et sans dépasser le bord, exactement comme tu veux. »

C'était de la coercition, de l'intimidation à grand renfort de caramel écossais. J'avais envie de lui dire d'aller se faire voir, qu'elle était en train de détruire une partie sûre et délicieuse de mon petit univers. Sauf qu'une autre partie de moi – la partie débridée qui avait léché les perles, le démon de mes faims insatiables d'autrefois – se sentait libérée par son enthousiasme.

J'ai ouvert la bouche et j'ai dit : « D'accord. »

Miriam a répété : « D'accord. »

Elle m'a adressé un grand sourire, le visage lumineux, pareil à l'éclat d'une bougie. J'ai senti mon anxiété s'évanouir. Envolées, la peur qu'elle soit là pour ruiner ma vie, la suspicion qu'elle veuille me faire disparaître de moi-même, me faire me détester, m'envoyer tournoyer dans l'infini, transformée en néant, en blob, si grosse qu'il serait impossible de me voir autrement que par bouts, si peu maniable qu'on ne pourrait plus me serrer dans les bras, n'étant plus rien qu'un vide surpassant tout le reste, n'étant plus rien que la dévastation, plus rien que la mort. Je l'ai regardée sourire et j'ai pensé : *Amour.*

Elle s'est approchée en silence du bar à toppings dans sa longue robe bleue, la même qu'elle portait la première fois où je l'avais vue. J'ai suivi le tracé des nombreuses courbures de son corps tout du long, jusqu'à terre. Qu'allait-elle faire ? J'avais peur. Combien de fois avais-je confectionné des sundaes dans ma tête, sans jamais penser que mes fantasmes pourraient se réaliser ? Je n'avais d'ailleurs jamais eu envie qu'ils se réalisent. Je croyais que ces fantasmes n'étaient pas dangereux car ma muraille intérieure était très solide. C'était un rempart épais, totalement sous contrôle. Et puis, elle a soulevé le couvercle du fudge chaud de sa main pâle, sorcière face à son chaudron, et pas un chaudron allégé, en plus, mais plein d'un bon vieux fudge à l'ancienne. Elle a pris la louche. Je l'ai regardée verser trois grosses louches de sauce au sommet de la glace, qui s'est aplanie sous l'effet de la chaleur, tandis que le fudge dégoulinait le long de ses flancs, tel un volcan en éruption. Après chaque louche, je pensais qu'elle allait s'arrêter, mais non, elle en a ajouté une quatrième, puis une cinquième, le yaourt devenant Vésuve. Elle a marqué une petite pause, puis a poudré l'ensemble d'une couche de cacahuètes pilées. Elle a terminé par de la crème fouettée – juste une cuillérée – et un filet de coulis de fraise.

Elle venait de me préparer un sundae. C'était le sundae parfait tel qu'on en voyait dans les bars à sodas des années 1940 et les magazines de déco vintage. C'était un morceau du passé, un mets d'une autre époque, un voyage dans le temps au comptoir de chez Yo!Good. C'était innocent, un truc de gosse. La gâterie qu'on prépare pour une enfant afin de la remercier du simple fait qu'elle existe.

Quand elle m'a donné le pot, nos mains se sont touchées. Ses doigts étaient d'une douceur incroyable.

« Merci », ai-je dit.

Je ne savais pas quoi faire. J'avais oublié comment on disait non, mais aussi comment on faisait pour manger. Ma main me picotait ; le pot était lourd. J'étais incapable de l'approcher ou de l'éloigner de moi. Ce contact direct avec elle m'avait paralysée. Peut-être qu'en me touchant, elle m'avait jeté un sort.

Cuillère, ai-je pensé. *Prendre. Cuillère.*

Je me suis vue attraper une cuillère dans la boîte sur le comptoir. D'un geste raide, je l'ai prise, puis plongée dans le sundae. J'ai pénétré dans la crème fouettée et le fudge jusqu'à la glace en dessous. Je voulais goûter à tout en même temps : le yaourt, le fudge, le coulis de fraise, la crème fouettée et les cacahuètes pilées. J'ai approché la cuillère de ma bouche. Qui savait quoi faire. Elle s'est ouverte. J'ai enfourné la bouchée.

Le goût était une véritable symphonie, tant de saveurs différentes en une seule. D'abord, les cacahuètes se sont mélangées à la fraise, comme dans un sandwich confiture-beurre de cacahuète. Puis le fudge s'est mis à jouer avec les cacahuètes, recréant l'essence d'un Snickers. La crème fouettée et la fraise formaient leur propre paradis : un délice de petit gâteau à la fraise. J'ai goûté tout ensemble, mais aussi séparément. Les saveurs coexistaient de manière harmonieuse, chaque ingrédient préservant sa propre identité.

« C'est bon ? a-t-elle demandé.

— Mmm », ai-je répondu.

J'ai pris une autre bouchée, je l'ai savourée, puis avalée.

« J'adore. Tu sais vraiment composer les sundaes.

— Merci. Quand on travaille ici, on finit par savoir quels sont les parfums qui s'harmonisent le mieux. La prochaine fois que tu viens, je te préparerai ma glace spéciale. Je l'appelle Peppermint Plotz.

— Ça a l'air super. »

Puis elle a désigné sa bouche : « Tu as un petit peu de chocolat ici », a-t-elle dit en riant.

J'admirais ses lèvres pâles, semblables à ces vermicelles pastel de chocolat blanc qui servent de garniture. J'ai rattrapé le chocolat d'un coup de langue et j'ai dit merci, réalisant soudain que cette maladresse ne me causait pas le plus petit embarras. Je n'avais pas été renvoyée du monde du plaisir vers celui de la honte. Je me sentais innocente, telle une petite fille qui n'a rien fait de mal. Et j'étais trop mignonne dans ma joie et ma maladresse.

En sortant de la boutique, je savais déjà ce qui allait se passer ensuite. Il n'y avait aucun moyen de calculer combien de calories contenait ce sundae. Je pouvais tenter une estimation, mais le coulis de fraise, le fudge au chocolat et les cacahuètes étaient difficiles, voire impossibles à quantifier. J'avais franchi la ligne jaune, ne serait-ce que ce jour-là, et je ne pouvais plus faire machine arrière.

J'allais donc m'octroyer une journée entière où je pourrais manger ce que je voulais : toutes ces choses dont je m'étais privée pendant des années. La journée avait déjà été terrassée par un sundae, la seule étape logique après ça, c'était de l'enfouir sous des monceaux de nourriture. Certes, ça revenait à me couper la tête au prétexte que j'avais la migraine. Mais j'en avais tellement marre de ma tête.

17

Le premier endroit où je me suis arrêtée, L'Immaculée Confection, était une boulangerie devant laquelle je passais tous les jours en allant au bureau et en en revenant. J'y suis entrée et j'ai acheté une part de gâteau à la mousse au chocolat recouvert de fondant au chocolat noir, une tranche de carrot cake surmontée d'une couche de glaçage au fromage blanc, un cookie aux M&M's, un cupcake jaune avec un glaçage au chocolat, un cookie avec des pépites de chocolat de la taille de ma tête et un seul cannoli. Tout ça pour 34,20 dollars, mais j'étais si fière d'être une personne mince achetant tous ces gâteaux – une putain de merveille de la nature qui mangeait, mangeait, sans que ça se voie à son corps – que j'ai été heureuse de payer.

J'ai emporté la boîte de gâteaux jusqu'à ma voiture, profondément enfoncée dans les entrailles du parking souterrain. Puis je me suis assise et j'ai mis le chauffage. J'ai fourré deux doigts dans le glaçage du carrot cake et je les ai léchés. J'ai commencé à mélanger et assortir, à tremper : le cookie aux M&M's dans le glaçage au chocolat, le cookie aux pépites de chocolat dans la crème du cannoli.

« Hrrrrrrrrrm ! » ronronnais-je en fourrant les gâteaux dans ma bouche, et je me sentais libre et sauvage.

J'ai pris le cupcake et je l'ai appuyé contre mon visage à la manière d'un oreiller. C'est alors qu'une vague de nausée m'a envahie. J'aurais voulu, juste pendant quelques heures, avoir un estomac infini. J'aurais aimé pouvoir saisir le souvenir de cette journée et le glisser dans une boule à neige remplie de glaçage. Ensuite, après être retournée à ma vie de calculs caloriques, je pourrais toujours me rappeler cette orgie et me délecter de sa magnificence.

J'ai songé qu'il me fallait quelque chose de très savoureux pour casser le goût du sucre. J'ai rangé les cookies et les gâteaux à demi mangés dans la boîte, puis j'ai tout remisé sous le siège passager.

« À tout à l'heure ! » ai-je dit aux pâtisseries en me léchant les doigts une dernière fois.

Ensuite, je me suis arrêtée chez Dr. Burrito. J'avais vu des gens manger là des burritos si tranquillement que je me demandais comment ils faisaient – comment garder son calme face à un aliment aussi riche ? Les burritos avaient toujours l'air délicieux, comme des bébés tout chauds emmaillotés dans des couvertures. J'avais envie d'en prendre un et de le tenir contre ma joue, ou de le mettre sur mon épaule pour l'apaiser.

J'ai commandé le burrito poulet verde : des morceaux de poulet juteux mijotés doucement dans une sauce verte, du guacamole, de la crème aigre, du fromage, du riz espagnol et des haricots noirs. Je n'étais pas encore physiquement en état de consommer mon bébé tout de suite, alors j'ai décidé de simplement le porter.

« Voilà, voilà, gentil petit tas de haricots et de fromage. Tu es attendu. »

À deux rues du bureau, une pizza au fromage m'a interpellée par une fenêtre.

Rachel ! a-t-elle dit. *On est faites l'une pour l'autre.*

Je suis entrée et j'en ai mangé une énorme part, assise derrière la vitrine. Je voulais que les autres clients me voient. J'étais une femme qui s'enfilait de la pizza et qui parvenait à rester svelte. J'étais une créature fascinante, un vrai miracle. La garniture était tendre et la croûte croustillante. Mais je commençais à avoir du mal à avaler. J'avais l'impression d'être un dépotoir. Toutes ces choses que j'avais mangées, la glace, les pâtisseries, la pizza, s'empilaient les unes par-dessus les autres, tour chancelante dans ma gorge.

J'ai pensé à la Rome antique où, paraît-il, les gens se faisaient vomir pour pouvoir continuer à manger. Je m'y étais essayée à plusieurs reprises, surtout quand j'étais jeune et que je me faisais des orgies de bouffe, mais sans jamais y parvenir. J'enfonçais mes doigts dans ma gorge, et tout ce que j'obtenais, c'étaient des larmes, de la salive, du mucus, un visage rouge et la sensation que ma tête allait tomber dans les chiottes. Je toussais un peu, parfois j'émettais un rot humide, mais mon ventre refusait de lâcher. Lorsqu'un aliment était descendu dans mon œsophage, mon corps le retenait prisonnier et refusait de le laisser repartir.

J'avais connu plus de succès avec les laxatifs. J'en prenais un juste avant de me coucher, celui parfumé au chocolat, et je plongeais dans le sommeil, la pâte au cacao fondant sur ma langue. Puis, au matin, mon cul sonnait l'alarme. Je fonçais aux toilettes à moitié endormie, et m'éveillais tout à fait en chiant des coulées de feu. Tout le reste de la journée, je devais me faire porter pâle car je bondissais de toilettes en toilettes comme un crapaud en folie. Les laxatifs exigeaient un investissement à temps plein, c'était un second job, et l'effort n'en valait jamais vraiment la peine. Je perdais une demi-livre de flotte, que je reprenais le lendemain. Au bout du compte, j'ai arrêté la purge – n'y revenant que de manière très occasionnelle avec des diurétiques ou un seul suppositoire secret.

J'avais envie de vomir. J'ai jeté l'assiette en carton et je suis repartie avec mon burrito. Mais au lieu de retourner au travail, je me suis retrouvée dans un magasin de bonbons appelé Miam-Miam.

J'y étais déjà venue une fois et je m'étais accordé exactement 180 calories de friandises. Cette fois, je me suis servie sans compter : Dragibus, chocolats Hershey's, candy corn, fais péter les bonbecs ! Je me suis lâchée sur les œufs Cadbury et j'ai fait une moisson de cerises Haribo.

Je me suis attardée auprès d'un immense bocal qui contenait des petits disques crayeux blanc et violet, de la taille d'une piécette. Ils étaient apparus dans un film que j'avais vu un jour, qui racontait l'histoire d'un garçon en phase terminale. Je ne savais plus de quelle maladie il était atteint, mais je me rappelais très bien que sa mère lui apportait en cachette ces fameux disques à l'hôpital pour essayer de le faire manger.

« Je t'ai apporté tes friandises préférées », disait-elle. Existait-il un mot plus empreint de mélancolie en pareille situation ?

Enfant, j'avais vu beaucoup de malades (pas en phase terminale) parmi mes amies, ainsi que la nourriture délicieuse que leur donnaient alors leurs mères pour les aider à aller mieux. J'avais prié pour avoir une angine (crème glacée), une gastro (Coca), la varicelle (bain à la poudre d'avoine), la grippe (bouillon de poule aux vermicelles), les oreillons (sucettes), une rage de dents (glaces à l'eau), un rhume tout bête (encore du bouillon de poule aux vermicelles), des maux de gorge (miel). Hélas, j'étais affligée d'une parfaite santé.

Je faisais semblant de vomir dans les toilettes, je feignais de cracher, je me mouchais à vide, me tenais la gorge à deux mains.

« Aïe, aïe ! Rhaaa ! » J'en faisais des tonnes. « Du miel. J'ai besoin de miel.

— Tu vas très bien, disait ma mère. Et le miel, ça fait grossir. »

On aurait dit que j'avais passé la première moitié de ma vie à tout faire pour obtenir du miel, puis la seconde moitié à fuir le miel. Je me suis demandé ce que j'aurais fait de cette vie si elle n'avait pas été définie par ces lignes de conduite. La liberté me semblait énorme, monstrueuse.

J'ai apporté au bureau mon sac de bonbons et mon burrito, et je les ai rangés dans mon tiroir. Puis je suis allée voir Ana pour savoir si on avait remarqué mon absence.

« Je ne pense pas. Ofer est à une réunion cet après-midi, un genre de discussion sur "comment rendre les scénarios plus LGBTQ-friendly".

— Ofer est gay ?

— Non, il exprime le point de vue de celui qui soutient la cause.

— Ah.

— Comme si quelqu'un avait besoin de son soutien. »

Je me suis mise à rire, l'estomac lourd. C'était étrange d'avoir tellement changé, tout en sachant qu'Ana ne pouvait rien soupçonner. J'ai attendu qu'elle soit au téléphone pour aller faire réchauffer mon burrito dans la cuisine. Je ne voulais pas qu'elle me voie utiliser le micro-ondes ainsi qu'une vulgaire collègue, empuantissant la pièce.

Après avoir réchauffé mon burrito, je l'ai posé sur mon bureau avec plusieurs sauces. Les cactus qui me protégeaient des regards intrusifs d'Andrew montaient toujours la garde, mais ça n'avait plus d'importance. Je me sentais dans un tel état de langueur et de retenue face à ce burrito, l'estomac déjà plein après mon festin, que je pouvais me contenter de le déguster par petits morceaux que je plongeais dans la sauce, telle une personne normale. Je voulais que mon collègue me voie ainsi, incarnation du détachement. Oui, je faisais un one-woman-show où je jouais une personne qui pouvait manger un burrito, ou pas, rien d'extraordinaire, une personne qui gardait sa bouffe sous le coude, qui n'avait pas peur, pas d'obsession, une femme sans troubles alimentaires, pour qui manger n'était qu'un moment parmi d'autres dans une vie bien remplie, et le burrito un simple accessoire, un détail avec lequel on pouvait s'amuser, une simple idée de second, voire de troisième ordre.

N'empêche, la journée est passée beaucoup plus vite avec le burrito et les bonbons à portée de main. J'ai songé combien ma vie au boulot serait plus agréable si je faisais ça tous les jours. L'existence était moins glauque quand on la regardait à travers le tunnel d'un burrito. Y avait-il des gens qui vivaient comme ça en permanence ?

Chez moi, j'ai continué à manger pendant toute la soirée : de la crème de fromage Easy Cheese, des nouilles rondes SpaghettiOs, un demi-paquet de Doritos saveur Cool Ranch – le tout acheté au supermarché 7-Eleven –, plus le reste des bonbons et des pâtisseries ainsi qu'une grosse portion de nouilles sautées thaï. J'ai mangé, mangé jusqu'à ce que minuit sonne, alors j'ai jeté tout ce qui restait. J'ai même porté le sac-poubelle jusqu'aux containers dehors, et tout est parti aux ordures.

Ensuite je me suis couchée avec l'impression d'être une baleine, une grosse dondon, tout en me sentant parfaitement bien : tranquillisée, rassasiée, comme après une très bonne baise. La dernière chose que j'ai faite, c'est prendre un chewing-gum à la nicotine. J'ai souri, calé le chewing-gum entre mes molaires et ma joue, et j'ai doucement basculé dans le sommeil.

18

Mon alarme a sonné et je me suis réveillée en proie à la plus grande terreur. Je ne me souvenais plus très bien de ce qui s'était passé la veille, mais je savais que ça n'allait pas du tout. J'ai fait défiler dans ma tête tout ce que j'avais mangé, et je pouvais sentir encore le goût de certaines choses dans ma bouche, parmi les remontées acides de la nourriture non digérée : une bouffée de sauce mexicaine, une nouille ronde SpaghettiOs. J'avais mal au ventre de haut en bas, comme si je devais évacuer un énorme caca qui serpentait à l'intérieur en faisant des nœuds et en décrivant des volutes sans fin. Mais le pire, c'était au milieu, là j'éprouvais une sensation de vide étrange malgré la quantité incalculable de nourriture que j'avais ingurgitée. Mon estomac s'était agrandi, il était désormais trop vaste. Je ressentais le besoin de manger davantage pour revenir à ce qui m'avait fait mal, pour me calmer après tout ce que j'avais fait.

Remplis-moi, me disait mon ventre. *Donne-moi quelque chose pour me soulager.*

Mais il était hors de question d'y consentir. Je n'avais plus de balance chez moi. À l'époque où je prenais des laxatifs, je me pesais dix fois par jour, chaque fois que j'allais chier ou pisser. J'avais bien retenu la leçon de cette forme de torture : si j'avais une balance chez moi, je ne m'en sortirais jamais. Mais là, j'avais l'impression d'avoir pris près de cinq kilos. J'ai décidé que pendant les trois jours suivants, je ne me nourrirais plus que de barres protéinées afin de garder le contrôle parfait du nombre de calories que j'avalerais. Je me trouvais répugnante. J'imaginais tout ce que j'avais absorbé bouillonnant dans mon estomac et commençant à cheminer tranquillement vers les différentes parties de mon corps : mes hanches, mon ventre, mes bras. Allais-je ressembler à Miriam ? Allais-je devenir une fille en yaourt glacé : douce, molle, fondante ?

J'ai songé à la Dr Mahjoub et à la statuette disparue. Je ne croyais ni aux recettes de développement personnel, genre *Le Secret*, ni aux tableaux de visualisation, ni à la visualisation créatrice, ni à aucune autre de ces conneries typiquement californiennes. Et pourtant je me demandais s'il était possible que j'aie, d'une certaine façon, *Secret*-é cette femme.

Ce soir-là, j'ai tapé sur Google *poupée vaudoue*. J'ai atterri sur une page de ventes entre particuliers qui montrait toutes sortes d'horribles bonshommes en pain d'épices ressemblant à des poupées – faits main à Brooklyn. J'ai tapé ensuite *poupée vaudoue juive* et je suis tombée sur un article sur l'antisémitisme en Turquie. J'ai essayé *Frankenstein juif* et j'ai eu droit à la biographie de Mel Brooks. Puis j'ai tapé *monstre juif*.

Un golem (hébreu : גולם) est une créature anthropomorphique animée du folklore juif, créée grâce à la magie à partir de matière inanimée – en général de l'argile ou de la boue. Le golem possède une infinité de significations et peut être utilisé comme métaphore de ce que son créateur recherche dans l'existence.

Bon, les sundaes de yaourt glacé n'étaient certainement pas ce que je recherchais dans l'existence. J'ai poursuivi ma lecture :

Le plus célèbre golem aurait été créé par Juda Loew ben Bezalel, rabbin de Prague au XVIe *siècle, qui l'aurait fabriqué pour défendre les Juifs des attaques antisémites. Certaines personnes pensent que le golem existe. D'autres, qu'il est symbolique et fait référence à un éveil spirituel.*

Sur une de ses représentations, le golem ressemblait à King Kong. Sur une autre, il avait quelque chose de massif : le Géant vert, ou André le Géant. Sur aucune d'elles, il ne ressemblait à

Miriam ou à moi, ou à une version de moi enfant, ou à la femme psychédélique que j'avais fabriquée chez la Dr Mahjoub, et encore moins à du yaourt glacé.

J'ai googlé *Rabbi Juda Loew ben Bezalel* et j'ai trouvé un portrait de lui. Il était vieux, avec une barbe qui lui tombait jusqu'aux pieds. Il souriait. Il avait l'air gentil.

19

On dit que le mieux est l'ennemi du bien, que si vous luttez pour obtenir mieux, vous ne voyez pas le bien. Je n'étais pas d'accord. Je n'aimais pas le bien. Être « bien », c'était être médiocre. Je voulais aller au-delà de la médiocrité. Je voulais être exceptionnelle. Pas d'une taille « moyennc ». J'aspirais à mieux que ça. Et par *mieux*, je voulais dire « moins » que ça.

Mais suivre mon régime de barres protéinées n'était plus aussi facile à présent. J'avais l'impression de passer par les différentes phases du deuil. Le matin, je souffrais du vide. On aurait dit que l'intérieur de mon estomac s'était dilaté pour atteindre la taille d'un stade géant et que je mourais d'envie de remplir les tribunes. Ensuite venait la résolution : je me sentais telle une championne, me frayant un chemin jusqu'à la barre protéinée du déjeuner, puissamment poussée par la haine de moi-même. Avec l'après-midi c'était le retour de la faim, à laquelle succédait l'épuisement. Les heures qui séparaient les barres protéinées n'en finissaient pas. À la salle de gym, je manquais m'évanouir. La nuit, dans mon lit, je ne dormais pas, je voyais des légumes, du jus de tomate, des cornichons, du sel : n'importe quoi qui ne soit pas sucré comme ces écœurantes barres à base de lactosérum.

Au bout de deux jours, je suis retournée au Subway et j'ai autorisé les légumes de la salade à me caresser le palais. Je suis rentrée lentement au bureau sous le soleil en me disant qu'il y avait malgré tout quelques vérités en ce monde. J'ai décidé que l'amour, c'est quand on a quelque chose en bouche qui ne fait pas grossir. Le désir, c'est quand on a quelque chose en bouche qui fait grossir. La peur, c'est le lendemain du jour où on a eu en bouche quelque chose qui fait grossir. La peur, c'est quand vous mangez votre ration de calories pour une période donnée et que vous avez encore faim. La peur, c'est quand vous ne vous sentez plus capable de suivre votre régime.

En m'approchant du bureau, je me suis figée sur place. La voiture de ma mère était garée un mètre plus loin. Je l'ai aussitôt reconnue : une Volvo blanche avec une plaque du New Jersey. Elle avait traversé tout le pays pour venir me voir.

« Oh non », me suis-je lamentée.

Mais ce n'était pas la voiture de ma mère. Elle appartenait à un type qui ressemblait à Jay Leno. Assis à l'avant, il vapotait. L'idée m'a vaguement effleurée que ma mère s'était transformée en une version vapoteuse de Jay Leno, ou bien que ce type lui avait piqué sa bagnole. J'ai regardé de près la portière côté passager. Celle de la Volvo de ma mère avait été légèrement emboutie – pas celle-ci. J'ai eu subitement envie de frapper à la fenêtre pour parler avec ce mec, comme si le fait qu'il avait la même voiture que ma mère les liait d'une manière ou d'une autre. Comme si cela nous liait, nous.

Je me suis rappelé, quand autrefois je regardais dormir ma mère, combien elle paraissait innocente avec ses mains glissées sous l'oreiller. Dans ces moments-là, elle ressemblait à une petite fille et j'avais le sentiment que rien n'était de sa faute – tout n'était qu'un enchaînement de peurs transmises de génération en génération. Alors, je pensais : *Tu lui montreras comment mieux t'aimer en étant plus aimante avec elle.* Mais c'est plus facile d'être aimante vis-à-vis d'une personne endormie.

J'ai fait un pas en direction du bureau, puis j'ai regardé de nouveau Jay Leno. Il était au téléphone et hurlait sur quelqu'un. Il a soufflé de frustration, s'enveloppant d'un épais nuage de fumée : une apparition *Los Angeles style.* J'ai mis la main sur la poignée de la porte du bureau. Soudain j'ai fait volte-face et je suis partie chez Yo!Good.

20

J'ai ouvert la porte de la boutique, le carillon s'est mis à tinter et j'ai cru que j'allais m'évanouir. J'avais l'habitude des vertiges. C'était le prix à payer quand on limitait son apport calorique. Parfois, même, j'aimais ça, car c'était la preuve que ça marchait. Il m'arrivait aussi d'avoir la sensation d'être défoncée quand je lâchais prise et que j'acceptais d'être tout simplement là. À d'autres moments, les étoiles mettaient du temps à disparaître et je craignais de devenir aveugle. Mais cette fois, j'ai retrouvé tout de suite ma clarté d'esprit, enfin, c'est ce que j'ai cru, car lorsque les astres se sont dispersés, j'ai eu une espèce de vision ou de projection extérieure.

Ce que j'ai vu à cet instant, c'est une énorme 'hallah, le pain brioché et tressé du shabbat. Elle était bien plus grande et bien plus grosse que moi, peut-être 2,2 mètres de hauteur pour 1,2 mètre de largeur. Un golem brioché. La 'hallah était nature, sans raisins, la croûte luisante de miel. Elle n'avait pas de visage, pourtant j'avais l'impression qu'elle me souriait, chacun des brins de la tresse était aussi éclatant qu'un sourire. La 'hallah s'est alors mise à bouger, allant et venant en se dandinant comme si elle voulait m'inviter à danser.

Je me suis vue faire un pas vers elle pour accepter cette invitation. Je voulais la serrer tout entière dans mes bras, appuyer le visage contre sa croûte brillante, plonger dans son cœur d'œufs et de pâte, la tête la première. Mais cette 'hallah magique me réservait une surprise encore meilleure. Plus je m'approchais de ce corps au parfum de miel, plus je devenais légère. À croire que la 'hallah était une sorte de lune qui bouleversait mon sens de la gravité. Je me suis vue m'élever en l'air, en lévitation, tourner sur le côté, puis faire une pirouette, cul par-dessus tête, volant au-dessus de cette magnifique brioche. J'étais un simple satellite en orbite autour de la 'hallah. Je me sentais à la fois céleste, mystique, comme si j'appartenais à un tableau magique, semblable à ceux de Chagall où les gens flottent les uns au-dessus des autres en une danse glorieuse. Sauf que je ne dansais pas avec une personne, mais avec une 'hallah.

J'ai entendu Miriam s'écrier : « Bonjour ! »

Le carillon tintait toujours. Je me suis aperçue que j'avais les pieds vissés au sol. À la place de la 'hallah, il y avait Miriam. Le visage luisant de sueur, prismatique, à croire qu'elle était elle-même couverte de miel. J'étais heureuse de la voir.

« Tu ne peux pas résister à mes sundaes, hein ?

— Non, ai-je répondu en souriant. Je n'arrive pas à résister à tes sundaes.

— Je vais t'en préparer un meilleur encore. Tu es prête pour le Plotz ?

— Allons-y. »

Je l'ai observée examiner son royaume de yaourt glacé. Elle s'est léché la lèvre inférieure à plusieurs reprises, et chaque fois je sentais une onde me traverser, plus forte que la sensation de paix inspirée par sa présence, plus grande que la joie procurée par cette vision de la 'hallah. C'était du désir. J'avais envie de coller ma bouche contre la sienne, d'aspirer sa lèvre inférieure, de l'approcher de moi, de serrer son corps contre le mien, de renifler son cou pour connaître son odeur, de sentir son ventre généreux contre le mien, de me trémousser contre elle, de me frotter.

Ah putain, ai-je pensé. *Je la kiffe, cette fille.*

21

Je n'avais couché qu'avec deux femmes. La première, c'était Zoe, une fille du cours de théâtre, durant ma deuxième année de fac. Le jour de la remise des diplômes, elle avait déjà baisé avec tout le département, et mon tour est venu lors d'une soirée réservée à la troupe de *La Cerisaie*. J'étais tout excitée. Je fantasmais sur les femmes et je me demandais si j'étais bisexuelle, voire lesbienne. J'avais toujours préféré me masturber plutôt qu'avoir des rapports avec des mecs.

Zoe portait une casquette gavroche sur son carré blond. Je me souviens de la lui avoir ôtée pour la mettre sur ma tête, et d'avoir trouvé que j'étais trop stylée. J'ai aimé l'odeur de son cou, musquée et aromatique, quand je l'ai embrassée. Mais une fois chez elle, très vite je me suis ennuyée. Elle avait la peau étrangement caoutchouteuse. Elle était plus mince que moi et ses hanches anguleuses me faisaient mal. Sa chatte n'avait pas le goût que j'escomptais. Je l'imaginais dégageant des arômes de mousse, de fromage, d'océan peut-être. Mais elle était acidulée, presque amère, pareille à un kumquat. J'ai évité de plonger ma langue trop loin en elle et je me suis concentrée sur son clito. Je me suis bien débrouillée. Elle a eu deux orgasmes, qui n'étaient pas simulés car j'ai senti les muscles de son vagin se contracter.

Quand ça a été à elle de s'occuper de moi, j'étais prête à rentrer pour manger mes neuf bretzels comme tous les soirs. Elle a franchement essayé de me faire jouir, mais je ne cessais de penser à mes neuf bretzels. Finalement, c'est moi qui ai simulé – j'ai fait semblant de jouir sur son visage ainsi qu'elle l'avait fait avec moi, contractant les muscles de mon vagin exprès pour qu'elle croie que c'était pour de vrai. Je voulais mes bretzels !

Au cours de ma troisième année de fac, j'ai poursuivi de mes ardeurs une dénommée Cait pendant un demi-semestre, j'étais raide dingue d'elle. Cait était la militante du campus, je la suivais à des manifs contre le changement climatique et à des conférences sur le capitalisme responsable. À cause d'elle, je me suis chargée de gérer les temps de parole lors des rencontres de l'alliance LGBTQ, j'ai fait la promo d'un concert électro d'Arabic Dabke sponsorisé par les Étudiants pour une Palestine libre, et j'ai participé au projet d'une installation vidéo à la cafète, qui s'appelait *Spring Forward: the eMPower Sessions* et dont l'objectif consistait à « explorer la relation entre le trauma émotionnel, la synesthésie et la tyrannie de l'iPhone ».

J'étais tellement obsédée par l'idée de Cait que la vraie Cait ne pouvait être à la hauteur. La première fois que je lui ai retiré son soutien-gorge, je me suis aperçue qu'on avait exactement les mêmes poitrines. Un truc de ouf ! Nos seins étaient parfaitement identiques : de la taille de grosses tangerines, avec de petites aréoles rouges et de gros tétons semblables à des pastilles Valda. Quand je les lui pinçais et suçotais, j'avais l'impression de pincer et de suçoter mes seins à moi. Sauf que je n'étais pas amoureuse de moi-même au point d'avoir envie de sucer mes propres nichons.

Cait a senti ma réticence et elle s'est accrochée. Moins je la contactais, plus elle m'envoyait des émojis cœurs et des messages du genre : *Ça va ?* On aurait dit qu'une partie de moi-même – ce besoin d'approbation et de reconnaissance que je méprisais tant – tentait de m'asphyxier. Me retrouver en l'autre ? C'était bien la dernière chose que je voulais.

J'ai recommencé à sortir avec des mecs en fantasmant sur des filles pendant qu'on baisait. C'était plus facile comme ça. L'expérience vécue avec des meufs n'était pas à la hauteur de mes espérances, par conséquent pourquoi faire mon coming out en tant que bisexuelle ou pansexuelle ou je ne sais quoi d'autre ? Nathan me léchait pendant une demi-heure à l'arrière de son Kia Sorento tandis que, le temps de jouir, je pensais à

Cait, sauf que là elle avait des nichons différents et qu'elle ne faisait pas attention à moi. En réalité, les filles me donnaient du plaisir tant que je ne couchais pas avec elles. Mais dès qu'elles s'intéressaient à moi, c'était fini.

22

Le Peppermint Plotz était un fantasme digne du jeu de société Candy Land, avec une base de yaourt glacé au chocolat, bordée d'une volute de menthe poivrée. Miriam l'a copieusement arrosé de fudge chaud, maquillé de pastilles à la menthe enrobées de chocolat, puis saupoudré de pépites de chocolat, pour finir par une sauce à la guimauve. Un miracle qu'aurait accompli une fée d'hiver si elle avait eu le plaisir de se préparer une glace chez Yo!Good.

J'ai mangé, prise de vertige, comme une enfant. Je me sentais plus dans la peau d'une gosse que quand j'étais petite. Gamine, toutes mes relations avec les autres filles avaient pour but que j'aille chez elles afin de goûter à leurs friandises. Souvent, j'avais honte, car elles étaient plus minces que moi, ou se moquaient complètement de la bouffe. Amy Dickstein m'achetait en me promettant certains trucs pour que j'accepte de jouer au bal de fin d'année avec elle. Elle prétendait qu'il y avait dans tous les bals des « rafraîchissements ». Elle me promettait qu'on mangerait des choses délicieuses, mais seulement après avoir terminé de jouer au bal. Elle me promettait des chips. Elle me promettait des beignets aux pommes.

Elle voulait que je fasse la fille, et elle le garçon. Ça ne me dérangeait pas. On dansait des slows dans sa chambre et elle me disait que j'étais très jolie. Puis elle me demandait si je passais une bonne soirée. Ensuite venait « l'après-bal », avant les rafraîchissements, où elle me faisait m'allonger sur son lit et ôtait d'une caresse les cheveux sur ma joue. C'était très agréable et j'aimais ça. Après, on mettait du papier-toilette sur nos bouches, elle s'allongeait sur moi et m'embrassait. Une fois elle m'a embrassée sans le papier-toilette, c'était doux et bon. Parfois elle bougeait, frottait son aine contre la mienne. Elle disait que comme j'étais la fille, je n'avais pas besoin de faire quoi que ce soit.

J'aimais ses caresses et l'attention qu'elle me prodiguait. Mais ce qui m'excitait le plus, c'était l'idée d'avoir accès à la nourriture défendue. Tandis qu'Amy m'embrassait et se frottait contre moi, tout ce que j'avais en tête, c'était : *Beignets aux pommes beignets aux pommes beignets aux pommes.*

« C'est bon ? m'a demandé Miriam.

— Je fonds, ai-je dit en prenant un peu de yaourt ramolli et de fudge.

— Très bien.

— Qu'est-ce que tu fais quand tu ne sers pas du yaourt glacé ?

— Je vais au cinéma. Voir des vieux films.

— Avec des amies ?

— Toute seule en général. »

Je l'ai imaginée dans un cinéma à l'ancienne, assise au balcon, fumant une cigarette. Évidemment, il était interdit de fumer dans les cinémas de Los Angeles, mais voilà comment je me la représentais : soufflant des ronds de fumée dans la lumière des projecteurs qui transperçait l'obscurité de la salle. Entre deux bouffées, je l'imaginais mangeant un sachet de Red Hots, ces bonbons épicés comme les cigarettes aux clous de girofle.

« J'y vais ce soir d'ailleurs. Voir *Charade*. En deuxième partie de soirée, à 22 heures. Tu aimes Audrey Hepburn ? »

À dix-sept ans, au pire moment de mon anorexie, j'avais dans ma chambre un grand poster vintage de *Breakfast at Tiffany's*. Mon objectif était de devenir aussi mince qu'Audrey, mais j'avais beau manger peu, je sentais toujours qu'il restait encore de la chair sur mon abdomen et des coussins sur mes cuisses. Audrey était pratiquement sculptée dans l'os. Elle avait connu la faim en Hollande pendant la Seconde Guerre mondiale, voilà pourquoi elle était si mince. Je savais que c'était complètement con, mais je l'enviais d'avoir acquis cette minceur grâce aux circonstances. L'ennemi l'avait privée de nourriture, ce qui rendait sa minceur héroïque. Elle n'avait pas eu besoin de s'affamer elle-même pour devenir une star.

« En fait, Audrey, je la kiffe plus trop, ai-je dit à Miriam. Mais j'adore Cary Grant.

— Tu veux venir avec moi ?

— D'accord, ai-je répondu alors que je voulais dire non.

— Super. On ira dîner d'abord. Au chinois casher près du ciné, celui qui sert les cocktails tropicaux.

— Je ne peux pas. »

Au restau chinois, impossible de compter les calories : trop d'éléments disparates, de plats partagés, de friture, de sauces gorgées d'amidon.

« Ah bon ?

— J'ai un dîner de boulot.

— Dommage. C'est ça, le côté sympa de la soirée. Le dîner puis le film. Et pourquoi pas demain ? »

J'ai réfléchi au fait que toutes ces calories allaient me pourrir ma semaine : un sundae maintenant, un restau chinois demain. Le mois tout entier risquait d'être foutu si je n'y prenais pas garde ! Non, mieux valait concentrer toute cette folie sur une journée, le jour du Peppermint Plotz, ainsi qu'il serait désormais nommé dans le calendrier hébreu. Demain, je reviendrais à mon régime et je n'en bougerais plus jamais.

« Tu sais quoi ? Je crois que je peux zapper le dîner de ce soir.

— Génial ! a-t-elle répondu en souriant. On se retrouve au Golden Dragon à Hollywood. À 20 heures. »

23

J'avais envie d'offrir un cadeau à Miriam, mais je n'avais pas la moindre idée de ce que ça pourrait être. Les fleurs, c'était trop évident, ça faisait trop « rendez-vous galant ». Je ne savais même pas ce qu'elle ressentait à mon égard. Un crush ? Un sentiment totalement platonique ? Entre les deux ? Elle voulait sans doute juste qu'on soit amies. Peut-être était-ce comme ça que les filles normales nouaient des amitiés entre elles. En s'invitant à faire des trucs du genre manger en public.

Je me suis arrêtée dans un magasin de cosmétiques après le boulot et je lui ai acheté un rouge à lèvres rutilant : Ruský Rouge. Je me suis persuadée que ce cadeau était destiné à la remercier pour ses généreux sundaes. En vérité, je savais bien que je voulais la tester, voir jusqu'où elle était prête à basculer de mon côté de la modernité, au moins sur le plan esthétique. Je pensais qu'elle ne se maquillait pas pour des raisons religieuses. Mais si elle acceptait de porter Ruský Rouge, que serait-elle disposée à essayer d'autre ? Il était important que ce cadeau soit un truc de filles : un accessoire fondant, sexy, venant d'une femme.

La première fois où je m'étais masturbée, je chevauchais mon oreiller en imaginant que je passais de fille en fille. Je me représentais une pièce entière remplie des mères de mes camarades de classe, et j'allais de genou en genou, de cuisse en cuisse, chacune tour à tour me berçant et me câlinant. Leurs gestes exprimaient la tendresse plus que le désir, aussi bien que j'aie joui, encore et encore, j'avais réussi à éviter toute question quant à la signification de mon plaisir.

Avec le temps, mon fantasme est devenu plus sexuel – s'intensifiant progressivement, allant d'une position assise sur les genoux à des baisers, puis à de franches caresses. À chaque orgasme, je me disais : *Oh mon Dieu, faites que je n'aime pas les filles.* Je me suis forcée à changer mon scénario : j'imaginais désormais ces femmes avec leurs maris, plutôt qu'avec moi. Je les voyais se frotter les unes contre les autres dans des bureaux déserts, ou les maris lécher la chatte de leurs femmes dans le jardin, la nuit sous les étoiles, au bord de la piscine. Dans ces fantasmes, j'étais à la fois la femme et l'homme : ma conscience sautait de l'une à l'autre et ainsi de suite. J'avais moins honte ainsi que d'imaginer deux filles ensemble.

À la fac, je m'étais montrée pleine d'audace avec Zoe et Cait, l'adrénaline de la nouveauté et la rapidité des histoires me propulsant de l'une à l'autre. Ça se passait si vite que je n'avais pas vraiment le temps d'avoir peur. Mais à présent, alors que j'avais rendez-vous avec Miriam, je ressentais ce même *Oh mon Dieu* que quand j'étais plus jeune.

En réalité, je savais très peu de chose sur Miriam. Je savais qu'elle était juive et un peu plus jeune que moi. Qu'elle était très, très gentille avec moi. Qu'en sa présence, j'étais capable de manger un sundae, deux sundaes, et peut-être même de la cuisine chinoise. Je savais ce que j'éprouvais lorsque j'étais auprès d'elle : j'avais l'impression d'avoir des confettis à la place du sang. Aussi ai-je conclu en payant le rouge à lèvres que si ma poursuite illusoire de Cait avait été fondée sur une idée, au moins dans le cas de Miriam poursuivais-je un sentiment.

24

Je patientais devant le Golden Dragon, mâchant chewing-gum sur chewing-gum en attendant Miriam. Dans la fraîcheur du soir, les trottoirs, les voitures et les bus étaient nimbés d'une lumière rose. C'était l'heure magique à L.A. Le Golden Dragon avait dû lui aussi être un lieu magique autrefois, mais il était vraiment en piètre état aujourd'hui : cadavre d'un rêve hollywoodien Regency-tiki des années 1950.

La façade était en stuc et peinte de feuilles de bananier. Elle avait survécu à la guerre froide, pour se laisser miner par des moisissures noires. Deux lions gardiens impériaux en laque craquelée – il manquait une oreille à l'un d'eux – étaient plantés devant l'entrée en forme de pagode rouge. Une enseigne au néon turquoise clignotait : G   LDEN DRA   N.

Pourtant l'endroit était étonnamment plein. Des femmes en perruque ne cessaient d'entrer et sortir avec des plats à emporter. Une dizaine d'hommes hassidiques bien éméchés sont arrivés en titubant. Il y avait également des clients non religieux : un couple de rockers vieillissants de Hollywood aux bras entièrement tatoués, un groupe de décorateurs de théâtre, apparemment, aux jeans couverts de peinture. Chaque fois que la porte s'ouvrait, j'entendais des bruits de voix animées couvrant les notes d'une guitare hawaïenne.

J'ai attendu dix minutes et je suis entrée. À l'intérieur, il faisait sombre et ça sentait le graillon, c'était un lieu cocasse avec des miroirs aux cadres en bambou et des banquettes en cuir rose. Comme je ne voyais Miriam nulle part, je me suis assise au bar en rotin, sous des guirlandes de lumières roses, bleues, jaunes et vertes. Un dragon doré pendait au plafond, au-dessus de moi. Toutes les minutes, environ, de la fumée et de la lumière lui sortaient des naseaux.

Mais qu'est-ce que je fichais là ? On aurait dit que l'endroit existait dans un monde secret – zéro commentaire sur Tripadvisor, une page web avec juste un nom et un menu, et puis l'endroit lui-même : un étincelant trou noir. J'avais toujours eu envie de m'enfuir dans un trou noir. J'étais attirée par son éclat. Et qui était donc cette inconnue avec qui j'avais rendez-vous au bar d'un restau chinois ? Théoriquement, c'était moins d'inconnu qu'avec un *date* Tinder, par exemple. Mais ça paraissait plus bizarre de sortir avec la personne qui me préparait mes yaourts glacés qu'avec quelqu'un dont j'aurais seulement vu la photo en ligne.

Allez, calme-toi, me suis-je dit à moi-même.

Mais je suis calme, ai-je répondu.

Le barman m'a apporté un bol de nouilles sautées croustillantes, à tremper dans la sauce aigre-douce et la moutarde épicée. Je n'avais pas mangé ce genre de nouilles depuis dix ans et je les ai aussitôt passées en revue, je trempais et croquais, trempais et croquais. Je ne me rappelais plus à quel point c'était délicieux. C'est alors que Miriam est entrée. Je me suis léché les doigts en vitesse et je lui ai fait signe.

Elle avait vingt minutes de retard. Elle est venue vers moi d'un pas languide, l'air totalement indifférente à l'heure, son opulente corpulence enveloppée d'une robe jaune à fleurs avec des manches kimono, un sourire s'étirant sur son visage pâle.

Elle existe vraiment, ai-je pensé, comme si jusqu'à cet instant j'avais cru que la boutique de yaourt glacé était située dans une réalité alternative qui disparaissait tout entière dès que j'en sortais.

« N'empêche, c'est drôle, ai-je dit quand elle s'est assise à côté de moi.

— Quoi donc ?

— Nous, ai-je répondu en la désignant elle puis moi.

— Tu as regardé le menu ? a-t-elle enchaîné, ignorant cette appréciation de ma part.

— Non », ai-je menti.

J'avais peur de lui laisser penser que j'avais anticipé ce moment avec elle. Mais elle semblait ne rien trouver de bizarre à la situation car elle a dit d'un ton joyeux : « Très bien, dans ce cas, je vais commander pour nous deux. »

Elle a hélé le barman d'un claquement de doigts. Ça m'a paru étrange venant d'une personne qui servait elle aussi des clients. Les gens devaient tout le temps se comporter ainsi avec elle.

« Deux Scorpion Bowl », a-t-elle demandé.

On nous a apporté nos cocktails dans des coupes géantes en céramique verte en forme de demi-pastèques, remplies à ras bord de cerises au marasquin, d'ananas et de morceaux d'orange. Le nombre de calories contenues dans une seule coupe devait dépasser à lui seul ce que je m'accordais en deux jours.

« Essaye ça », m'a dit Miriam en souriant.

J'ai coincé la paille rose entre mes lèvres et j'ai aspiré. C'était délicieux, c'était comme boire une version d'un cocktail de fruits exotiques peinte à la bombe fluo. C'était un vrai cosmos tropical, avec les cocotiers, la mer et le coucher de soleil. La boisson m'a aussitôt réchauffé la poitrine et le ventre. Tout à coup, je me suis sentie beaucoup plus à l'aise.

« Eh bien, *aloha* », ai-je dit.

Elle a éclaté de rire. « Fais-moi confiance.

— C'est traître.

— C'est une bénédiction.

— Je me sens élue, ai-je dit en buvant quelques gorgées de plus.

— Rappelle-moi quel genre de Juive tu es, déjà ?

— Libérale. Mais maintenant, je ne suis plus rien.

— Et ça te plaît ?

— Ce n'est pas la question. Je ne me sentais pas… spirituellement en phase avec le judaïsme.

— C'est drôle. Je ne me suis jamais demandé ce que je ressentais. Peut-être parce que pour moi ça a toujours été clair. Mais tu crois en dieu quand même, non ?

— Je ne sais pas. »

Ça devenait un peu lourd comme conversation pour un premier *date* – ou quoi que ça puisse être. J'ai agité mon cocktail.

« Tu ne sais pas ? a-t-elle répété.

— Ben oui, comment savoir ? C'est pas comme si dieu m'envoyait des SMS, genre *Salut* ou je ne sais quoi d'autre.

— Et tout ça, qu'est-ce que c'est, à ton avis ? » Elle s'est mise à rire en désignant les lumières, les dragons, les miroirs, les lanternes, les autres clients, elle, moi.

Je suis restée silencieuse.

« C'est dieu, a-t-elle conclu, à croire que c'était une évidence.

— Ça, c'est dieu ? ai-je demandé en désignant le Scorpion Bowl.

— Absolument. » Elle a rigolé. « C'est même peut-être ce qu'il y a de plus sacré. La moitié des gens de ma famille sont des alcooliques.

— Ah bon ?

— J'exagère. Mais tout le monde adore picoler. Les gens viennent chez nous pour le shabbat, ils traînent un moment et on boit tous un peu trop. C'est pareil tous les vendredis soir. Tu devrais venir. Ça te plairait ! »

Pourquoi avait-elle des certitudes sur tout ?

« Tu vis avec ta famille ?

— Bien sûr, a-t-elle dit à croire que c'était la chose la plus normale du monde. Les tiens ne te manquent pas, ils sont si loin ?

— Pas du tout, ai-je affirmé d'un ton détaché, comme si c'était vrai.

— Ah », a-t-elle commenté doucement.

Je l'ai observée, examinant les pleins et les creux de son visage. Chacun de ses traits était en soi un monde habitable. Ses cheveux étaient couleur de soda crème, ou d'un rouleau de papyrus éclaboussé de lumière nocturne. Ses sourcils, couleur de lions, de lions paresseux, sommeillant au soleil, ou mangeant du beurre la nuit avec leurs pattes, à la lumière d'une lanterne. Ses yeux : des icebergs prêts à envoyer des bateaux par le fond. Ses cils : platine et fumée. Elle avait une peau de bébé mais aussi de madone. Son nez : adorable, inspirant, expirant. Sa lèvre supérieure : une pivoine rose. Sa lèvre inférieure : une rose. Les dents, c'était plus compliqué, mais l'intérieur de sa bouche, c'était facile : enfer et cœur de la Saint-Valentin.

J'ai sorti de mon sac le rouge à lèvres que j'avais acheté pour elle. Je voulais faire ressortir cette bouche, lui mettre du rouge partout.

« J'ai quelque chose pour toi », ai-je dit en le lui donnant.

Le rouge à lèvres était enveloppé dans du papier de soie et rangé dans un petit sac.

« Oh, que c'est charmant », a-t-elle répondu à la manière d'une vieille dame ennuyeuse découvrant un paysage de prairie.

De minute en minute la situation devenait de plus en plus bizarre. J'ai bu une nouvelle gorgée et je l'ai vue passant la langue sur ses lèvres en ouvrant le paquet. Dans la lumière du bar, ses cheveux de papyrus brillaient.

« Oh, a-t-elle déclaré en sortant le rouge à lèvres.

— J'ai bien remarqué que tu ne te maquillais pas, mais…

— Je ne sais pas comment il faut faire. Ma mère me dit de temps en temps qu'elle voudrait que je me maquille. Que si je veux trouver un mari, il faut que je m'exerce. Mais elle n'y connaît rien non plus, du coup elle ne peut pas juger. »

Ah, génial, un mari, ai-je pensé.

« Tu crois que c'est nécessaire ? a-t-elle demandé.

— Non, non.

— Mets-en-moi alors.

— OK. »

J'ai retiré l'emballage de plastique et extrait le tube de son petit carton. Puis je l'ai ouvert.

« Avance les lèvres », ai-je dit.

Elle les a entrouvertes. Je n'avais jamais été aussi proche de son visage. Elle dégageait une odeur de savon, d'une grande propreté. Cette façon dont elle ouvrait la bouche, juste un peu, ça m'a rendue dingue. J'avais envie d'y mettre un doigt. De toucher sa salive, de l'utiliser pour suivre la courbe avantageuse de sa lèvre supérieure, de la peindre, elle, avec ses propres sécrétions. Ses lèvres étaient déjà très humides. Trop en fait pour que je puisse appliquer correctement le rouge à lèvres.

« Attends, ai-je dit. Faut que je fasse un truc. »

J'ai pris ma serviette en papier et j'ai essuyé sa bouche humide. Puis j'ai appliqué le rouge à lèvres, d'abord avec légèreté, puis en appuyant plus, dessinant une douce mélodie, puis une autre. Je lui en ai mis bien plus que nécessaire parce que je n'avais pas envie de m'arrêter.

« Parfait, c'est parfait », a-t-elle dit.

Je me suis rassise confortablement sur mon tabouret de bar et je l'ai regardée. C'était de la sorcellerie. Elle était métamorphosée. Grâce à quelques mouvements de la main, de l'agnelle chaste elle était passée à la moue racoleuse, du chiot qui tète à la salope de magazine à sensation. Alors que, avant, sa beauté résidait dans sa pureté, le rouge à lèvres faisait d'elle une espèce de catin aux lèvres de putain, au sourire de vamp. Mais le plus sexy, c'était la manière dont elle continuait d'irradier l'innocence, comme une jeune fille qui aurait mis la main sur la trousse de maquillage d'une femme et se demanderait si ça n'allait pas lui attirer des ennuis – tout en y prenant du plaisir.

« Waouh, ai-je dit en lui montrant à quoi elle ressemblait dans le petit miroir de l'étui du rouge à lèvres.

— Mmmm, a-t-elle fait timidement en regardant son reflet minuscule. C'est très joli.

— Tu es une bombe. »

Elle a esquissé un grand sourire, étalant au passage le rouge à lèvres sur ses dents.

Je peux les nettoyer avec ma langue ? ai-je pensé.

« Donc, ai-je repris d'un ton très détaché. Qu'est-ce qu'on mange de bon ici ? »

25

« On va commencer par une soupe aux raviolis chinois, a dit Miriam au serveur, une fois qu'on a été installées sur l'une des banquettes roses. Ensuite, on prendra un steak au poivre, un poulet au sésame, des nouilles sautées spéciales du chef et du riz sauté au canard. »

Le serveur a émis un petit sifflement, comme s'il doutait qu'on puisse manger tout ça – ou le redoutait.

« Oh, a ajouté Miriam. Et puis un assortiment d'entrées. Apportez-le après la soupe, mais avant de servir le reste. Dites au chef de nous laisser un peu de temps.

— Je suis désolé, mais l'assortiment d'entrées, c'est seulement pour quatre ou huit personnes, a indiqué le serveur.

— Pour quatre, ça ira », a dit Miriam en m'adressant un clin d'œil.

Elle n'avait plus de rouge à lèvres sur les dents à présent, mais il y en avait plein sa paille. Il était à sa place là-bas, avec la coupe en forme de pastèque et les petites ombrelles – on aurait cru une pin-up rétro faisant sa sortie en ville, prête à faire des ravages.

« Tu veux autre chose, Rach ?

— Non, non, ai-je répondu en secouant la tête.

— Et vous nous remettez ça, a-t-elle dit au serveur en lui montrant les Scorpion Bowl. Bien glacés.

— Oh, c'est bon pour moi.

— OK, alors un seul. On se partagera le mien. »

Puis elle s'est tournée vers moi :

« On ne tient pas l'alcool ? » a-t-elle dit avec un sourire maladroit.

Elle a été nettement plus satisfaite de la réaction que j'ai eue en goûtant la soupe aux raviolis chinois. À la première bouchée, la pâte tendre s'est ouverte, révélant la farce aillée et déversant un flot de bouillon salé dans ma bouche : j'en ai gémi de plaisir.

« C'est bon, hein ?

— Oh que oui, ai-je répondu la bouche pleine.

— Je t'ai dit que c'était un bon restau. C'est pas parce que c'est casher que c'est mauvais.

— Ce n'est pas ce que je pense. »

Elle ne pouvait deviner que n'importe quel restau chinois, bon ou mauvais, m'aurait paru hallucinant, étant donné que je n'avais pas mangé chinois depuis des années.

« Les raviolis sont entièrement à base de poulet, a-t-elle fièrement précisé. Pas de porc dedans.

— Waouh. »

J'ai observé la façon dont elle maniait sa cuillère, mettant en scène chaque bouchée. D'abord, elle ajoutait de la moutarde épicée dans le bouillon. Puis elle procédait avec méthode, un ravioli après l'autre, les ouvrant en deux et trempant chaque moitié dans la sauce aigre-douce, avant de les enfourner. J'ai suivi son exemple, copié sa méthode. Les raviolis ont explosé dans ma bouche, feu d'artifice doux et épicé.

Alors est arrivé l'assortiment d'entrées.

« Faites de la place, faites de la place », s'est écriée Miriam lorsque le plateau de bois s'est posé devant nous, avec un petit feu brûlant au milieu.

On s'est mises à tout tremper doublement : les rouleaux de printemps, les pâtés impériaux, les crêpes à la ciboule, les raviolis.

« Il nous faut plus de sauce aigre-douce, a-t-elle dit au serveur. Beaucoup plus. »

Puis de nouveau quand les plats ont été servis :

« Encore de la sauce aigre-douce », a-t-elle demandé en fourrant le bol entre les mains du serveur, comme si c'était de sa faute s'il n'avait pas compris qu'on voulait se baigner dedans.

J'avais envie de m'immerger dans toutes les sauces. Le steak au poivre était si bon que j'aurais pu en déguster seulement la sauce. J'ai soupiré bruyamment en engloutissant un morceau de viande tendre, escorté d'une tranche d'oignon. Est-ce qu'il y avait du vin là-dedans ?

« Alors ? a demandé Myriam.

— C'est tendre.

— Et ?

— Juteux. »

Mais mon plat préféré, c'était le poulet au sésame. J'aimais le contraste entre le goût sucré et les épices, et puis le fait qu'il n'y avait aucun légume dedans. Je ne voulais plus jamais revoir un légume. C'était tellement décadent de mettre de la farine et des graines de sésame sur du poulet pour le faire frire dans une sauce bien grossissante. C'est pour ça que c'était aussi bon : savoir que derrière tout ce gras et ces glucides, il y avait du poulet, qui aurait pu être bon pour la santé, mais qui, au nom des papilles, ne l'était plus du tout. Pour le poulet, c'était une invitation à aller se faire foutre. En fait, c'était une invitation à la terre entière à aller se faire foutre !

« Ah putain ! » me suis-je exclamée en guise de célébration, tout en prenant une joyeuse bouchée.

Miriam a éclaté de rire et bu un peu de son Scorpion Bowl. Puis, avec une de ses baguettes, elle a coupé avec soin une bouchée de poulet, d'un geste élégant et avec une précision lente, comme s'il n'y avait aucune urgence à absorber quoi que ce soit. L'abondance régnait, et elle régnerait encore longtemps. Elle a évalué son assiette, échafaudant un plan, élaborant une stratégie. Voilà comment les choses allaient se passer, puis ceci, puis cela.

Elle a pris une nouille et en a entouré son bout de poulet, puis elle a posé dessus un morceau d'œuf du riz sauté. Elle a plongé le tout dans la sauce du poulet et les graines de sésame étalées sur le bord de son assiette. Ensuite elle a porté la bouchée à ses lèvres, fermant les yeux, les rouvrant, et elle a croqué dedans. Je l'ai regardée mâcher, l'air très inspirée.

« Tu t'intéresses à mes baguettes ?

— J'aime la manière dont tu manges.

— Oui, je suis vraiment douée pour manger.

— C'est sûr.

— Tu veux que je te prépare une bouchée ?

— D'accord. »

Avec ses baguettes, elle a assemblé pour moi la même grosse bouchée : poulet, nouille, œuf, sauce. Je l'ai prise dans son assiette et fourrée dans ma bouche.

« À présent tu peux mastiquer.

— Mmmm.

— Quel goût ça a ?

— Un miracle. La simultanéité parfaite du poulet et de l'œuf. Comme si on demandait : qui vient en premier, la poule ou l'œuf ? Ni l'une ni l'autre !

— C'est ça ! a-t-elle dit en riant. Et ?

— Cette façon dont la nouille maintient les deux ensemble.

— Je sais. Maintenant, avale-moi ça. »

Je me suis exécutée.

Elle s'est préparé fièrement une autre bouchée. En la portant à ses lèvres, elle m'a regardée de ses yeux bleu glacier. *Putain*, ai-je pensé. *Je pourrais bien tomber amoureuse de cette fille.*

À côté d'elle, l'assortiment d'entrées continuait de brûler. Il s'agissait d'un grand plateau de bois avec au centre une grille de métal d'où s'échappait une flamme bleue régulière, ourlée de rouge.

J'ai contemplé la flamme. Je me suis concentrée dessus sans faire la mise au point, et j'ai vu deux flammes identiques. Puis j'ai cligné des yeux, et elle est redevenue unique. Je voyais quelque chose griller dedans, un truc calciné, sans doute un petit morceau de pâté impérial. Mais plus je le fixais, plus il paraissait vivant – comme une minuscule silhouette se faisant incinérer. Il avait un torse et un cou. Un crâne. J'ai espéré que ce ne soit pas là un mauvais présage.

C'est qu'un morceau de pâté impérial, me suis-je dit. *Tu es bourrée.*

Mais je ne pouvais m'enlever de la tête que la silhouette était une personne, symbole d'un mauvais augure. Était-ce moi ? Brûlais-je dans le feu ? J'étais en état de dissociation, séparée de moi-même. Toutes mes pensées et croyances, mes petits plans et calculs, à quoi tout cela rimait-il ? Pour me calmer, j'ai essayé de faire des additions dans ma tête : 365 plus 780 plus 1 250 plus 195. Je ne savais plus compter. Je ne savais plus faire une addition. Mes certitudes sur les choses ? Elles étaient réduites en cendres.

Au milieu de ce restaurant bondé, j'ai soudain ressenti une solitude étrange et terrifiante. J'ai eu envie de me lever et de courir aux toilettes pour essayer de tout vomir. Sauf que mes jambes tremblaient. Alors je suis restée assise.

J'ai posé les coudes sur la table et pris de profondes inspirations. J'ai posé mes mains sur les yeux. Je voyais toujours les flammes dans les interstices entre mes doigts. J'en ai compté huit.

« Tout va bien ? m'a demandé Miriam.

— Je suis une menorah. »

Elle a éclaté de rire. Moi aussi. Et tout à coup je me suis sentie mieux. Je ne m'étais pas transformée en cendres. Je me sentais plus en sécurité.

Sur la banquette voisine, les décorateurs de théâtre discutaient avec animation autour de grands plats de nouilles. J'ai éprouvé à leur égard un sursaut de tendresse. J'aimais leur conversation. J'aimais leurs nouilles. À la table des hassidim, un homme s'est levé pour porter un toast. Tout le monde a tapoté son verre avec sa cuillère. J'aimais ces hommes. J'entendais la musique diffusée au-dessus de moi. Elle me semblait belle. Je me suis demandé si c'était du Beethoven ou du Mozart ou je ne sais quoi encore. J'ai ri en réalisant que c'était une version à la flûte de pan de « Smooth » de Santana.

Les hassidim se sont écriés : « *L'Chaim !* » Toute leur table a repris en chœur : « *L'Chaim !* »

Le dragon d'or a soufflé un nuage de fumée. La flûte de pan a joué plus fort.

« Eh, a dit Miriam. Tu as terminé ? »

J'ai réfléchi un moment à sa question.

Puis j'ai répondu : « Oui. Ça ira. »

26

Sur le chemin du cinéma, après le Golden Dragon, Miriam a ouvert son biscuit chinois. Il faisait noir à présent, mais les lampadaires éclairaient la rue.

« “Vous savez vous débrouiller en toute situation”, a-t-elle lu à voix haute.

— C’est vrai ?

— Aucun doute là-dessus, m’a-t-elle répondu en mordant dans le biscuit qui a répandu sur elle une cascade de miettes. Le biscuit ne ment jamais.

— Pour ceux qui t’ont vue en action quand Yo!Good est blindé, c’est absolument incontestable.

— Oh, j’ai fait des boulots bien plus intenses que celui-là.

— Ah ouais ?

— J’ai été animatrice dans des centres de loisirs. Cinq étés.

— Tu dormais là-bas ?

— Non, c'était juste la journée. À Shimshon, à Beverly Grove. Je m'occupais des activités pour les petits. Des ateliers de travaux manuels, du basket. Je suis bonne en défense. »

Sa robe s'était froissée et faisait des plis en bas du ventre parce qu'elle était longtemps restée assise au restaurant. À force, des miettes de biscuit ont glissé de sa poitrine pour atterrir dans ces plis. J'ai essayé de l'imaginer jouant au basket.

« Le jeu du parachute, la natation, a-t-elle continué. Deux fois j'ai sauvé de la noyade ces petites canailles.

— Waouh !

— Ouais. Ouvre ton biscuit. »

Je me suis exécutée et j'ai cassé le biscuit pour lire le message à l'intérieur.

« "Travaux sur la chaussée. Retard prévu." Super. Moi, je me tape celui sur la circulation routière.

— Aïe.

— Mais eh, quand on y pense, c'est parfait pour L.A. Évitez l'autoroute 405 et vous aurez la belle vie ! Voilà mon destin. »

Elle a éclaté de rire.

« N'empruntez pas la voie express 10 Est entre 17 et 20 heures. »

J'ai réuni les deux moitiés du biscuit et je les ai fait parler, comme un bec d'oiseau qui s'ouvrait et se fermait.

« Vous croyez vraiment pouvoir descendre tranquillement Santa Monica un jeudi matin ?

a demandé l'oiseau. Impossible. Et n'imaginez pas emprunter Wilshire. Bel avenir ! »

Elle riait de plus en plus fort.

« Arrête, a-t-elle dit en reniflant et en s'essuyant le visage. Est-ce que j'ai du rouge à lèvres partout ?

— Non, ai-je répondu en grignotant mon biscuit. Tu l'as mangé avec le dîner.

— Oh. Je voudrais en remettre. »

On a marché jusqu'à un magasin de meubles, fermé mais fortement éclairé de l'intérieur. Elle a sorti le rouge à lèvres de son sac, un petit modèle turquoise de chez Coach, parfait pour une vieille dame.

« Tu peux me le mettre ? Je suis trop nulle.

— Mais oui. »

Je me suis rapprochée d'elle dans la lumière jaune. J'étais si près que je sentais dans son haleine les arômes de sauce au soja, d'ail et d'alcool. Elle a ravalé un rot, et on a rigolé toutes les deux. J'avais envie de lui dire : *Ça va, c'est pas gênant, lâche-toi, je t'aime bien, y compris l'air qui sort de toi, tout, en fait.* Au lieu de ça, je n'ai rien dit dans la lumière jaune.

Une marquise nous surplombait, elle-même surplombée par un palmier, et ça faisait comme une double houppa, le dieu de la Californie nous offrait sa bénédiction, le dieu de la Californie nous disait : *Oui, mes filles.* J'ai eu envie de l'embrasser, là tout de suite, dans la rue, de lécher la courbe de sa lèvre supérieure, de sucer celle du dessous, tandis que ces mots résonnaient dans ma tête : *Filles filles filles filles.* À la place, je lui ai remis du rouge à lèvres. J'ai fait vite puis je me suis écartée, sortant de la lumière, et j'ai dit : « Voilà. »

27

« Les Twizzlers sont cashers, a dit Miriam tandis que nous faisions la queue pour acheter des friandises au cinéma. Les M&M's aussi, même s'il y a du lait dedans, donc théoriquement, je devrais attendre une heure avant d'en manger parce qu'on a eu de la viande au dîner, sauf que je ne vais pas le faire.

— Je suis certaine que dieu te le pardonnera. Dieu adore les M&M's. »

Notre tour était venu et nous étions devant le comptoir.

« Quels sont les M&M's préférés de dieu ? » ai-je demandé au garçon qui nous servait. Il devait avoir douze ans, et ma question l'a plongé dans la confusion.

« Hein ?

— Ceux aux bretzels, ai-je dit.

— Évidemment, a confirmé Miriam en rigolant.

— On n'en a pas aux bretzels. On en a seulement aux cacahuètes et des nature.

— Ah, mince alors.

— Ce sera cacahuètes, dans ce cas, a dit Miriam. Et un Coca cerise XXL.

— Donc c'est ça, être adulte ? lui ai-je demandé en prenant les bonbons sur le comptoir.

— Comment ça ?

— C'est genre, tu peux faire ce que tu veux ? »

Elle a attrapé son soda géant et vissé sa bouche avide autour de la paille.

« Ben ouais, a-t-elle répondu comme si c'était la chose la plus évidente au monde.

— Ah.

— Pourquoi ? Tu fais pas ce que tu veux, toi ? »

Elle était trop mignonne, plantée là, sœur plantureuse de Cupidon, toute de rose et de crème, de miel et d'or, pure et indécente.

« Non. Pas souvent. »

En regardant le film, je ruminais cette question : *Est-ce que j'ai envie de me faire Audrey Hepburn ?* Je me suis aperçue que non. J'adorais sa voilette de tulle noire, son tailleur rouge, son trench blanc. Mais je n'éprouvais nul désir de l'embrasser sur la bouche. En imaginant ses seins minuscules, j'ai pensé : *Bon, si on me l'ordonnait, je les lécherais. Je lui peloterais un peu les tétons. Et si je fourrais ma tête entre ses cuisses maigrichonnes et que j'enfonçais ma langue telle une flèche dans sa petite chatte, au milieu de ses poils noirs, ça pourrait être agréable – une baise Givenchy, élégante et adorable. Mais comparé à Miriam, ce ne serait rien.*

Quand le film s'est terminé, on s'est plantées dans le hall, toutes les deux, près de la sortie. Le regard vissé sur la moquette bleue semée d'étoiles filantes, constellée de pop-corn, on ne disait rien. Je ne savais pas quoi faire, ni même si j'étais censée faire quelque chose, tout ce que je savais, c'est que je voulais rester avec Miriam le plus longtemps possible. Je ne cessais d'ouvrir la bouche pour dire quelque chose, puis de la refermer.

« Alors ? a-t-elle fait, rompant le silence.

— Alors ?

— Il en reste trois, a-t-elle dit en me tendant le paquet de Twizzlers en souriant. Prends-les. C'est bon, moi j'ai fini. Salut.

— Salut », ai-je répondu.

Elle est sortie du cinéma.

Dans la voiture, en rentrant chez moi, j'étais sur un petit nuage.

« Quelle belle moquette dans le hall de ce ciné, ai-je dit à voix haute. De toute ma vie, je crois que je n'en ai jamais vu d'aussi belle, Miri. Je peux t'appeler comme ça ? Oh, Miri. Miri, Miri, Miri. »

Je ne cessais de toucher le sachet presque vide qu'elle m'avait donné, et de sourire. À un feu, j'ai pris les derniers Twizzlers et je les ai passés doucement sur mes yeux.

28

Ma mère ne m'appelait plus. Elle ne m'envoyait plus d'émissaires, d'alertes météo, ni de récits édifiants relatifs à mon éducation. À présent, je recevais tous les jours un seul SMS qui disait simplement : *Coucou.*

Vendredi : *Coucou.*

Samedi : *Coucou.*

Dimanche : *Coucou.*

Lundi : *Je t'ai envoyé par la poste deux coupons de réduction pour Bed Bath & Beyond. 20 % de remise sur TOUS TES ACHATS et 20 % sur un article !! Utilise-les en pensant à ta santé et ta prospérité !*

Mardi : *S'il te plaît utilise ces coupons pour une frosse pièce. Un aspirateur, peut-être ? Tu as un aspirateur ?*

Mercredi : *Coucou.*

Ce *Coucou* était attirant. J'avais terriblement envie de lui répondre. Quel mal y aurait-il eu à renvoyer un petit *Ça va ?* ou *Salut*, voire *Tu me manques ?* Ce *Coucou* était tellement simple, tellement banal. Il donnait l'impression que je pouvais avoir des relations faciles avec ma mère – comme si ce n'était pas un piège menant à un massacre émotionnel, un bombardement, une présentation PowerPoint de la culpabilité, comme si ma mère et moi, on était amies, de grandes amies, comme si j'étais une de ces filles qui disent : *Ah ouais, ma mère, c'est ma meilleure amie.* Ces meufs-là me gonflaient.

Les mères qui gâtouillaient devant leurs bébés, ça me tuait, ça aussi. Je refusais de me laisser avoir par leurs tentatives pour m'embarquer dans la cause du bébé trop mignon. Lorsque je croisais une mère dans la rue avec son bout de chou, lui qui babillait sur ceci ou cela, elle qui lui souriait, puis me regardait, dans l'espoir que je participe à la célébration de son précieux trésor, j'étais incapable de lui retourner son sourire.

Le lendemain du cinéma, en retrouvant Ana pour le thé, j'ai eu envie de pleurer.

Je suis désolée, aurais-je voulu lui dire lorsqu'elle m'a tendu la tasse brûlante de Harney & Sons et que nos doigts se sont touchés. *Je suis désolée*, et puis : *Aide-moi je t'en prie*.

Impossible de ne pas vouloir d'approbation, cette sensation éprouvée en sirotant notre thé de l'après-midi quand mon estomac gargouillait et que je me sentais si fière de ces gargouillis, que je savais exactement ce que j'avais dans l'estomac.

Il m'apparaissait maintenant que ces vides calculés étaient des réservoirs de sécurité, même si je savais que je n'étais jamais totalement en sécurité. Ces vides-là en repoussaient d'autres, débordants de terreur et de mystère. À présent, l'inconnu avait pris le dessus.

« Qu'est-ce que tu en penses ?

— De quoi ? » ai-je fait en souriant.

J'espérais qu'on allait se lancer dans une critique bien sentie de la nouvelle coupe de cheveux d'Andrew. Sa crinière de rocker indé s'était affublée d'une frange, du jour au lendemain.

« Du thé. C'est du darjeeling. D'habitude je prends de l'earl grey. »

J'ai remarqué qu'elle avait dit *je* et pas *nous*. J'ai soufflé sur ma tasse et j'ai bu une gorgée, laissant le chaud liquide faire fondre le chewing-gum à la nicotine que j'avais calé entre mes molaires et ma joue.

« Super. »

C'était à moi de lancer la conversation sur un sujet sans importance.

« Donc, ai-je dit, après avoir lu avec attention le mail d'Ofer sur la misogynie intériorisée et les espaces sécurisés, j'en suis arrivée à la conclusion qu'aucun espace n'est sécurisé… par rapport à lui.

— Je ne l'ai pas lu. Quand j'ai vu à la première ligne le mot *sensibilité*, j'ai aussitôt tout effacé.

— Tu crois que c'est ta misogynie intériorisée qui t'a poussée à faire ça ?

— En tout cas, c'est un truc intériorisé.

— C'est devenu un vrai défenseur du droit à l'avortement pour les hommes.

— Mmmm. »

Étais-je en train de la perdre ? Est-ce qu'elle ne m'appréciait plus ? Je ne savais jamais ce que les gens pensaient de moi. La plupart du temps, j'avais l'impression d'être au volant d'une voiture dont le pare-brise embué m'empêchait de décrypter correctement ce que les autres percevaient. J'avais l'impression qu'ils se livraient à une pantomime, qu'ils grognaient, tandis que mes essuie-glaces s'activaient avec frénésie. Mais j'avais beau les pousser au maximum, impossible de se débarrasser de cette buée.

Malgré tout, j'étais à peu près sûre qu'Ana me rejetait. Je dérivais vers la sortie, indigne désormais de participer à sa joyeuse exclusion des autres. Leur « eux » s'était infiltré dans notre « nous ». Elle sentait ce que je commençais à devenir… à devenir quoi ?

En moi grandissait un tsunami, genre « On s'en bat les couilles ! » Je ne savais pas s'il s'agissait de renoncement, de liberté ou bien d'une illusion totale qui finalement me ferait souffrir. C'était Miriam qui m'avait transmis ça, comme une piqûre de rappel – ou une maladie. C'était excitant. Et en même temps flippant.

J'ai googlé : *Comment arrêter le golem.*

D'après de nombreux contes juifs, un golem s'éveille à la vie quand son créateur marche en cercle sur de l'argile ou de la terre en récitant une combinaison de lettres de l'alphabet et le nom secret de dieu. Pour arrêter le golem, son créateur doit à nouveau marcher en cercle, mais en sens inverse, en récitant les mêmes lettres à l'envers.

« Mairim Mairim Mairim Mairim, ai-je murmuré. Lehcar Lehcar Lehcar Lehcar. Ana Ana Ana Ana. Erèm Erèm Erèm Erèm. »

Je me sentais toujours aussi perdue.

29

« J'ai tellement le seum que je voudrais mourir emportée par une coulée de boue, ai-je dit au micro. Disons que si ça me tue instantanément, je suis dispo. »

C'était jeudi soir, j'étais à peu près moi-même, et je me lançais de nouveau dans l'arène, avec une version plus acide de mon truc sur *Les gens de la côte Est s'intéressent plus que nous à la météo d'ici.*

« Est-ce que je suis émotionnellement prête à me taper une coulée de boue ? Non. Sauf si c'est pour un petit coup vite fait. »

Les réactions ont été correctes. Puis j'ai entendu un « waouh ! » dans le public. Je connaissais cette voix. J'ai scruté l'assistance à travers la lumière des projecteurs pour essayer de deviner qui c'était, et j'ai vu Jace Evans.

« Salut, merci, ai-je dit en le montrant du doigt. Je suis là toute la semaine. »

Quand je suis descendue de la scène, il m'a suivie à travers la salle.

« Salut ! a-t-il dit.

— Oh, salut. Est-ce que tu ne devrais pas être dans un futur dystopique à te battre contre les zombies ?

— J'existe aussi hors caméra.

— Je suis juste surprise de te voir ici, c'est tout.

— Mon pote Paul, d'Akron, il fait du stand-up ici.

— Ah, mais oui. Le mec qui a fait tout un sketch sur le fait de se branler sur des vieux trucs de famille. Il pense que je suis trop terre à terre.

— Tu étais vraiment drôle. Beaucoup plus que Paul.

— Merci. »

Il s'est mis à tripoter les perles de ses faux rosaires.

« Fred Segal ? ai-je dit.

— Quoi ?

— Je me demandais juste où tu avais eu ça.

— Oh, c'est ma grand-mère qui me les a donnés en guise de porte-bonheur. Elle est super catho. Je les enlève jamais. »

Décidément, je nageais dans la religion.

« Enfin, sauf quand ma connasse de styliste m'y oblige.

— Et c'est ta styliste qui t'a dégoté ça ? ai-je dit en désignant ses bracelets.

— Non, a-t-il répondu fièrement, tout ça, c'est moi. »

J'ai remarqué que quatre jeunes femmes le regardaient. Elles ne devaient pas être d'ici car elles n'essayaient même pas d'être discrètes.

Une fois encore, je me suis demandé s'il m'attirait. La pseudo-moumoute, hélas, moumoutait toujours. Mais un peu plus bas, il y avait une paire d'yeux bruns très sérieux, ronds comme des émojis manifestant leur embarras, encadrés de très longs cils noirs. Il avait la voix douce, une sorte de murmure, et ça me donnait envie de me rapprocher de lui. Je me suis rendu compte que j'étais démesurément heureuse qu'il m'ait trouvée drôle. J'en avais des papillons dans le ventre. Mais rien à voir avec ce que je ressentais en voyant Miriam, rien de cette transe de désir que j'avais éprouvée au restaurant. N'empêche, j'avais envie qu'il ait envie de moi. S'il ne me trouvait pas bandante, alors ça voulait dire qu'il ne m'avait pas trouvée drôle. J'aurais préféré me satisfaire du simple fait qu'il me trouve drôle.

« Yo, je meurs de faim. Et toi ? »

Bien sûr que j'avais faim. Mais la chose allait bientôt se régler quand je rentrerais chez moi pour absorber mes 150 calories de glace allégée et mes 80 calories de céréales.

« Pas vraiment, ai-je répondu.

— Y a un endroit dans le coin où ils font des super hot-dogs.

— Des hot-dogs ?

— Ouais. Super bons, avec du chili et tout. »

Je l'ai regardé, avec sa mâchoire proéminente, il me faisait l'article avec une telle simplicité. Il était si naturellement beau et mince que son physique le mettait à l'abri de tout jugement. Son armure le protégeait en toutes circonstances de sa propre faim. Dans le cas de Miriam, c'était différent. Elle portait partout sur son corps les fruits de sa faim.

« Si bons que ça ? » ai-je dit.

30

« T'imagines pas comment c'est cool de traîner avec une meuf qui mange », a dit Jace alors qu'on enfournait notre second hot-dog. J'avais pris la même chose que lui : un hot-dog chili fromage, et le deuxième avec du ketchup, de la moutarde, de la sauce relish et des oignons. La caissière était fan de *Breathers*, du coup elle nous les avait offerts. C'est elle qui avait suggéré les oignons. Le fait qu'il ait accepté signifiait qu'il ne voyait pas en moi autre chose qu'une amie. Il se moquait complètement de son haleine.

« Les meufs que tu connais ne mangent rien ? ai-je demandé en jouant les idiotes.

— Pas les actrices de *Breathers*. À mon avis, elles subsistent uniquement en buvant de la limonade noire. »

Mais quel connard, et quelle putain de naïveté ! Est-ce qu'il croyait vraiment qu'une femme lambda pouvait être assez mince pour passer à la télé et manger *aussi* ? Quand une actrice disait dans une interview pour *InStyle* ou *Marie Claire* ou *People* : « Je mange des frites tous les jours », tout le monde savait qu'elle bluffait ! Je me suis interrogée sur ce que Jace aurait pensé de Miriam s'il l'avait vue.

« Ouais, mais elles jouent des mortes.

— Des zombies, m'a-t-il corrigée.

— Et c'est quoi exactement, une zombie ?

— Tu ne regardes pas la série ?

— Si, ai-je menti. Je veux juste connaître ton point de vue.

— Waouh. Eh bien, mon interprétation est un peu perchée.

— Pas de problème.

— Donc, traditionnellement, un zombie, c'est un méchant. Il ressort de sa tombe, il se sent tout vide et il veut te bouffer la cervelle…

— Comme Frankenstein.

— Non, pas du tout, a-t-il répondu très sérieusement. Frankenstein, c'est pas un zombie. C'est un monstre.

— Ah.

— Mais le truc spécial dans *Breathers*, c'est que les zombies sont moins morts que les trois personnages principaux. C'est comme s'ils étaient le reflet du néant de notre culture. Ils nous obligent à nous réveiller. Ils veulent toujours nous bouffer la cervelle, mais ils nous font un cadeau, parce qu'en mettant notre vie en danger, ils nous rendent plus vivants que jamais. Voilà la réalité émotionnelle que j'essaie d'insuffler à Liam. »

Je l'ai regardé finir son hot-dog avec enthousiasme, sa mâchoire puissante montant et descendant. Il plissait les yeux à chaque bouchée, était-ce un geste étudié – un truc qu'il avait appris au cours de théâtre ? Il utilisait son hot-dog comme un accessoire. Soudain, j'ai eu envie de le lui arracher.

31

Le matin, je me suis réveillée dans mon lit avec une demi-pizza que j'avais décongelée au micro-ondes. J'avais des remontées acides, des rots aigres. J'ai plongé la main dans le paquet de Frosties posé sur ma table de nuit et j'en ai pris une poignée.

En rentrant chez moi après les hot-dogs partagés avec Jace, j'étais passée au 7-Eleven faire le plein de junk food. Je me donnais jusqu'à minuit pour tout manger. Je ne voulais pas que cette bouffe contamine le jour suivant. Sauf qu'à minuit et deux minutes, j'avais toujours la bouche pleine, aussi avais-je décidé de m'accorder vingt-quatre heures de plus pour avaler tout ce que je voulais. Je me disais que si je m'empiffrais sans limite pendant vingt-quatre heures, cela me guérirait de mes crises de boulimie.

Il me restait donc dix-huit heures et trente-quatre minutes. Je pouvais avoir tout ce que je voulais en guise de petit déjeuner. J'ai décidé de m'arrêter sur le chemin du bureau pour m'acheter une douzaine de beignets, que je garderais cachés dans ma voiture. Tout au long de la journée, je me faufilerais en douce dans le parking pour les manger l'un après l'autre. J'en achèterais une autre boîte pour mes collègues. Tout le monde serait content.

Chez Dunkin' Donuts, j'ai pris pour moi deux *Boston cream*, deux beignets recouverts d'un glaçage au chocolat, deux fourrés à la crème au chocolat, un soufflé, un à la myrtille, deux au chocolat saupoudrés de sucre glace, un nature et un à la cannelle. Pour le bureau, j'ai demandé un mélange de ce que les gens aiment en général. Je n'ai réussi qu'à en manger deux et demi en chemin : celui à la myrtille, le soufflé, et puis la crème pâtissière d'un *Boston cream* – je l'ai extraite en fourrant un doigt dedans, que je léchais tout en conduisant. J'ai rangé les autres sous mon siège.

Ils étaient tous trop contents en découvrant les donuts. Comme chaque fois qu'on apportait de la nourriture au bureau, tout est parti très vite. Il n'est bientôt resté qu'un beignet recouvert d'un glaçage rose, et un autre au café. Vers 11 h 30, je suis allée à la cuisine prendre le rose. Ana a débarqué : on aurait dit qu'elle m'avait surprise en train de me branler.

« La réceptionniste a dû partir. Son gosse a mangé un mini-Snickers. Allergie à la cacahuète.

Maintenant, c'est à moi de répondre à tous les appels. »

J'étais contente que son attention soit focalisée sur le Snickers fatal plutôt que sur mon donut.

« Au moins, ce n'était pas un géant, ai-je dit. Elle aurait été absente toute la semaine.

— Ces allergies deviennent un peu trop tendance. Avant le 11-Septembre, jamais une cacahuète n'avait fait de mal à personne.

— Jace Evans est venu voir mon spectacle hier soir. »

Je n'avais pas l'intention de le lui dire. Mais à présent que c'était fait, je voulais l'impressionner.

« Il est venu te voir, toi ?

— Non, c'était un hasard. Mais il a dit qu'il avait aimé mon numéro.

— Ah bon ?

— Ouais. Après, il m'a invitée à dîner. J'ai refusé.

— Super, a dit Ana en se lavant les mains dans l'évier. Tu seras donc la seule femme de ce côté de l'A405 avec qui il n'a pas couché. »

J'imaginais qu'il s'agissait là d'un compliment. Elle me disait que j'étais forte, intelligente, et qu'on ne me dupait pas facilement. Pourtant, ça n'avait pas l'air d'être un compliment, enfin, pas complètement. C'était une façon de me rappeler que je n'avais rien de spécial. Elle venait de dire qu'il draguait tout ce qui bouge. Le fait qu'il m'ait témoigné de l'attention ne signifiait donc pas que j'étais au-dessus des autres.

J'attendais davantage de reconnaissance de sa part. Qu'elle me dise : *Bien sûr qu'il s'intéresse à toi. Évidemment, ma magnifique grande fille. Si belle et si mince. Si drôle, si mince, si belle, si intelligente et si douée.*

« Je ne pense pas qu'il aurait essayé quoi que ce soit avec moi, ai-je repris. Il sait que j'aurais des ennuis si je sortais avec un client. »

J'essayais de changer la tonalité de l'histoire – de vantarde, je devenais sceptique, comme si je lui disais : *Je savais depuis le début qu'il ne voulait pas coucher avec moi.*

« Je ne vois pas vraiment ce qu'on lui trouve, ai-je poursuivi. Il n'est pas si canon.

— Oh si, il l'est, a dit Ana en refermant le robinet. Enfin, jusqu'à ce qu'il ouvre la bouche. »

32

À l'heure du déjeuner, je suis allée chez Yo!Good voir si Miriam travaillait. J'étais incapable d'avaler du yaourt glacé ou n'importe quoi d'autre. J'ai compris alors que je venais seulement lui rendre visite.

« Salut, a-t-elle dit. Je me demandais si je te reverrais.

— Salut, ai-je répondu en souriant.

— Tu veux que je te prépare un truc spécial ?

— Non, je suis juste passée te voir.

— Ah », a-t-elle fait en souriant, tout en tapotant le comptoir avec une cuillère en plastique.

Je ne savais pas si c'était une simple manifestation de sa nervosité, ou si elle tambourinait un chant de la joie – *Paf, paf, paf ! Je suis heureuse que tu sois passée me voir, Rachel ! Voilà ce que signifie ce staccato !* Et puis, qu'est-ce que ça voulait dire, *heureuse* ? Ça signifiait tellement de choses, depuis le plaisir platonique jusqu'à l'hystérie amoureuse. Saurais-je un jour déchiffrer le timbre précis de sa joie, de quelle source elle jaillissait, si ça voulait dire : *Je te trouve vraiment trop cool*, ou, si j'avais vraiment de la chance : *J'ai tellement envie de toi* ? J'avais l'impression que j'en mourrais si je n'avais pas très vite la réponse. Pourtant, je n'étais pas certaine de ce que je ferais quand je l'aurais obtenue. Je savais que j'avais envie de passer du temps avec elle – beaucoup de temps. Je savais que j'avais envie de goûter à chacun de ses grains de beauté : le caramel sur sa joue, la goutte de chocolat noir sur sa gorge, et les deux gouttes de chocolat au lait à gauche.

« C'est quoi, cette chanson ? ai-je demandé.

— Quoi ?

— La cuillère.

— Oh. »

Elle ne se rendait même pas compte de ce qu'elle faisait. Elle a posé la cuillère sur le comptoir. Puis elle l'a reprise et jetée à la poubelle. En dehors de nous deux, la boutique était vide.

« J'irais bien en fumer une. Tu me suis ? »

J'ai hoché la tête.

Elle a plissé les yeux dans la lumière éclatante en essayant d'allumer sa cigarette. Je lui ai tendu mes lunettes de soleil et elle les a mises. C'était des Wayfarer, des Ray-Ban style Blues Brothers, et sur elle, c'était ridicule. On aurait dit qu'elle faisait partie d'un orchestre de mariage. Elle m'a tendu sa cigarette et en a allumé une autre pour elle, inhalant profondément. Elle a soufflé la fumée : ça ressemblait à des montagnes russes. En fait c'était une série de ronds de fumée parfaits dans un rayon de soleil.

« Tu sais faire les ronds de fumée ? ai-je dit.

— Quoi ?

— Les ronds de fumée. »

J'ai levé la main et l'ai passée au milieu de l'un d'eux. Mais à cet instant, il s'est dissipé en un nuage paresseux. Elle a éclaté de rire derrière les lunettes. Elles étaient vraiment trop carrées pour elle et j'ai essayé d'imaginer quel genre lui irait. Je la voyais plutôt avec des lunettes miroir, rondes. Ça irait avec la forme de son visage et ça lui donnerait un air bohème : Miriam façon Mama Cass, Miriam, la déesse de Laurel Canyon. Ou alors de pure nostalgie, début des années 1960 – Miriam à la choucroute hollywoodienne, avec des lunettes papillon blanches, à carreaux ou rouge cerise. J'ai résolu de lui en acheter une paire et de les lui offrir. Ensuite, elle pourrait fumer au soleil autant qu'elle voudrait – avec style !

Je voulais lui acheter toutes sortes de cadeaux. Je faisais comme si ma générosité était le fruit de ma gratitude, de mon affection pour elle, mais il y avait une motivation beaucoup plus profonde derrière ce désir de donner. Je voulais l'« améliorer », à la manière d'un projet de boulot, la rendre plus tendance. Je n'étais pas tant mue par la générosité que par mes propres peurs.

À L.A., les gens passaient leur temps à recommander des choses qui les concernaient plus eux-mêmes que ceux à qui ils s'adressaient. Donner des conseils virait à l'obsession – les films, les séries Netflix – à croire que s'associer à une fiction leur apportait un supplément de séduction, d'intelligence, une fantaisie irrésistible. Quand je sentais venir une reco, je bottais en touche en disant que j'avais déjà vu la fiction en question – juste pour ne pas qu'on me raconte le scénario en détail. Franchement, est-ce qu'il fallait tout aimer ? Il y avait tant de productions ratées. Je préférais les œuvres des gens déjà morts. Au moins, ceux-là, ils n'étaient pas sur Twitter.

Mais dans mon désir de mettre Miriam en valeur, je n'étais qu'une ixième version de la donneuse de conseils obsessionnelle. Je voulais montrer au monde combien elle était magnifique, présenter un type de beauté différent et, par ce biais, m'approprier une partie d'elle. Je me disais que si le monde acceptait Miriam, cela guérirait quelque chose en moi – je ferais amende honorable auprès de la petite Rachel. Hélas, je n'étais pas si sûre que le monde voie sa beauté. Alors j'essayais d'arrondir les angles avec quelques petites recommandations esthétiques.

« Je sais que tu ne fais rien pour shabbat, a-t-elle dit. Il faut que tu viennes dîner chez moi ce soir. J'insiste. Tu vas adorer. »

Voilà qu'elle voulait me présenter à sa famille ! C'était à la fois très intime et un peu rapide. Ou bien y avait-il en elle des trésors d'amitié platonique, une nature gentille et généreuse, qui n'avait rien à voir avec l'idée de romance ? Elle faisait sa mitsva : elle tendait la main à une autre Juive qui n'avait pas de famille. Il s'agissait d'empathie judaïque, de décorum diasporique. C'était ce qu'il y avait de mieux à faire.

« Je ne peux pas, ai-je répondu.

— Mais pourquoi ?

— D'accord. Je peux.

— Fantastique. »

Elle était trop mignonne : elle a fini sa cigarette, l'a écrasée sous sa chaussure et s'est mise à taper dans ses mains comme pour dire : *Eh ben voilà !* À ce moment-là, une ombre s'est dessinée dans sa paume droite. Une ombre ovale. On aurait dit un œil.

Un instant, je me suis vraiment demandé si je voyais un œil dans sa main droite. Puis cet œil a cligné. J'ai fermé les paupières une seconde. Il avait disparu.

33

Je ne savais pas comment m'habiller pour le shabbat. Je ne voulais pas que la famille de Miriam me trouve irrespectueuse, aussi j'ai quitté le boulot plus tôt pour faire un saut chez Saks Off Fifth, où j'ai acheté une longue robe en coton noir qui m'arrivait aux chevilles et dont les manches se boutonnaient aux poignets. Je m'étais toujours sentie juive sur le plan culturel, même si je ne l'étais pas sur le plan religieux. Mais à présent, ignorante des coutumes orthodoxes, j'avais l'impression d'être une WASP. Quelque part, ça me plaisait : j'étais une version simplifiée, indépendante.

Je me suis arrêtée à la boulangerie Schwartz et j'ai acheté un escargot à la cannelle, puis je me suis garée et j'ai terminé à pied le chemin jusque chez Miriam, dans Formosa Street. Je ne voulais pas qu'ils sachent que je conduisais le jour du shabbat, car à leurs yeux, c'était l'équivalent d'un travail – même si le soleil ne s'était pas encore couché. Il y avait quelque chose d'agréable dans le fait de devoir tout boucler avant le crépuscule, d'être en quelque sorte « excusée » de la vie. C'était comme un mot pour le professeur écrit par l'autorité suprême.

La maison était une de ces grandes bâtisses à étage de style composite telles qu'on en trouve à LA, édifiée sur un petit terrain sans doute avant les années 1940, rénovée dans les années 1960, et guère entretenue depuis les années 1980. Elle était en stuc, *et* en briques, *et* en bardeaux, *et* en pierre, avec des ornements en fer forgé – certains peints en noir, d'autres en blanc. Accroché au chambranle de la porte, évidemment, il y avait une mezouza, et sur la porte elle-même une chouette en bois où il était inscrit SCHWEBEL. C'était donc là son nom de famille : Miriam Schwebel. J'ai senti une odeur de rôti, une sorte de viande, et j'ai immédiatement pensé : *Barre-toi. En courant !* Cette intimité, l'odeur du quotidien d'une autre famille : c'était terrifiant.

Miriam devait me guetter. Je n'avais pas frappé qu'elle m'avait déjà ouvert et me cornaquait à l'intérieur. J'étais l'invitée d'honneur. Elle avait aligné pratiquement toute sa famille dans l'entrée. Eitan, quinze ans, Noah, neuf ans – tous les deux portant des papillotes. Son père aussi, mais j'ai été surprise qu'il n'ait pas de barbe. Je lui ai tendu la main, mais il est resté immobile. Je me suis rappelé qu'il n'avait pas le droit de me toucher.

Miriam avait une sœur de trois ans sa cadette, Ayala, qui était à l'étage. Il y avait en outre un bébé qui s'accrochait à son pied.

« Qu'est-ce qu'elle est mignonne, ai-je dit en parlant du bébé.

— C'est un garçon, il s'appelle Ezra, a murmuré Miriam.

— Oh pardon !

— Ce n'est pas grave, a dit sa mère en souriant. On ne leur coupe pas les cheveux avant trois ans. »

J'ai apprécié que Mrs Schwebel ne me juge pas – et fasse comme si n'importe qui aurait pu se tromper. Sa mère était le portrait de Miriam. Elles avaient les mêmes rondeurs : un ventre proéminent, un gros cul, un double menton. La mère n'était pas maquillée, mais elle était plus stylée que je ne l'aurais imaginé. Elle portait une longue robe noire et des mocassins rouges qui avaient tout l'air d'être des Gucci. Elle avait une perruque mi-longue, d'un roux à la Rita Hayworth, avec une raie sur le côté.

« On habite ici depuis que j'ai deux ans, m'a expliqué Miriam en me faisant faire le tour de la maison qui était immense et aussi un peu crado.

— Ah. Et où es-tu née ?

— À Monsey, dans l'État de New York, a-t-elle dit en entrant dans le salon. Mes parents ont déménagé pour que mon père puisse travailler dans l'immobilier avec mon oncle Lavie. »

Le salon était une version chic du style Pierrafeu des années 1960, avec de la moquette et des meubles vert avocat, et une cheminée en fausse pierre. J'ai reconnu cette imitation pierre car c'était la même qui ornait la façade de mon immeuble. Mais alors que cette pièce était remplie d'une collection de bibelots qui devait afficher un bon siècle au compteur – trois chofars, deux menorahs, une horloge ancienne, un coucou, un jeu d'arcade Ms. Pac-Man cassé, une collection de statuettes de rabbins –, mon appartement avait été récemment rénové, repeint en blanc, et il existait au présent, dans un continuum de perpétuelle vacuité. Je possédais seulement mon lit blanc Ikea, ma table de chevet blanche Ikea, mon canapé noir Ikea, et c'est tout. J'avais envisagé d'acheter un tapis, mais je n'arrivais pas à me décider. Je trouvais que ce serait une forme d'engagement signifiant que j'existais sur cette planète plus que je ne le souhaitais.

« Quand est-ce que ta famille s'est lancée dans le yaourt ? ai-je demandé à Miriam.

— Plus tard. J'avais douze ans.

— Ah.

— En fait, c'était l'idée de ma mère », a-t-elle dit en m'emmenant dans la salle à manger, qui dégageait un air plus ancien que le salon, avec ses lambris de bois foncé et ses moulures blanches. « Si on avait encore été à Monsey, elle n'aurait sûrement jamais eu cette idée. Là-bas, les femmes ne travaillent pas vraiment – en tout cas, elles ne sont pas censées avoir des idées pour faire marcher le commerce. Mes deux parents sont issus de familles ultra-ultra-orthodoxes. Nous, on est juste des orthodoxes modernes. Oncle Lavie a pratiquement tout laissé tomber. C'est le petit frère de mon père. Il a quitté la yeshiva pour venir s'installer ici et se marier avec une Israélienne. Ils n'ont que deux enfants. Ce sont des Juifs libéraux, ou un truc du genre.

— C'est qui, les Juifs libéraux ? » a demandé une jeune femme en entrant dans la salle à manger. Elle était belle, avec des cheveux noirs luisants et soyeux, et des yeux presque noirs. Ses chevilles étaient minces dans ses ballerines, elle avait un visage de biche.

« Oncle Lavie, a répondu Miriam.

— Ils sont conservadoxes.

— Ah. Conservadoxes. Rachel, je te présente ma sœur, Ayala.

— Bonjour. »

Ayala a levé la main pour m'adresser un vague signe, mais n'a rien dit de plus. Elle m'a déplu sur-le-champ. J'étais contente qu'elle sorte aussi vite qu'elle était entrée. Sa beauté me rappelait le monde extérieur, ce qui avait longtemps été pour moi le plus important. J'aurais aimé qu'elle ne soit pas là du tout.

La cuisine était tout en panneaux de bois style années 1960, avec du lino, des plans de travail jaunes et des murs entièrement recouverts de placards en chêne.

« Est-ce que je peux vous aider à faire quelque chose ? ai-je demandé à Mrs Schwebel.

— *Nisht.* Tout est prêt. »

Noah et Ezra étaient assis à la petite table de la cuisine avec une boîte de petits escargots au miel Little Debbie.

« Si vous devez les ouvrir, faites-le maintenant, a dit Mrs Schwebel. Je ne veux pas entendre le froissement d'un seul emballage après le coucher du soleil. »

Ensuite elle s'est tournée vers moi pour m'expliquer : « Ouvrir les emballages est considéré comme du travail. Dès que la nuit tombe, c'est fini. Pas d'emballages ouverts, pas d'escargots au miel. »

Elle s'est retournée vers la cuisinière. Noah et Ezra ont entrepris de sortir tous les petits pains de leurs emballages.

« Mais combien vous en ouvrez ? les a-t-elle faussement gourmandés sans les regarder. À cette allure, on va avoir besoin d'un shabbat goy.

— On va tout manger, *maman* ! » a répondu Ezra.

En l'entendant prononcer le mot *maman*, j'ai senti mon cœur se serrer. Ma mère ne me manquait pas vraiment, et puis ce n'était pas une *maman*. Je voulais une autre maman, inventée. J'ai réfléchi à ce que serait la maman idéale pour moi, à quoi elle ressemblerait. Serait-elle pareille à Mrs Schwebel ? À Ana ? S'il m'avait été possible de créer la maman de mes rêves, je ne sais même pas à quoi elle aurait ressemblé. Ce désir de maman avait toujours fait pendant à une absence. Je ne pouvais évoquer une maman en termes de présence. Dans mes fantasmes, je raboutais des morceaux – des fragments de femmes dont j'avais croisé la route. Mais je n'avais jamais réussi à me construire une maman à partir de toutes ces bribes.

« On va les aider, a dit Miriam en prenant un escargot au miel et en mordant dedans.

— Ah, a fait Mrs Schwebel, j'imagine que ce n'est pas aujourd'hui que tu vas commencer ton régime. »

Le ton de sa remarque était espiègle, ni cruel ni accusateur. Mais en l'entendant faire ce commentaire, je me suis sentie mal et j'ai paniqué, comme s'il me fallait préserver Miriam du mot *régime,* ou que je devais mettre ce mot en quarantaine pour ne pas qu'il la contamine.

« Mais je commence justement un régime, a répondu Miriam en croquant une autre bouchée. Le régime gâteaux. C'est trop tendance en ce moment, c'est hyperpopulaire.

— Le régime gâteaux, ben voyons ! a répliqué sa mère.

— Oui, a poursuivi Miriam en mastiquant d'un air songeur. Escargots au miel, roulés au chocolat, brownies, cupcakes, tartes. Mais pas de Twinkies.

— Pourquoi pas de Twinkies ? ai-je demandé.

— C'est pas casher.

— Eh bien, partage un peu avec Rachel, a dit Mrs Schwebel. Elle est si jolie et si mince. »

Miriam m'a offert la moitié de l'escargot au miel et je l'ai pris, malgré un sentiment de trahison. Nous n'avions jamais parlé de poids entre nous. Je n'appréciais pas qu'on la compare à moi ou à qui que ce soit d'autre.

Mais alors Mrs Schwebel s'est approchée, elle a embrassé sa fille sur la joue et a déclaré :

« Tous mes enfants sont beaux.

— Ouvre la bouche, a dit Miriam en tendant le dernier morceau d'escargot au miel à sa mère.

— Mmmm. Le régime gâteaux. »

Mr Schwebel était déjà à table. Il portait une kippa, et des tsitsit pendouillaient de sa poche. Il m'a souri, m'a adressé un signe de tête, mais n'a pas dit un mot. Même après que tout le monde a été installé, il s'est contenté de nous regarder d'un air amusé. Il semblait laisser Mrs Schwebel tout prendre en charge.

Au moment où il allait ouvrir son livre de prières, elle l'a envoyé à la cuisine chercher un condiment manquant. Lorsqu'il est revenu, elle l'a renvoyé chercher d'autres bougies car celles qui étaient là ne lui plaisaient pas.

« Dépêche-toi, lui a-t-elle dit, le soleil se couche dans sept minutes. »

Une fois satisfaite, elle a fait signe que nous étions prêts à commencer. Puis elle s'est de nouveau arrêtée et s'est tournée vers Miriam.

« Oh, flûte alors. J'ai oublié. Miriam, avant que le soleil se couche, emmène Rachel en bas et allume la lumière du sous-sol. »

Puis elle s'est tournée vers moi :

« Il y a un minuteur pour que la lumière s'éteigne toute seule à 23 heures. Mais nous devons nous assurer qu'il y en aura encore pour que vous puissiez vous mettre en pyjama et vous installer.

— Oh, ai-je répondu, je n'avais pas l'intention de rester dormir.

— C'est vrai ? a demandé Mrs Schwebel à Miriam.

— Bien sûr que si, tu restes. Comment tu veux conduire si tu as bu ? »

Sa mère a éclaté de rire, mais elle ne l'a pas contredite.

« Demain, on pourra dormir pendant que les garçons iront à la synagogue, a repris Miriam en se levant. Ensuite, on fera un bon déjeuner et tu pourras rencontrer certains de nos amis qui passeront à l'occasion. Ce sont deux belles journées. Sans le samedi, ce n'est pas le shabbat.

— Mais je n'ai pas de vêtements de rechange ni rien parce que je n'avais pas pensé que… je resterais dormir.

— Vous pourrez emprunter des affaires d'Ayala », a dit Mrs Schwebel. Puis à sa fille : « Tu vas prêter des affaires à Rachel, d'accord ? »

Ayala lui a renvoyé un regard noir.

En temps normal, je détestais dormir dans une autre maison, avant tout parce que cela signifiait que j'avais moins de contrôle sur ce que je mangeais, mais aussi parce que j'aimais avoir mon intimité. Je préférais dormir seule. Mais que pouvait-il se passer si Miriam et moi étions pompettes et que je dorme ici ? J'étais à la fois anxieuse et tout excitée.

« Donc, c'est décidé, a ajouté Mrs Schwebel. Les filles, dépêchez-vous. Le soleil se couche dans trois minutes. »

34

Le sous-sol était déjà prêt à m'accueillir. Un canapé-lit était ouvert, avec une couverture rose et vert moelleuse, pas toute jeune mais douillette. Tout était ainsi dans cette maison : doux, vieux et cosy. Cela m'a rappelé que pour certaines personnes, la vie, c'était une question de contact, de détente, ça consistait à se sentir bien. Cela aurait pu être la devise rhétorique des Schwebel : *Et pourquoi tu ne prendrais pas trois oreillers ? Et pourquoi tu ne prendrais pas une couverture en plus ? Et pourquoi tu ne te mettrais pas à l'aise ?*

« Je vais allumer le chauffage, a dit Miriam. Je le laisse au minimum. Tu pourras le régler dans la nuit si tu veux.

— Ça ne gêne pas dieu ?

— Dieu veut que tu te sentes bien. »

On est retournées s'asseoir à table. Alors Mrs Schwebel s'est levée pour allumer les bougies, ce qui marquait le début du shabbat. Elle agitait les mains devant ses yeux comme si elle dirigeait une symphonie.

« *Shekina*, a-t-elle dit en souriant. La lumière divine. »

Elle a entonné les bénédictions devant les bougies, et les autres membres de la famille se sont joints à elle. J'ai réalisé avec joie que je connaissais ce chant. C'était le vieux « Baroukh Ata » que j'avais appris à l'école hébraïque. Je connaissais la bénédiction du vin et celle du pain aussi. C'étaient juste des variantes du « Baroukh Ata ».

Ils chantaient ces bénédictions sur une mélodie différente de celle que je connaissais. Puis ils en ont entonné d'autres, et je me suis aperçue que c'était pareil pour ces airs-là. Je connaissais la plupart des paroles, mais la musique variait. Quand ils se sont lancés dans « Oseh Shalom », je me suis soudain sentie très seule. « Oseh Shalom » était le chant préféré de ma grand-mère. Ils le chantaient d'une manière complètement différente et j'avais envie de leur dire : *Non ! Vous vous trompez ! C'est pas ça, la musique !* Ou du moins, j'aurais aimé leur apprendre la version de ma grand-mère.

Et puis je me suis demandé si ce n'était pas la version de ma grand-mère qui était erronée. Peut-être que cette mélodie était enseignée aux Juifs de moindre valeur et aux non-croyants. J'étais triste à l'idée que ma grand-mère avait cru toute sa vie qu'elle chantait la bonne version.

« À quelle *shul* tu vas ? m'a demandé Eitan après "Oseh Shalom".

— Je ne vais plus à l'école, je travaille.

— *Shul.* Ça veut dire "synagogue", pas "école", m'a gentiment reprise Mrs Schwebel.

— Ah. Mais je ne vais pas non plus à la synagogue. »

J'ai palpé les poches de ma robe en quête d'un des cinq chewing-gums à la nicotine que j'y avais rangés, sans leurs emballages.

« Quels sont les autres chants que tu connais ? » m'a très vite demandé Miriam.

Difficile pour moi de répondre. Je m'en rappelais un que j'aimais bien, je l'avais appris juste avant de faire ma bat-mitsva. La mélodie était très belle, elle m'avait vraiment transportée et remplie de bonheur. Mais je craignais de la chanter car c'était en anglais, pas en hébreu.

« Allez, a insisté Miriam. Si tu connais "Oseh Shalom", tu dois en connaître d'autres.

— Bon. »

J'ai repris mon souffle. Et je me suis mise à chanter :

« C'est un arbre de vie pour ceux qui y sont fidèles, et tous ceux qu'il soutient sont heureux ! C'est un arbre de vie pour ceux qui y sont fidèles, et tous ceux qu'il soutient sont heureux !

— Intéressant, a dit Mr Schwebel. C'est un extrait du livre des Proverbes, en fait. "C'est un arbre de vie pour qui la saisit ; et qui la tient devient heureux".

— Ah ouais, ai-je fait. Cool.

— J'ignorais que cette chanson existait. Cela doit être la tradition libérale. En hébreu, c'est : *Etz chayim hi lamachazikim ba, vetomecheha me'ushar.* Si vous voulez la chanter ainsi. »

Et je me suis retrouvée à leur enseigner cette douce mélodie que j'aimais, en reprenant les paroles en hébreu que Mr Schwebel a patiemment répétées jusqu'à ce que je les sache.

35

Après avoir chanté, nous avons bu et mangé. Mrs Schwebel avait préparé un dîner incroyable : un poulet rôti à la peau croustillante et luisante de beurre et à la chair juteuse. Il était farci d'un mélange salé, croquant, plein de céleri. Elle servait en accompagnement une espèce de compote de pommes au goût de tarte. Il y avait aussi des carottes braisées à la cannelle, une terrine aux boulettes de viande aigres-douces avec une sauce aux raisins secs, et une 'hallah à la margarine.

Je me suis imaginée manger ici en comptant les calories. Quelques verres de vin suffisaient à exploser le nombre de celles d'un de mes dîners habituels. En dégustant la 'hallah, j'ai remercié dieu de ne pas être en train de calculer – la 'hallah était sucrée et sèche à l'extérieur, pareille à du gâteau à l'intérieur. J'avais l'impression d'avoir un lit douillet dans la bouche.

J'ai observé Ayala qui mangeait. Miriam et sa mère, son père et ses frères s'étaient tous resservis de chaque plat, montrant leur bon appétit, mais Ayala faisait la difficile. Je me suis soudain sentie mal à l'aise, comme si pesait sur moi une injonction à l'imiter. Mais tout était beaucoup trop bon pour que je me retienne. J'ai dit trois fois à Mrs Schwebel à quel point c'était délicieux, et elle en a rosi de plaisir. Elle m'a répondu que ses enfants étaient tellement habitués à sa cuisine qu'ils ne lui faisaient plus de compliments. Elle a souri en me voyant reprendre de chaque plat.

« Quel bel appétit », a-t-elle dit.

Cela m'a rappelé la fierté de mon grand-père quand nous allions au Deli de la Deuxième Avenue et qu'il me disait : « Il y a des cornichons qui te sont réservés. »

« Oui, c'est vrai, a renchéri Miriam.

— Vous êtes vraiment une bonne mangeuse pour une personne aussi mince. »

J'ai souri, telle une héroïne. Dans la lumière des bougies, réchauffée par le vin, bercée par la conversation joyeuse et simple de cette famille, j'ai prétendu que c'était vrai. Je me suis levée pour débarrasser, mais Mrs Schwebel m'a fait signe de me rasseoir : « Non, vous êtes notre invitée d'honneur. »

Je me sentais naturellement à ma place. Était-ce uniquement parce que j'étais juive qu'ils m'accueillaient si chaleureusement ? À côté d'eux, je l'étais à peine. Et pourtant ils me traitaient comme si j'étais de la famille. Je trouvais ça génial qu'ils ne se préoccupent pas du tout des autres aspects de mon identité : ce que je faisais pour vivre, quels étaient mes centres d'intérêt, ce que j'avais accompli. Il suffisait que j'existe pour qu'ils m'apprécient, je n'avais besoin ni d'être ni de faire quoi que ce soit d'autre. À croire qu'ils aimaient mon âme en sa plus simple expression, une sorte d'essence intérieure, d'un amour inconditionnel.

« Adiv m'a envoyé une photo ce matin », a dit Mrs Schwebel en s'essuyant la bouche, puis elle a fait passer un cliché flou, imprimé sur une feuille de papier. « Regardez ce *punim.* »

C'était drôle qu'elle se soit donné la peine d'imprimer cette photo plutôt que de la partager ou de nous la montrer sur l'écran de son ordinateur. En plus, cette image me mettait mal à l'aise. Je n'aimais pas voir Adiv en tenue militaire, un fusil à la main.

« Le pauvre, a dit Miriam.

— Pourquoi tu dis ça ? C'est lui qui a décidé, a répondu Ayala.

— Je sais, mais je suis sûre qu'on lui manque.

— Trop tard. Il s'est engagé.

— Ça lui fait du bien, a déclaré Mrs Schwebel. Il est bon de croire en quelque chose. »

Puis elle s'est tournée vers moi :

« Vous êtes déjà allée en Terre sainte, Rachel, évidemment ?

— Non.

— Oh, il faut y aller ! » s'est exclamée Mrs Schwebel, et toute la famille s'est mise à me décrire la beauté des lieux : la mer Morte, Masada, les oliviers, les murailles de Jérusalem, les kibboutz, ce sentiment d'être revenu chez soi. Ils en parlaient exactement comme mes grands-parents naguère, avec un émerveillement mêlé d'effroi.

Je me suis souvenue que, des années plus tôt, quand la bande de Gaza et la Cisjordanie devaient être rendues aux Palestiniens – chose qui ne s'était jamais complètement réalisée de toute façon –, ma grand-mère me lisait le journal à haute voix. Elle avait levé les yeux vers moi et murmuré tristement : « Maintenant, Israël n'est plus que cette petite bande de terre. »

Miriam et les siens n'ont pas évoqué les colonies, ni rien de politique. Ils ont seulement parlé d'Adiv, du Néguev, de la bénédiction de l'existence de cette nation. À les entendre parler de ce miracle, de ce pays où coulaient le lait et le miel, on n'aurait jamais imaginé que des gens avaient été forcés à l'exil. Leur joie m'a soudain donné envie de me blinder contre ça aussi. Peut-on repousser les ténèbres par sa simple volonté ? Peut-on les bannir en disant : *Non, ceci n'existe pas pour moi* ? Est-il possible de se dissoudre dans la beauté de son fantasme si l'on s'en sent capable ?

J'ai ouvert la bouche pour leur demander ce qu'ils pensaient de l'autre versant du problème. Mais j'ai entendu la voix de ma grand-mère résonner en moi : *Rachel, tu ne sais vraiment rien.*

Miriam avait raison. J'avais trop bu – trop pour rentrer chez moi. On est restés assis à table un long moment après le dîner, à grignoter des figues, des noix, et l'escargot à la cannelle que j'avais apporté. J'aurais voulu prendre la main de Miriam sous la table. Pour la remercier de m'avoir amenée ici, à ce dîner en famille, le plus cool de toute ma vie. Le mot *hospitalité* m'a traversé l'esprit, et j'ai compris ce que cela signifiait et que c'était tout un art. Je n'aimais pas que des gens pénètrent dans mon espace personnel, mais avec la famille de Miriam, tout était facile. Ils avaient l'air tellement contents de me recevoir. Ils ont rempli mon verre de vin. M'ont complimentée pour l'escargot à la cannelle, qui était sec et trop sucré.

À nouveau, j'ai entendu la voix de ma grand-mère.

Je ne peux pas résister à un morceau de gâteau un peu rassis.

Tu serais si heureuse de me voir ici, ai-je pensé, et j'ai pris une dernière bouchée.

36

À 22 heures, Mr Schwebel a dit : « C'est l'heure d'aller au lit. » Noah s'était endormi à table, et Ezra jouait en dessous. Ayala s'était déjà excusée et retirée dans sa chambre afin d'être en forme à la synagogue le lendemain. Je me suis demandé pourquoi elle y allait alors que Miriam, Mrs Schwebel et moi-même resterions à la maison. Quand tous les autres ont été partis, j'ai posé la question à Miriam.

« Ma mère et moi, on aime faire la grasse matinée, a-t-elle dit en riant. Non, sincèrement, je ne sais pas pourquoi on fait ça comme ça. Parfois j'y vais. Mais je pense qu'Ayala aime y aller plus que moi parce qu'elle aime bien regarder depuis le balcon les garçons qui prient, elle cherche son futur mari.

— Et pas toi ?

— Je ne suis pas franchement intéressée. »

J'avais envie de l'interroger davantage, mais je n'en ai rien fait. Pourquoi n'était-elle pas intéressée ? N'aimait-elle pas les garçons ? Savait-elle pourquoi elle n'aimait pas les garçons ? Ferait-elle un mariage arrangé ? Est-ce que ça existait encore ? En avait-elle discuté avec sa famille ? J'ai essayé d'imaginer ce que ça devait être de tenter son coming out dans une famille pareille. Peut-être que ce n'était pas plus dur que de le faire auprès de ma mère. Les Schwebel se poseraient des questions sur le plan religieux, mais j'avais le sentiment qu'ils accepteraient Miriam telle qu'elle était.

C'est seulement à la fac que j'ai annoncé à ma mère que je préférais les filles. Juste après que j'ai commencé à sortir avec Cait. Ma mère m'a appelée, elle me harcelait à propos d'un mec sur le campus, Ben Buber, elle voulait que je sorte avec lui car c'était le fils d'une femme qu'elle avait rencontrée lors d'une bat-mitsva. Elle ne supportait pas que je sois célibataire. Quand je n'étais pas en couple, elle redoutait que je ne fasse pas assez d'efforts pour trouver quelqu'un, que je me berce paresseusement d'illusions, m'imaginant sans doute qu'un mec allait tomber du ciel avec la prochaine averse de neige du Wisconsin. Elle croyait qu'il était de son devoir de me rappeler à la réalité, de me dégoter un homme en jouant les chasseuses-cueilleuses à toutes les sauteries auxquelles elle se rendait.

Je lui ai dit que je ne pouvais pas sortir avec Ben Buber.

« Allons, ça ne va pas te tuer.

— Je ne peux pas.

— Pourquoi ?

— Je ne peux pas, c'est tout.

— Je pense que je mérite au moins de savoir pourquoi. »

J'ai gardé le silence.

« Est-ce que tu vois quelqu'un ?

— Oui. Et c'est une femme. »

J'avais pensé que, dans un premier temps, ma mère serait surprise. J'imaginais sa perplexité, voire sa confusion, mais je ne pouvais envisager qu'elle soit triste ou en colère. Elle n'était pas vraiment radicale, elle votait démocrate et regardait tous les soirs la journaliste lesbienne Rachel Maddow. Elle donnait de l'argent au Planning familial. Malgré son obsession de me trouver un mari, elle s'était toujours préoccupée des droits des femmes. Je n'étais absolument pas préparée à ce qu'elle s'en prenne à moi de cette manière.

Elle s'est mise à sangloter. M'a dit que je faisais ça juste pour l'embêter. Que j'étais perdue et qu'elle n'aurait jamais dû me laisser faire des études de théâtre. Elle a dit que mon grand-père n'avait pas travaillé toute sa vie pour que sa petite-fille devienne une saloperie de lesbienne.

« Je suis bi », ai-je dit, et j'ai raccroché.

J'étais remplie de culpabilité. Je me suis demandé si tout ça était bien nécessaire : non seulement d'annoncer à ma mère que j'étais avec une fille, mais aussi le fait même d'être avec une fille. Il me fallait défendre une position alors que je ne savais même pas quelle était cette position.

J'ai raconté à Cait comment ma mère avait réagi, et elle m'a serrée dans ses bras.

« Ta mère, c'est vraiment une grosse pute. Je serai là pour toi, quoi qu'il arrive. »

Je ne l'avais jamais entendue traiter personne de « grosse pute » auparavant. Je savais qu'elle le pensait pour de bon. Mais je n'avais plus envie qu'elle soit là pour moi. J'éprouvais de la réticence à ce qu'elle me touche, j'étais totalement inhibée. Elle était enfin à moi et je ne savais pas quoi faire d'elle.

Puis mon père m'a appelée.

« Ta mère est dans un sale état », a-t-il dit.

Je n'ai pas répondu.

« Elle me téléphone et elle n'arrête pas de pleurer.

— Désolée.

— Je voudrais te poser une question. À quel point elle est importante pour toi, cette relation avec... cette fille ?

— Je sais pas.

— Bien, voilà ce que je te propose. À moins que tu ne comptes épouser cette personne, puis-je suggérer que tu reviennes sur tout ce que tu as dit à ta mère ?

— Comment ça ?

— Tu rétropédales. À vrai dire, cette histoire ne m'emballe pas, moi non plus.

— OK. Pas de problème.

— Et avec Ben ?

— Quoi ?

— Le garçon avec qui elle veut que tu sortes.

— Oh putain. »

Ben Buber ressemblait à un bébé géant sous stéroïdes. Il vantait d'une voix de stentor l'importance de la supplémentation en créatine et il a presque hurlé quand je lui ai dit que je faisais seulement du vélo elliptique, jamais de fonte. Je me suis soûlée, alors que j'avais l'estomac vide, et j'ai vomi mon vin sur lui. Ensuite, je me suis mise à pleurer.

« Je pense que ma mère ne m'acceptera jamais telle que je suis », ai-je dit.

Ça a fait flipper Ben bien plus que les histoires de cardio. Il a aussitôt payé et il a filé.

Après ce *date*, j'ai appelé ma mère.

« C'est un prématuré qui soulève de la fonte ! » ai-je hurlé.

Puis j'ai envoyé un SMS à Cait pour lui annoncer que c'était fini. Il y avait déjà plusieurs jours qu'elle envoyait des émojis cœurs, sans réponse de ma part.

37

Miriam s'était plantée en programmant la lumière. Un noir d'encre régnait dans le sous-sol des Schwebel. Ayala m'avait dit qu'elle avait déposé pour moi un pyjama en pilou, alors j'ai palpé le lit jusqu'à ce que je le trouve, il était tout doux. Je me suis demandé si je ne devrais pas remonter pour essayer de dénicher une lampe de poche, mais était-on autorisée à utiliser une lampe de poche pendant le shabbat ?

J'ai songé à allumer la lumière de la salle de bains. Mais je ne voulais pas rompre le shabbat dans leur maison. La lumière était sans doute un truc plus important que le chauffage car c'était la première chose que Dieu avait créée dans la Bible. Je suis allée à tâtons jusqu'aux toilettes et j'ai fait pipi dans le noir. Impossible de me brosser les dents. En sortant, j'ai marché sur un jouet d'Ezra qui a couiné bruyamment. Après, j'ai entendu un rire. Puis la voix de Miriam :

« Rachel, c'est toi ? »

J'ai vu une lueur en haut de l'escalier.

« Qu'est-ce que tu fais dans le noir ? Attends, je vais t'apporter des bougies. »

Je l'ai entendue descendre tout doucement. Puis j'ai distingué ses pieds blancs dans l'obscurité. Elle portait un pyjama en coton bleu layette et tenait deux photophores garnis de bougies chauffe-plat. Elle n'avait pas de soutien-gorge et ses seins et son ventre ballottaient.

« Voilà, a-t-elle dit en me donnant les photophores. Désolée, je suis nulle avec le programmateur.

— Merci.

— Le lit te convient ? Et le pyjama d'Ayala ?

— Tout est parfait. Et très confortable.

— Super. Je veux que tu te sentes comme chez toi, ici. »

J'ai posé les bougies sur la table de nuit, qui en fait était une petite table d'appoint qu'on avait rapprochée du canapé. Je me suis assise sur le lit mais je n'ai pas invité Miriam à venir à côté de moi. Je me sentais nerveuse, bizarre, mais j'étais également excitée qu'elle soit si proche, dans la lueur des petites flammes, le corps libéré. Elle portait une culotte, qu'on voyait à travers son pyjama. Un modèle de grand-mère. Et je ne pouvais m'empêcher d'imaginer l'odeur de sa chatte là-dessous. Je me suis demandée si elle mouillait. Puis je m'en suis voulu d'avoir pensé ça.

« Tu es sûre que tu n'as pas peur d'être ici ?

— Non.

— Et si je restais un peu, au cas où, jusqu'à ce que tu t'endormes ? » a-t-elle proposé.

Elle s'est assise dans un fauteuil rembourré en face du canapé-lit.

« D'accord », ai-je dit, sans pour autant me coucher. Je me suis vue la rejoindre, me frotter contre elle, tel un chat. Je me suis vue l'attraper par la nuque et l'embrasser de force, nos dents s'entrechoquant, sa superbe langue dans ma bouche. Je me suis vue ouvrir le haut de son pyjama pour contempler ses incroyables seins et les lécher…

« Tu devrais te mettre au lit, m'a-t-elle dit.

— OK. »

J'ai soulevé le drap et les couvertures, et je me suis faufilée dessous. Miriam ne s'est pas levée, n'a pas essayé de me border, et pourtant, c'était comme si elle l'avait fait depuis l'autre bout de la pièce. J'observais son corps qui montait et descendait doucement à chacune de ses respirations, ses yeux bleu pâle, si clairs dans la lueur des bougies, pareils à du verre. J'entendais aussi sa respiration, on aurait dit qu'elle voulait me bercer à son rythme pour m'endormir.

« Tu es bien ?

— Mmmm, ai-je répondu.

— Parfait, a-t-elle dit.

— Raconte-moi une histoire.

— Une histoire ? »

Elle a éclaté de rire.

J'espérais que je n'allais pas trop loin. Mais je me sentais tellement bien, et si je ne pouvais la toucher, alors je voulais que l'atmosphère soit remplie de ses mots.

« Oui.

— D'accord. Tu veux une histoire avec des animaux ou avec des plantes ?

— Des animaux. »

Ce que je voulais vraiment, c'était glisser la main sous mon pyjama et la laisser là, pour me faire du bien, m'aider à m'abandonner. Mais j'avais peur qu'elle voie une bosse sous les couvertures et que ça la gêne. Et puis je ne me faisais pas confiance pour mettre ma main sur ma chatte sans tenter de me branler. J'étais déjà trempée et j'aurais adoré me caresser doucement le clito par petits gestes légers et rapides. À la place, j'ai enroulé mes bras autour de moi – genre Dracula dans son cercueil, en plus soft et plus doux. Je me sentais bien, comme si on me faisait un câlin. Je suçais mon chewing-gum à la nicotine.

« Il était une fois une fille qui vivait dans un village, a-t-elle dit. Elle avait environ notre âge. Le village se trouvait à l'extérieur de Los Angeles, mais il n'était ni à Orange County ni dans la vallée de San Fernando. Dans ce village, il y avait seulement des palmiers, mais aucune autre sorte d'arbre. C'était le seul village dans tout le sud de la Californie où il n'y avait aucune autre espèce d'arbre ou de buisson. »

Elle s'est arrêtée une seconde.

« Pardon, je crois que je me suis laissé emporter par les plantes. Je reviens aux animaux dans une minute.

— Pas de problème.

— Cette fille, elle avait envie d'introduire de nouveaux arbres dans le village, en particulier des… comment ça s'appelle ? Ah oui, des arbres à feuillage persistant. Mais personne dans le village n'en voulait. Les gens ne comprenaient pas pourquoi elle voulait d'autres arbres alors que les palmiers étaient si beaux. En fait, une ou deux autres espèces de buissons s'étaient mis à pousser au fil des années, et les villageois les avaient carrément arrachés. La fille leur a rappelé que d'autres arbres, y compris à feuillage persistant, étaient des plantes indigènes, tandis que les palmiers avaient été importés. Mais ça n'avait aucune importance pour eux. »

Elle a baissé les yeux.

« En plus, la fille ne savait pas pourquoi elle tenait tant à ces arbres-là. Le seul truc qui lui venait à l'esprit, c'est que quand elle regardait un palmier, elle avait toujours l'impression qu'il se moquait d'elle. Mais si elle regardait un arbre à feuillage persistant, elle avait la sensation qu'il était du même bord qu'elle. Oh-oh…

— Quoi ?

— Je crois que ça va vraiment être une histoire de plantes… Pardon. Enfin bref, un soir, la fille est partie rendre visite à sa tante. C'était la seule personne du village qui ne la rejetait pas lorsqu'elle disait qu'elle voulait aller chercher dans un autre village un petit arbre à feuillage persistant pour le rapporter chez elle, parce que, soit dit en passant, c'était illégal d'après le règlement municipal. Sa tante ne comprenait pas cette fascination, mais elle savait ce que c'était de vouloir absolument quelque chose parce que quand elle était plus jeune, elle voulait épouser une personne, mais ses parents l'avaient forcée à se marier avec quelqu'un d'autre. Alors la tante essayait de montrer de la compassion envers sa nièce. Et puis elle ne voulait pas qu'elle aille en prison pour un arbre.

— En prison ?

— C'était une affaire très sérieuse.

— OK. Continue.

— Au fait, la tante s'appelait Puah.

— Puah ?

— Oui. Puah Feinstein.

— Et la fille ? ai-je demandé en riant.

— Je ne sais pas. Disons, Esther ?

— D'accord. Encore une question. Pourquoi Esther ne s'est-elle pas contentée de déménager ? Pour s'installer dans un endroit où les arbres à feuillage persistant étaient autorisés et où elle serait plus à son aise ?

— Elle ne voulait pas déménager. C'est dur pour une femme de déménager, de se séparer de sa famille et tout ça.

— Ah ouais, sans doute. Mais au fond, Esther, elle les voulait vraiment, ces arbres ? Plutôt que de risquer la prison ou de regretter indéfiniment de ne pas en avoir, elle aurait pu aller ailleurs, dans une autre ville, où elle en aurait eu tout autour d'elle.

— Peut-être qu'elle n'aurait pas été heureuse dans une autre ville ?

— Je comprends.

— Donc, tante Puah a décidé qu'il fallait trouver une ruse pour empêcher Esther de mener à bien son plan. Elle lui a dit qu'elle devait attendre un signe avant d'aller déterrer un arbre et de le rapporter au village. Chaque nuit, elle devait aller dormir et attendre qu'un taureau lui apparaisse en rêve. Voilà, c'est là que les animaux interviennent !

— D'accord.

— Tante Puah a dit à Esther que si elle voyait un taureau en rêve, et qu'il soit gentil avec elle, alors elle pourrait aller chercher son arbre en toute sécurité. Mais si le taureau se montrait vicieux et cruel, ou qu'il tente de l'attaquer, c'était mauvais signe. S'il était violent, elle ne devait en aucun cas rapporter un arbre à feuillage persistant au village, sans quoi elle encourrait un terrible châtiment.

— Merde.

— Tante Puah se croyait très intelligente. C'est vrai, tout le monde sait que les taureaux ne sont jamais gentils, dès qu'ils te voient, ils foncent sur toi pour t'attaquer. Donc elle pensait que le rêve ne se réaliserait jamais. Et puis d'ailleurs, quelles étaient les chances qu'Esther rêve d'un taureau ?

— Sans doute très faibles.

— Oui. Je dirais maximum 15 %.

— Plutôt 10 %.

— Ouais. Et tu sais quoi ? Tante Puah avait raison. Non seulement Esther n'a jamais rêvé d'un gentil taureau, mais elle n'a jamais rêvé de taureau du tout. Chaque soir, elle attendait sa visite dans ses songes, et ça ne s'est jamais produit. Et à force, l'intérêt d'Esther s'est déplacé des arbres vers les taureaux. Et elle a été libérée ! Elle n'était plus obsédée par l'idée d'avoir un arbre à feuilles persistantes. Voilà, qu'est-ce que tu en penses ?

— Comment ça ?

— De l'histoire.

— Hein, c'est fini ?

— Ben oui.

— Ça se termine comme ça ? Esther ne trouve jamais son arbre ?

— Non.

— Mais c'est quoi, cette histoire ? Franchement, est-ce qu'elle était vraiment si passionnée par ces arbres pour qu'elle finisse par les oublier si facilement ?

— Oui, elle l'était. Elle les adorait.

— Ben pas tant que ça, selon moi.

— Si, je t'assure, mais elle ne voulait pas gâcher sa vie pour ça.

— Ah. Je vois.

— Tu as l'air fâchée.

— Mais non. C'est juste que j'imaginais que ça se terminerait lorsqu'elle planterait son arbre, et qu'au final, tout le village l'aimerait. Ou du moins, que tante Puah en verrait la beauté.

— Jamais le village n'aurait aimé cet arbre. Ni tante Puah.

— OK, dans ce cas, Esther aurait dû partir pour toujours.

— Je te l'ai dit, il n'en était pas question.

— Alors c'est une histoire triste.

— Oui, mais moins que si elle était allée en prison. Ou que si elle n'avait jamais revu sa famille.

— Sans doute.

— C'est une bonne fin. Esther garde sa famille et elle n'est pas punie. Oh ! et puisqu'elle a laissé tomber les arbres à feuillage persistant, en fait, elle ne souffre pas. Elle a surmonté le problème : maintenant, elle a les taureaux. Elle peut devenir taureaulogiste, si elle veut. Le village n'a aucun problème avec les taureaux.

— Très bien. »

J'étais en colère. Était-ce parce que Miriam ne savait pas raconter les histoires ? Ou était-ce l'histoire elle-même ?

« Bon, je vais te laisser, a-t-elle dit.

— D'accord.

— Bonne nuit.

— Toi aussi », ai-je murmuré.

Dès qu'elle est remontée, je me suis mise sur le côté et j'ai glissé la main dans mon pyjama.

J'étais encore mouillée. Peut-être qu'une partie de ma colère était du désir, piégé là sans pouvoir s'exprimer autrement. Je me suis caressé le clito et l'entrée du vagin avec ardeur, sans visualiser aucune image, mon désir seulement alimenté par la colère et les sensations physiques. Puis j'ai imaginé Miriam, vue de dos, allongée entièrement nue sur un lit, les cheveux mouillés. Non, je ne voulais pas fantasmer sur elle. Alors j'ai imaginé une autre femme, une inconnue, avec le même corps que Miriam, mais les cheveux noirs. Oui, j'allais créer une femme ici, dans le sous-sol des Schwebel. Esther ! J'allais baiser Esther.

Je me suis mise sur le ventre et j'ai calé un oreiller entre mes jambes. J'étais le rabbin Juda Loew ben Bezalel de ce putain d'oreiller. J'étais Adam et l'oreiller était ma côte. À partir de ça, je pouvais créer la femme de mes rêves.

J'ai imaginé le cul d'Esther : aussi gros et rond que deux lunes gibbeuses. Je me suis vue frotter ma chatte contre chacune de ses fesses, les chevaucher, les baiser. Je me suis vue mordre sa graisse, sucer ses bourrelets tout en lui baisant les fesses. Je me suis rendu compte que dans mon fantasme, Esther ne disait rien (c'était logique puisqu'elle s'était montrée tellement passive avec ses arbres à feuillage persistant). Avais-je envie de lui parler ? Non, cette situation me plaisait, son silence, sa passivité, cela me permettait d'être libre de mes mouvements et de faire d'elle ce que je voulais. En outre elle ne me jugeait pas, me laissant toute liberté. C'était sans doute parce que je ne pouvais voir son visage ni entendre sa voix. Ah oui, et puis la tante Puah était morte.

38

Quand je me suis réveillée le lendemain matin, je ne savais plus du tout où j'étais. Puis je me le suis rappelé. Je me sentais bizarrement détendue et en sécurité. Dans le sous-sol, il y avait une fenêtre et le soleil fusait au travers. Il était 11 h 30, et j'ai compris que j'avais dormi tard à cause du vin. Quelqu'un m'avait apporté des vêtements propres – une jupe longue et une chemise à manches longues –, mais j'ai préféré remettre la robe de la veille. Je n'ai pas pris de douche, j'ai juste essayé d'arranger mes cheveux le mieux possible avec l'eau du robinet.

En remontant, j'ai trouvé Miriam et Mrs Schwebel étendues sur les canapés vert avocat du salon. Elles buvaient du thé, et chacune avait une petite assiette remplie de miettes – les vestiges de ce qui avait dû être une 'hallah. Il y avait aussi une demi-plaquette de margarine posée sur une assiette, et puis un bol rempli de fruits secs et de noix. À ce stade, je ne savais plus du tout où j'en étais avec la bouffe.

« Ah, tu es enfin réveillée, la paresseuse », a dit Miriam.

Elle avait l'air si heureuse de me voir. Mais que savait-elle vraiment de moi : que j'étais juive, que je mangeais du yaourt glacé tous les jours au déjeuner, que je vivais loin de ma famille ? Cela suffisait-il pour qu'elle m'apprécie ? Sans doute que oui.

Je n'ai pu m'empêcher de la fixer, elle et son sourire. Elle avait la bouche humide de thé. J'aurais voulu aller vers elle, l'attirer contre moi et lui donner un gros baiser. Je me demandais comment elle embrassait, si elle avait appris à force de voir tous ces vieux films, ou si elle s'y prenait de manière intuitive. Comment réagirait-elle si ma langue pénétrait dans sa bouche ? Préférerait-elle juste que j'aspire ses lèvres avec délicatesse, ou suivrait-elle mon exemple et rentrerait-elle sa langue dans ma bouche à son tour ? J'avais envie de sa langue dans ma bouche. Je voulais l'avaler tout de suite, là, dans le salon.

« Vous voulez du thé ? » m'a proposé Mrs Schwebel.

Bien sûr que oui. Je voulais moi aussi faire partie du groupe, quel que soit leur sujet de discussion. À les entendre rire à mon approche, je savais qu'elles échangeaient des commérages.

« Nous allons déjeuner, mais pas avant 13 heures, a-t-elle ajouté. Vous devez mourir de faim.

Laissez-moi vous préparer un peu de 'hallah avec de la margarine, comme celle que nous avons mangée au petit déjeuner.

— D'accord. »

C'était drôle de penser que cela puisse paraître trop long de rester une heure et demie sans manger. Dans ma vie passée, patienter moins de quatre heures ne me semblait pas difficile. Quatre heures, ça signifiait que la nourriture était à l'horizon, et l'essentiel, c'était de savoir qu'il en arriverait, que le futur était comestible. Je me nourrissais d'idées, de fantasmes. Mais dans cette maison, une heure et demie sans manger, ce n'était pas tolérable.

Nous nous sommes mises à discuter toutes les trois tandis que je buvais mon thé et mangeais ma 'hallah. Les deux étaient sucrés, et il y avait de la crème végétale dans le thé.

« Autrefois, à Monsey, on n'aurait jamais pu rester chez soi au lieu d'aller à la synagogue, a dit Mrs Schwebel. Tout le monde se mêlait des affaires des autres. Les dames vérifiaient toujours discrètement qui était présent.

— Tu veux dire qu'elles étaient plus curieuses qu'ici, à Los Angeles ? a demandé Miriam.

— Parce que tu crois que les gens sont curieux ici ? Ce n'est rien comparé à Monsey. Quand j'étais jeune, je ne pouvais rien faire sans que quelqu'un aille le rapporter à mes parents, que ce soit bien, mal ou ni l'un ni l'autre. Et je ne parle même pas d'aller boire un verre, mais de gestes aussi triviaux que de remonter un instant sa robe au-dessus de la cheville par une chaude journée. Tu as de la chance, Miriam, que nous soyons si ouverts d'esprit. »

Je me suis demandé si Mrs Schwebel souhaitait parfois être encore moins traditionnelle qu'elle ne l'était. Avait-elle envie de remonter sa robe un peu plus haut ? Au-dessus du genou ? Qu'aurait-elle fait de sa vie si elle n'avait pas baigné dans la religion ? Peut-être serait-elle allée à la fac et aurait-elle décroché un MBA. Je l'imaginais aisément directrice générale d'une chaîne de restaurants à travers tout le pays, rénovant la marque Dairy Queen, ajoutant aux glaces Blizzard des lactobacilles et autres bactéries sympathiques. Mrs Schwebel, flibustière de l'industrie, Mrs Schwebel et son portrait dans le magazine *Forbes*, bras nus, sans perruque. Je n'étais pas certaine que ce soit nécessairement mieux ou plus important que ce qu'elle faisait aujourd'hui.

« Enfin bon, a dit Miriam. Ici aussi, tout le monde s'occupe des affaires des autres. Comme quand Chaya Spielvogel a commencé à fréquenter un goy en secret. Tout le monde l'a su en deux secondes parce que Tali Diamond l'a raconté à un groupe de gens. Tali était censée être sa meilleure amie !

— Oh, mais ça, c'est différent, a répondu Mrs Schwebel. C'est une information d'un intérêt majeur, tu sais. À la place des Spielvogel, j'aurais très honte. »

C'était donc ça, sa position officielle : pas de non-Juifs pour ses enfants. Était-ce ainsi que les Juifs avaient réussi à se maintenir pendant si longtemps ? On ne recrutait ni n'essayait de convertir personne. On ne faisait pas de pèlerinage et on n'avait pas de missionnaires. Mais celles et ceux qui étaient déjà juifs – on voulait qu'ils le demeurent à tout prix !

Dans le salon, le soleil réchauffait tout, y compris moi. Je ne pouvais rien imaginer de plus exquis que d'être assise là avec Miriam et sa mère, le ventre délicieusement rempli de 'hallah, à siroter du thé chaud, langoureusement. Que penserait Mrs Schwebel du fait que j'avais envie de sortir avec sa fille ? D'un côté, j'étais juive ; de l'autre, j'étais une femme.

Je l'ai regardée lisser sa perruque rousse. J'ai songé que ma mère considérait les perruques comme archaïques. Ma mère mangeait des crevettes, ne respectait pas le shabbat et n'avait pas mis les pieds dans une synagogue depuis ma bat-mitsva. Elle appelait les Juifs orthodoxes « ces gens-là ». Pourtant j'étais certaine qu'elle partageait certains des préjugés de Mrs Schwebel au sujet de leurs filles respectives. En ce sens, ni l'une ni l'autre ne s'était beaucoup éloignée du shtetl.

J'ai pensé au *mikvé*, le bain rituel où les femmes se rendent ensemble au moment de leurs règles. Des femmes bien au chaud, des femmes mouillées, des femmes ensemble, des femmes prenant soin les unes des autres, des femmes nues dans la même serre. En secret, certaines devaient se donner du bon temps.

Lorsque le reste de la famille est revenue de la synagogue, j'ai eu l'impression que c'était ma propre famille qui rentrait, sauf que celle-là, je l'aimais. On aurait dit qu'ils me connaissaient vraiment maintenant, même si en réalité ils me connaissaient à peine. Comme si on pouvait connaître une personne sans rien savoir de sa vie. On pouvait connaître sa lumière, car on partageait la même, ainsi que j'avais su les prières, la veille, sans savoir que je les avais mémorisées. Je n'avais jamais imaginé que ce genre de chaleur puisse être à ce point sans danger, si abondante. J'avais passé tant de temps à me tailler, à me sculpter, à vénérer le froid. Je craignais que la lumière et la chaleur ne soient des supercheries, des faux-semblants, des offrandes qui vous incitaient à baisser la garde, et juste au moment où vous étiez la plus vulnérable, les autres vous tombaient dessus. Mieux valait s'adapter au froid. Mieux valait s'infliger ça soi-même. Se tenir prête.

Pourtant avec les Schwebel, c'était facile. La lumière était constante, inépuisable. Elle ne risquait pas de disparaître. Aussi, je mangeais ce que je voulais, quand je voulais, peut-être plus que je n'aurais dû, par comparaison avec une personne normale. Je ne savais pas encore très bien ce que ça signifiait de manger normalement. Mais je me délectais de cette cuisine et de cette chaleur, de cette rencontre douillette, et je réalisais que la nourriture n'était qu'une partie de ce dont une personne avait besoin pour vivre.

Mrs Schwebel a servi un seul plat au déjeuner, un *cholent*, sorte de ragoût de bœuf avec des carottes, des haricots et des pommes de terre, qui avait mijoté la nuit entière. J'ai pensé à chacun des ingrédients en mangeant : les carottes, les oignons, le bœuf, la sauce. J'imaginais les légumes qui poussaient dans la terre. Les vaches qui paissaient. Chaque élément en soi était nourrissant, mais c'était encore plus juteux et meilleur ensemble. Il fallait les savourer. Il fallait savourer la vie. Je me suis surprise à penser pendant un moment que si dieu existait, c'était sans doute ça qu'il nous souhaitait.

Un peu plus tard dans la journée, quand le soleil s'est enfin couché, je n'avais plus envie de retourner à ma « vraie vie ». Sans même parler du travail, je ne voulais pas retourner à mon appartement. Personne ne m'a jetée dehors, mais je ne voulais pas abuser. Je testais leurs limites, m'assurant qu'ils n'en avaient pas déjà ras-le-bol de me voir. Mais chaque fois que je disais : « Bon, je ne vais pas tarder », ils me disaient tous : « Non ! Rachel, reste ! Au moins jusqu'au coucher du soleil. »

Lorsque je suis enfin montée dans ma voiture, ça m'a fait bizarre d'être toute seule là-dedans. Je n'arrivais pas à croire que c'était la même voiture, ni qu'elle m'appartenait. J'ai regardé mes mains, et ça n'avait pas l'air d'être les miennes. À cet instant, il m'a semblé que je ne me connaissais pas du tout, que les Schwebel, qui ne savaient rien de moi, me percevaient en réalité mieux que moi-même. Que devait-on faire de sa vie ? Peut-être avions-nous besoin d'un guide spirituel. Pas étonnant que je me sois tournée vers le vélo elliptique.

Miriam avait encore moins voyagé que moi. Elle vivait toujours avec sa famille et ne faisait aucun plan de carrière. Pourtant, elle donnait l'impression d'aller de l'avant plus librement que moi, et si ce n'était pas le cas, peut-être qu'elle allait plus haut et plus profond que moi, en une série d'infinis crescendos. Tandis que je pédalais agressivement vers nulle part, elle gravitait paisiblement en orbite.

J'avais pensé que j'étais la sculptrice, et elle, le golem. À présent, je me disais que peut-être c'était elle la sculptrice, la maestro, la créatrice, qui me grandissait, m'améliorait, donnait vie aux parties de moi qui étaient mortes, mettait le rire dans mon souffle. Peut-être me remodelait-elle à son image. Peut-être que nous nous reformions l'une l'autre.

39

J'ai eu envie d'écrire à ma mère pour lui parler de ce shabbat, lui dire combien mes grands-parents auraient été heureux que j'y aie assisté. À la place, je suis allée au supermarché 7-Eleven.

J'ai acheté des nachos que j'ai réchauffés sur place et mangés en faisant la queue, plus un paquet de bonbons Swedish Fish, des cupcakes Hostess, quatre petits riz au lait, des céréales Golden Grahams et une bouteille de lait. Et voilà le travail. Voilà comment je prenais soin de moi le mieux possible. Un jour prochain, peut-être demain, je mesurerais le carnage et j'essaierais de voir comment je comptais vivre désormais. Mais pour l'instant, mon existence se concentrait sur mes relations entre le 7-Eleven et mon tube digestif.

Cette nuit-là, le ventre bien rempli, j'ai rêvé que je marchais sur un long chemin herbu, comme celui qui borde Santa Monica Boulevard à Beverly Hills. Tout en avançant, je voyais de part et d'autre des alignements d'arbres. À gauche, des arbres à feuillage persistant, touffus, vert émeraude, une petite forêt qui atteignait des sommets. À droite, une rangée de palmiers, hauts et élégants, dont les frondes ondulaient doucement dans le soleil. Lorsque j'avais emménagé à Los Angeles, je n'arrivais pas à me faire à la présence de ces palmiers, à la manière dont les gens vivaient leur vie dans un cadre si exotique. Mais dans ce rêve, je trouvais les deux groupes d'arbres absolument délicieux.

Des écureuils et des tamias batifolaient dans l'herbe. Ils mangeaient des tonnes de noix de toutes sortes, se gavaient. Je ne savais pas si quelqu'un les leur avait distribuées ou si elles étaient tombées des arbres, il y en avait une quantité énorme, bien plus que je n'en avais jamais vu. Cacahuètes, amandes, noisettes, noix, noix de cajou, glands et pistaches. L'herbe était comme le bar à noix inépuisable de la nature.

Mais il avait beau y en avoir des quantités, plus que les animaux ne pouvaient manger, les écureuils n'arrêtaient pas de voler leurs noix aux tamias. Pourtant, ceux-ci étaient plus gros qu'eux et ils auraient pu facilement se défendre. Seulement, aucun d'entre eux ne semblait vouloir se fâcher ni se mettre en colère. Quand un écureuil se ramenait en douce derrière un tamia pour lui piquer sa noix, celui-ci se contentait de la lâcher – puis il allait en ramasser une autre et se mettait à grignoter sa coquille.

Sous les arbres à feuillage persistant, j'ai aperçu un tamia qui ressemblait beaucoup à Miriam. Il avait trois taches blanches sur la fourrure brune de son cou. Une pluie de noix s'est doucement abattue sur sa tête, comme s'il était dans un dessin animé et suivi par un nuage qui en était rempli. J'ai levé la tête pour voir d'où venaient toutes ces noix, et j'ai vu un gigantesque éléphant de bois – aussi haut que les arbres – surplombant le tamia. Sur le dos de l'éléphant, lançant les noix d'un sac jaune et bleu, le rabbin Juda Loew ben Bezalel en personne.

« *Shalom !* » s'est-il écrié.

Il avait une longue barbe grise, comme sur l'image que j'avais trouvée sur Internet, et portait une robe au tissu souple, taillée dans la couverture du sous-sol des Schwebel.

« *Shalom*, ai-je répondu.

— Vous voulez une noix ?

— Non, merci.

— Une noix de cajou, ça vous tuerait ? a-t-il demandé en souriant.

— Peut-être, ai-je dit en lui renvoyant son sourire.

— Petite Rachel. Dites-moi. Comment vont vos racines ? Est-ce qu'elles sont profondes ? »

Il m'a lancé une pistache.

« Pour être honnête, Rabbi, j'ai peur, ai-je avoué en attrapant la pistache.

— Et de quoi avez-vous peur ? »

J'ai ouvert la pistache, telle une porte minuscule. Mais elle était vide, pas de fruit, juste une coquille. Je l'ai jetée dans l'herbe.

« De m'étaler, ai-je dit. Pas tellement verticalement, mais horizontalement.

— Et qu'y a-t-il de si effrayant à s'étaler horizontalement ? » s'est enquis le rabbin en m'envoyant une autre pistache.

Je l'ai saisie et ouverte comme une deuxième porte. Celle-là aussi était vide. À présent, j'avais vraiment envie d'une pistache.

« Je ne veux pas m'étaler jusqu'à des extrémités insensées. Et si je n'arrive plus à revenir ?

— Ah. À revenir à quoi ? »

C'était une bonne question. Je ne savais que lui répondre.

Le rabbin, visiblement satisfait de lui-même, m'a adressé un clin d'œil et lancé une troisième pistache. Celle-là était plus fermée que les autres, et j'ai dû l'ouvrir avec mes dents, comme un écureuil ou un tamia. Dedans, j'ai trouvé une magnifique pistache d'un ovale parfait, d'un vert éclatant, presque chartreuse. Je l'ai mise dans ma bouche et je l'ai sucée. C'était salé, crémeux, délicieux. Je l'ai mastiquée et avalée.

« Ce n'est pas parce que vous trouvez ça bon que ça veut dire que c'est mal », a conclu le rabbin.

40

Aller au bureau le lundi matin a été un enfer. J'avais apporté mon sac de gym et mon petit déjeuner : le yaourt et le demi-muffin light, même si tout ça semblait totalement vain à présent. Mon pantalon me serrait et me rentrait dans la raie des fesses. Il dessinait une ligne rose autour de ma taille. Je rêvais d'un univers parallèle où je serais une autre Rachel, qui porterait seulement des vêtements à la taille élastique, des joggings et des pantalons parachutes. Dans ce monde-là, je pourrais inspirer et expirer librement. Dans ce monde-là, je pourrais me couper les cheveux court, porter des Air Jordan rouges, des Air Force 1 dorées customisées, des sweats à capuche, des blazers avec des cravates minuscules, et des casquettes de base-ball à l'envers. J'exsuderais la puissance, une assurance cool, avec un côté dure à cuire, l'air toujours juive. Je serais un Beastie Boys, *circa* 1989.

À midi, j'ai levé les yeux de mon écran d'ordinateur où je faisais des recherches d'images de King Ad-Rock, et j'ai eu la surprise de voir Jace Evans venir vers moi.

« Qu'est-ce que tu fais ? » a-t-il demandé en touchant la partie moumoute de ses cheveux, puis en grattant la partie skinhead, sorte de check esthétique en deux temps.

« Je travaille. Et toi ?

— Faut que je parle à Ofer, j'ai des ennuis avec les scénaristes de la série. Ils veulent plonger Liam dans le coma.

— Oh. »

En face de moi, Andrew faisait semblant de coder la newsletter qu'Ofer envoyait à la clientèle – le sujet de la semaine : *Auditions et masculinité toxique.* Je le voyais qui me guettait derrière son ordinateur. Jace était bien trop commercial pour lui, mais qui résiste à la célébrité ? L'attention que me témoignait le comédien devait me rendre plus intéressante à ses yeux.

Je le détestais toujours, lui et ses yeux. Mais bon, c'étaient des yeux. Et n'importe quel regard dans lequel je voyais grandir ma cote de popularité me donnait le sentiment d'être à ma place : comme si je gagnais le droit d'exister. Ce que je ne voulais pas, par contre, c'est qu'Ofer me voie parler avec Jace.

« J'ai mangé un burger l'autre jour chez Cassell's, a déclaré celui-ci. Le meilleur que j'aie bouffé à L.A. LE truc pour se restaurer en fin de soirée après le Relou Show. »

Jace voulait-il qu'on soit potes ? Je n'avais pas besoin d'un pote. Peut-être qu'il avait pitié de moi, à me voir ainsi, dans cette position inférieure d'assistante, de « petite main ». Notre différentiel de pouvoir heurtait son système de valeurs provincial. Il devait feindre qu'on était sur un pied d'égalité, d'avoir vraiment quelque chose en commun avec moi. Et visiblement, le truc qu'on avait en commun selon lui, c'était le bœuf.

« Je trouve ça assez surprenant qu'il soit venu te voir à ton bureau, a dit Ana lorsqu'on a pris le thé. C'est une marque d'intérêt. »

Je ne savais pas si elle se foutait de ma gueule. Ses paroles me rendaient perplexe. Elle avait recommencé à jouer les commères avec moi, mais je me sentais parano, comme si tout ce qu'elle disait avait un double sens – que je devais le prendre pour moi. Quand elle disait de Kayla qu'elle était « grosse et maladroite », je ne parvenais pas à savoir si elle parlait de Kayla ou plutôt de moi. Parfois j'avais l'impression qu'elle se moquait de moi, là, sous mon nez, à croire que désormais le « nous », c'était elle et elle-même, et que moi, j'étais « eux » – la blague, c'était que je ne savais plus qui était qui. J'ai pensé que ce commentaire était un piège. Elle essayait de me flatter pour ensuite me tacler.

« C'est un comédien, ai-je répondu. Il a toujours l'air intéressé.

— Et pourquoi est-ce qu'il ne s'intéresserait pas à toi ? a-t-elle dit en me donnant une bourrade et en rigolant. Tu es une personne intéressante. »

Ce rire était ambigu. Elle pouvait tout autant feindre la camaraderie que se fiche de moi. Mais cette façon de me taper sur l'épaule, c'était un truc de mecs, de potes qui sont dans la même équipe. C'était peut-être un compliment sincère. Mais pourquoi exactement ?

Ana renvoyait en permanence l'image de quelqu'un qui méprisait les comédiens et toute l'industrie de Hollywood. Elle gagnait sa vie en travaillant dans le cinéma, mais se jugeait intellectuellement bien au-dessus de tout ça. Peut-être avait-elle été idéaliste naguère, mais après que son mari l'avait quittée, elle ne s'était plus du tout investie dans la mythologie hollywoodienne, afin de pouvoir déclarer que tout ça, c'étaient des conneries.

Je n'avais pas pensé jusqu'alors que sous ses airs badass se cachait un sentiment de fragilité, de perte, la peur d'être inférieure. Je ne pouvais imaginer qu'en secret elle puisse encore être fascinée par la célébrité. Elle préférait rejeter ce monde avant que lui ne la rejette. Mais ça ne signifiait pas qu'au fond d'elle, elle ne voulait pas en être.

41

Après le travail, je n'avais plus d'énergie pour aller à la salle de sport. J'ai mâché deux chewing-gums à la nicotine ensemble et j'y suis allée tout de même. Après avoir enlevé mes vêtements de travail, je me suis aperçue que mon short en lycra était si serré maintenant qu'il moulait complètement ma chatte – de manière chronique. J'avais beau tirer dessus, il se remettait à l'identique et la moulait de façon encore plus marquée.

Sur le vélo elliptique, j'ai laissé le short frotter contre ma chatte, et ça m'a excitée. C'était nouveau pour moi, cette envie de baiser, ou peut-être au contraire que c'était très ancien, du désir pur, exactement comme à l'époque où j'avais découvert la masturbation et que je m'y adonnais quotidiennement. Ça ressemblait à la faim. J'avais très faim et je ne savais pas si je voulais manger ou baiser. Peut-être les deux. Avoir englouti toute cette bouffe avait réveillé mon appétit sexuel.

Mais qu'est-ce qui s'était réveillé au juste, ma chatte ou mon âme ? J'avais peur de mon âme. Et si c'était un monstre ? Quand on avait une âme monstrueuse, devait-on la suivre ?

Je suis passée au vélo classique. Tandis que je pédalais, ma chatte frottait contre la selle en cuir noir et j'ai senti une délicieuse chaleur se répandre dans mon bas-ventre. L'avant de la selle remontait, telle une corne. Elle se dressait devant moi, pareille à une bite. Je l'ai adoptée aussitôt, contente d'avoir ma grosse queue à moi. Je voulais la faire naître à la vie, la bénir – Frankenbite ! Une bicyclette à bite ! Je me suis mise à réciter à voix basse tout ce que je savais en hébreu.

« *Nun, gimmel, hay, shin, nun, gimmel, hay, shin* », murmurais-je en prononçant les lettres au rythme où je pédalais.

« *Oseh shalom bimromav, hu ya'aseh shalom aleinu* », me chantais-je sur une vieille mélodie. Pourtant j'éprouvais une certaine culpabilité à utiliser la chanson préférée de ma grand-mère pour tenter d'animer un pénis.

Etz chayim hi lamachazikim ba, vetomecheha me'ushar ! chantonnais-je intérieurement, donnant une interprétation captivante de la chanson sur l'arbre de vie.

Soudain, j'ai eu l'impression de détenir un terrible pouvoir – comme si ma queue prenait vraiment vie. Tout en pédalant, j'ai imaginé qu'Ana me suçait. Pour la première fois, je n'ai éprouvé aucune hésitation à fantasmer sur elle.

À croire que cette bite me protégeait de tout jugement.

J'avais tout pouvoir sur Ana. Elle me regardait tandis que je jouais avec son visage. Elle m'a suppliée de la laisser me sucer. Enfin j'ai accepté, en grommelant : « Vas-y, suce-moi », genre, je lui faisais une faveur. Elle m'a léchée, sucée, et deux choses alors m'ont excitée : sa bouche et ma nouvelle sensation de domination. J'étais désormais une autre créature – le nouvel être que j'avais invoqué. Si j'étais encore une femme, en tout cas je n'étais pas celle que je connaissais, mais une autre, dotée de plus de courage que je ne pensais en avoir. Une femme d'instinct qui agissait selon ses impulsions. Une femme de plaisir, pleine d'assurance. Une femme qui avait des appétits à satisfaire, une bête qui grondait. J'étais une personne.

J'ai continué de pédaler en fermant les yeux tout en me frottant contre la selle. J'imaginais Ana glissant ma queue entre ses seins, me frottant contre ses tétons en gémissant, ce seul contact suffisant à la faire jouir. Ses tétons devenant pareils à deux clitos. J'ai fouetté ses seins avec ma bite, puis son visage. Son expression est devenue grave, ardente. Elle me suppliait de la prendre.

À ce stade de mon fantasme, j'entrais dans la phase « fabriquez votre propre aventure ». Première possibilité, lui lécher la chatte. J'avais trop envie d'y goûter. Seconde possibilité, l'en priver. Je ne voulais pas l'aider à mouiller. Je voulais que ça vienne tout seul, spontanément, réaction due au simple fait de me voir et de me sentir. Je voulais l'enivrer de ma présence, au point qu'elle coule comme une rivière.

Finalement, j'ai choisi l'option 1 : la lécher. Pourquoi me priver de son élixir ? J'ai bouffé sa chatte ruisselante, avec ardeur, mais je n'ai rien laissé paraître. Je ne voulais pas lui montrer combien ça me procurait du plaisir. À l'extérieur, j'étais la fille hautaine, puis la soldate impénétrable qui faisait le job avec brusquerie. Mais à l'intérieur, je me délectais d'Ana : un goût cuivré, tel un calice échoué au fond de l'océan.

À présent, elle criait pour avoir ma queue. J'ai décidé de la prendre en levrette. Je l'ai retournée et je lui ai mordillé les fesses – amples et ramollies par l'âge. Mais ce ramollissement m'excitait encore plus. Je lui ai massé le cul, puis je l'ai ouvert à la manière d'un livre, et j'ai visé son vagin droit devant (d'un très joli ton de violet : du raisin sans pépins). J'ai collé ma bite juste à l'entrée. Elle gémissait, mais pas de douleur.

« S'il te plaît, viens. »

Quand j'ai jugé qu'elle m'avait assez suppliée, j'ai lancé Frankenbite. Elle a glapi de délice et s'est mise à bouger d'avant en arrière sur toute la longueur de ma queue, si bien que je n'avais presque plus rien à faire. Mais j'avais envie de donner des coups de reins. Alors je l'ai attrapée par les hanches et je l'ai immobilisée.

« Mais putain, tu vas arrêter de bouger ! »

Puis je l'ai baisée de toute la puissance de mes hanches, jusqu'au plus profond.

J'aurais pu continuer ainsi aussi longtemps que je voulais. Mon sexe fantôme était une selle de vélo, mais je ressentais malgré tout le plaisir dans ma chair. J'ai éprouvé pour elle une vague de tendresse lorsque j'ai joui.

Ah non, me suis-je dit. *Pas de sentiments.*

J'ai seulement ressenti le plaisir entre mes jambes. C'était si bon que j'ai poussé un petit cri.

J'ai jeté un coup d'œil au mec sur le vélo d'à côté. C'était un vieux, dans les soixante-dix ans, avec des cheveux blancs. Il avait des écouteurs et semblait totalement absorbé par ce qu'il écoutait. Selon moi, il s'agissait d'un livre audio, genre David Baldacci ou Clive Cussler. J'ai ri et j'ai refermé les yeux. Puis je me suis laissée aller aux derniers soubresauts de l'orgasme en pédalant.

42

Assise dans ma voiture, dans le parking de la salle de sport, moteur en marche. J'ai mis le chauffage à fond, puis je l'ai arrêté et j'ai mis la clim à la place. Je voyais flou, on aurait dit qu'il y avait un rideau humide entre le monde et moi, sans doute à cause de tout cet exercice. Je sentais le sang battre sous mon front – pas mal comme sensation. Je me sentais superbien. Me sont revenus en tête les mots *Mélange apéritif.* J'ai commencé à les répéter dans ma tête tel un mantra, au rythme de mon pouls. *Mélange apéritif. Mélange apéritif. Mélange apéritif. Mélange apéritif.*

J'ai pris mon téléphone et j'ai cherché le numéro de mon père.

Salut, papa, ai-je commencé à écrire. Puis j'ai effacé.

J'ai sélectionné le numéro de ma mère.

J'ai choisi trois émojis : lama, tulipe, signe de la main. J'ai effacé.

Puis j'ai cherché le numéro de chez Miriam. J'ai appelé.

43

Miriam a décroché.

« Ah super, c'est toi ! ai-je dit. Je ne voudrais pas que ta famille pense que je vous harcèle. Enfin bon, j'appelais juste pour dire merci pour ce shabbat très agréable.

— C'est Ayala, a répondu la voix à l'autre bout du fil.

— Oups. Salut, est-ce que Miriam est là ? »

Je ne m'étais pas présentée, mais elle avait évidemment deviné qui j'étais.

« Une seconde », s'est-elle contentée de répondre sans me dire bonjour ni me demander comment j'allais.

Je l'ai entendue poser le téléphone et appeler : « Miriam ! Téléphone ! »

« Allô ? a dit Miriam.

— Salut, c'est Rachel.

— Salut ! a-t-elle fait d'un ton joyeux.

— Je voulais te remercier pour ce délicieux week-end. Et remercie également tes parents de ma part.

— Tout le plaisir était pour nous. »

Je ne savais pas quoi lui dire d'autre.

« Est-ce que tu as travaillé aujourd'hui ? ai-je demandé.

— Oui. Mais seulement de 14 à 19 heures. C'est un cousin à moi qui a fait la matinée. Dov – un gros *shlemil* paresseux, du coup ça lui fait pas de mal. »

J'aimais qu'elle se montre si arrogante. D'habitude, je n'appréciais pas les gens qui croyaient avoir toujours raison, mais elle était tellement persuadée de son bon sens que c'était touchant.

Elle ne m'a pas interrogée sur ma journée de travail, ce qui m'arrangeait car je n'avais pas envie d'en parler. Et puis on s'est tues toutes les deux. Trouvait-elle ce silence aussi gênant que moi ? Sans doute que non. Miriam était probablement du genre à s'accommoder des moments vacants, à être en paix dans le silence, y existant pleinement, le laissant s'installer. J'ai feint de trouver ça cool aussi, comme si c'était normal de rester assises au téléphone sans rien dire. Et puis j'ai entendu des voix en bruit de fond.

« C'est ta famille ? Je ne veux pas te retenir.

— Oh non. En fait, je suis dans ma chambre. Je regarde un film. Avec Clark Gable et Jean

Harlow. Une histoire de bateau, je ne sais pas trop. Je l'ai pris en cours.

— Et c'est bien ?

— Ça va. »

J'ai googlé sur mon téléphone le programme du cinéma où nous étions allées voir *Charade*. Cette semaine, c'était *Douze hommes en colère* et *Ève*.

« Tu sais ce qui passe comme film ? *Ève*. »

Elle n'a rien dit.

« Tu aimes Bette Davis ?

— Pas trop. Mais on peut y aller si ça te tente.

— Ben y a aussi *Douze hommes en colère*.

— Ah non, pas d'hommes en colère. » Elle s'est mise à rire. « *Ève*. Ça ira.

— C'est carré ! Tu veux retourner manger au Golden Dragon ?

— Oui, avec plaisir. Je connais aussi un autre restau, un super thaï casher qui n'est pas loin.

— Pourquoi pas », ai-je répondu avec hésitation.

Je voulais recréer la magie de notre première fois jusque dans les détails.

« Non. Si tu as envie d'aller au Dragon, on va au Dragon.

— OK ! Quel soir tu préfères ?

— Je sais pas. Comme tu veux. C'est toi qui m'as proposé qu'on sorte ensemble, pas vrai ? »

Elle a ri de nouveau. J'ai fermé les yeux. On s'est tues toutes les deux.

« Jeudi ? a-t-elle répondu finalement. 18 heures ?

— Super. »

Il faudrait que je renonce au Relou Show. Mais je m'en foutais.

Après avoir raccroché, j'ai réfléchi aux mots qu'elle avait employés. Je voulais qu'elle ait vraiment voulu dire ce qu'elle avait dit, que nous allions sortir ensemble. Mais peut-être était-ce juste par plaisanterie, elle s'amusait à parler comme dans une comédie romantique. Et la raison pour laquelle elle pouvait le faire de façon si détachée, c'est qu'il n'y avait aucun risque qu'il s'agisse d'une sortie en amoureuses. Il s'agissait d'amitié, un point c'est tout.

44

Miriam était déjà assise au bar en bambou, où elle sirotait un verre sous les petites lumières colorées. Ce n'était pas un Scorpion Bowl, mais un autre cocktail tropical, servi dans une noix de coco, avec une ombrelle et des fruits.

« Pardon, je t'aurais bien commandé un truc, mais j'avais pas envie d'un Scorpion Bowl, ce soir, et je n'étais pas sûre de ce que tu aimerais boire. Le Mai Tai est pas mal, et le Blue Hawaï aussi.

— Qu'est-ce que tu as pris, toi ?

— Une Piña Colada.

— Ça a l'air crémeux.

— C'est pas de la crème mais du lait de coco. Sinon, ils ne pourraient pas le servir avec la viande.

— Je vais boire la même chose. »

Elle avait évité de prendre un Scorpion Bowl. Elle ne voulait pas être bourrée. Ça voulait dire qu'elle essayait de garder le contrôle, qu'elle redoutait ce qui pourrait se passer si elle se laissait trop aller. Mais, une minute : c'était plus complexe que ça. Si elle avait vraiment eu peur de ce qui risquait de se passer entre nous, elle ne serait pas venue, tout simplement. Tout au fond d'elle-même, elle voulait qu'il se passe quelque chose. Et en même temps, elle ne voulait pas. Elle était comme moi quand j'entrais dans une boulangerie et que j'essayais de ne pas tout acheter. Ou peut-être que j'analysais beaucoup trop les choses et que ce cocktail n'avait rien à voir avec ses sentiments pour moi.

« Tu sens bon », m'a-t-elle dit.

Je lui ai souri et mon esprit s'est emballé de nouveau. Était-ce là le genre de petit compliment qu'on faisait à quelqu'un dont on ne désirait pas encourager les avances ? J'étais un cobra prêt à fondre sur le moindre mot.

Putain, mais arrête de cogiter une seconde et essaie un peu de t'amuser ! me suis-je dit.

Je ne me suis jamais amusée de ma vie, me suis-je répondu.

C'était vrai : j'avais noué une mauvaise relation avec l'arbre de vie. Je ne l'arrosais pas assez, je le taillais trop. J'aurais dû lui donner de l'engrais ou je ne sais quoi, de la joie peut-être. Je commençais à me sermonner, lorsque Miriam a dit :

« Écoute, je n'ai pas très faim en fait.

— Ah ? »

Je devais avoir l'air atterrée.

« Excuse-moi, a-t-elle ajouté d'un air coupable. Commande ce que tu veux et j'en mangerai une partie. »

C'était de l'hérésie ! Elle voulait me laisser me frayer un chemin toute seule à travers le menu ? Et notre jeu avec les baguettes ? Et avec la sauce aigre-douce ? J'avais besoin de son assurance, de sa sagesse culinaire, et puis qu'elle me protège du jugement du serveur. Je devais modérer ma commande. Sauf qu'on ne pouvait pas venir au Golden Dragon et se limiter. Le plan pour recréer notre dernier dîner était mort. Elle n'avait pas respecté le scénario et je n'avais pas envie d'improviser.

C'est alors que j'ai remarqué qu'elle portait le Ruský Rouge. Ça, c'était un signe ! Ou peut-être que ça ne signifiait rien ? J'en avais des palpitations et je ne savais quoi penser.

« Il te va à la perfection, ce rouge à lèvres, ai-je dit.

— Merci. J'ai trouvé comment le mettre, au bout de seulement quatre fois.

— Ça me plaît que tu le portes. Et ça me fait plaisir de te faire des cadeaux.

— Pourquoi ? »

Je ne pouvais lui répondre franchement : *Parce que je me sens tellement bien avec toi.*

Aussi j'ai répondu : « Je sais pas. J'aime ça. »

J'ai décidé de prier pour qu'on m'envoie un signe. Mais je ne savais pas vraiment prier, encore une des failles de mon éducation à l'école hébraïque. Je me souvenais avoir construit une minisoukka avec des biscuits Graham, du glaçage et des bonbons, avoir piqué la moitié des matériaux de construction et les avoir fourrés dans mon sac à dos pour me jeter dessus plus tard dans ma chambre. Mais je ne me rappelais rien qui m'explique comment parler à Dieu.

J'ai songé à googler : *Comment faire tomber amoureux de vous un golem ?* Peut-être que ça servait à ça, la prière, finalement : c'était un moteur de recherche cosmique. Dans ce cas, n'importe quel iPhone pouvait être une synagogue. J'aurais aimé faire un FaceTime avec Rabbi Juda.

Le serveur est apparu et j'ai commandé un plateau d'entrées et le même poulet au sésame que la fois précédente, dans l'espoir que Miriam en mangerait.

« Tu as déjà eu un copain ? m'a-t-elle demandé quand il est reparti.

— Bien sûr ! » ai-je dit en riant, comme si c'était une évidence. Puis je me suis radoucie. C'était une question honnête, et pour Miriam, il était tout à fait plausible que ça ne me soit jamais arrivé.

« Ah, a-t-elle répondu.

— Mais toi, non, c'est ça, hein ? Je suppose.

— Évidemment.

— Et une copine ?

— Comment ça ?

— Ben, est-ce que tu as déjà eu une copine ? »

Elle a rougi. Elle savait exactement ce que je voulais dire.

« J'ai eu des amies filles, naturellement. Mais rien de ce genre-là. »

Et c'est tout ce qu'elle a dit. Elle ne m'a pas déclaré : *Je ne suis pas lesbienne.* Elle n'a pas dit qu'elle n'aurait jamais de copine de sa vie. Mais je n'ai pas osé poursuivre sur ce terrain.

Lorsqu'on nous a apporté le plateau d'entrées, elle m'a dit de me servir en premier et de commencer à manger, elle ne ferait que grignoter. La situation virait au tragique. Tout l'intérêt, ici, c'était de partager !

« En tout cas, je ne vais pas manger les deux rouleaux de printemps. Donc autant que tu en prennes un.

— D'accord. »

Elle l'a pris. En mordant dedans, elle a paru se détendre un peu. Puis elle a rempli son assiette d'autres hors-d'œuvre.

J'adorais la regarder manger, cette façon qu'elle avait de rattraper la goutte de sauce sur ses lèvres, de se lécher les doigts. Elle mangeait comme une fille pour qui la nourriture ne créait aucun dilemme, aucune turbulence, aucune difficulté. Mais en la voyant se relaxer un peu plus à chaque bouchée, j'ai compris que ce n'était pas seulement le plaisir qui la poussait à manger ainsi.

« Donc, chez les orthodoxes, même les orthodoxes modernes, les filles et les garçons n'ont pas le droit de se toucher, c'est ça ? ai-je dit.

— C'est ça.

— Donc, s'embrasser, c'est hors de question, mais aussi se serrer dans les bras, ou se tenir la main ?

— Ben ouais, je ne tiens pas la main aux garçons.

— Et les filles ? Elles ont le droit de se prendre dans les bras ?

— Oui.

— Et de se tenir la main ?

— Bien sûr, des amies peuvent se tenir la main si elles en ont envie. »

Elle a plissé les yeux et posé ses baguettes.

« Simple curiosité, ai-je expliqué. Ça ne t'embête pas si je te pose ces questions-là ?

— Non », a-t-elle répondu en me regardant dans les yeux.

J'aurais voulu savoir si les filles pouvaient s'embrasser. Mais je n'ai rien dit. Au lieu de ça, j'ai repris un morceau de poulet. Il m'a semblé dur et je me suis demandé si j'arriverais à l'avaler. J'ai mâché, mâché. J'ai mâché jusqu'à ce que ce ne soit plus possible. Et puis j'ai continué à mâcher.

45

« Je crois que je préfère Bette à Audrey », ai-je murmuré à Miriam dans l'obscurité lumineuse du cinéma.

Ça faisait environ un quart d'heure qu'*Ève* avait commencé. Miriam suçait un Twizzler pris dans le gros paquet de bonbons qu'on se partageait. On avait aussi un paquet de M&M's et je les avais coincés tous les deux dans le porte-gobelet entre nous.

« J'y ai pensé, a-t-elle chuchoté à son tour le Twizzler pendouillant sur le côté de sa bouche. Bette est dure à l'intérieur et dure à l'extérieur, pas vrai ? Et c'est bien. C'est super. Audrey, elle, paraît un peu plus fragile à l'extérieur, mais à l'intérieur, tu sais qu'elle est solide. Comme un M&M's. Elle a quelque chose de plus.

— Mais un M&M's est censé fondre dans la bouche, pas dans la main, non ?

— Tout le monde sait bien que c'est pas vrai.

— Ouais, tu as raison. »

On a continué à regarder le film en mangeant des bonbons. Puis j'ai posé une autre question :

« Et se tenir la main au cinéma ?

— Quoi ?

— Se tenir la main au cinéma : est-ce que les filles sont autorisées à le faire ? »

Elle n'a rien dit pendant un moment. Allait-elle se contenter de passer ma question sous silence ? À présent, je me sentais gênée de l'avoir posée – j'avais l'impression d'avoir franchi la ligne jaune. Je faisais semblant d'être innocente et naïve, d'ignorer ce que les filles orthodoxes étaient autorisées à faire. Mais personne ne se donnait la main au cinéma, à moins d'être en couple. Tout le monde savait ça.

Etz chayim hi lamachazikim ba, vetomecheha me'ushar, me suis-je dit.

À l'écran, une Anne Baxter en noir et blanc était assise dans un escalier avec une Marilyn Monroe en noir et blanc, ronronnant auprès d'un Gary Merrill en noir et blanc : « Il n'y a peut-être rien d'autre, mais il y a les applaudissements. J'ai écouté depuis les coulisses les gens applaudir. C'est comme… comme des vagues d'amour qui jaillissent des feux de la rampe et vous enveloppent. »

Soudain, Miriam s'est tournée vers moi. J'ai senti sa tête bouger, son souffle sur mon oreille.

« Oui, a-t-elle murmuré. Les filles peuvent se donner la main au cinéma. »

Je fixais l'écran, droit devant moi, sans oser bouger. J'ai tenté de la regarder du coin de l'œil, et il m'a semblé qu'elle souriait peut-être, de profil. Je n'étais pas sûre. Je ne savais pas quoi faire. Est-ce que je devais me comporter ainsi que les mecs l'avaient fait avec moi – tendre le bras et le passer autour de vous ? Devais-je faire semblant de prendre un M&M's et ensuite abattre ma main sur la sienne ?

J'ai compté à rebours à partir de 10, puis j'ai dirigé ma main vers les bonbons. Mais à 3, j'ai foiré ma mission. Au lieu de contourner le paquet pour atteindre ma vraie cible, j'ai paniqué et j'ai fini par… prendre des M&M's. Je les ai fourrés dans ma bouche et j'ai essayé de les mastiquer. Puis ma main est revenue au camp de base, sur mes genoux.

« Pourquoi ? m'a demandé Miriam tout à coup.

— Pourquoi quoi ?

— Pourquoi tu veux savoir ça ? »

J'ai regardé son visage dans la lueur de l'écran, des pans d'ombre et de lumière qui défilaient sur sa peau blanche. On aurait dit les cycles de la lune déferlant à toute vitesse.

« Oh. C'est parce que… j'avais envie de te tenir la main. »

Et hop, c'est ce que j'ai fait.

C'était trop excitant. Grâce à ce simple geste, je me sentais plus proche d'elle que de qui ce soit. Sa main dans la mienne créait une intimité plus profonde que n'importe quel acte sexuel, que toutes mes expériences passées du plaisir. Je me sentais courageuse, royale, tétanisée jusque dans mes os, électrisée jusqu'aux orteils. Je lui tenais la main, et elle me laissait faire. J'avais de la chance ; et j'avais aussi l'impression de la protéger dans l'obscurité. Je demeurais parfaitement immobile. J'étais si tranquille et consciente du fait que nous étions ensemble de cette façon que le moindre micromouvement de l'une ou de l'autre était pour moi un véritable fracas : son doigt qui bougeait, le bruit de ce qu'elle avalait. J'aurais juré que j'entendais mon propre sang. Le film ne se jouait plus à l'écran, mais entre nous.

Et puis brusquement, elle a lâché ma main. Mon bras est retombé sur mon fauteuil. Une vague de déception m'a submergée. Se tenir la main, pour moi, c'était « être arrivée », c'était une réponse à une question, un oui sonore. Mais le fait qu'elle retire la sienne était une autre réponse, plus définitive.

Ah là là, ai-je pensé. *Ben voilà, c'est fini.*

J'ai observé sa main qui fouillait dans le sachet de Twizzlers. Avait-elle seulement lâché la mienne pour en prendre un ? Elle a porté le bâtonnet à sa bouche, s'est mise à le mordiller. Puis elle a repris ma main. J'ai serré légèrement la sienne, et des étincelles ont de nouveau jailli en moi, chaque centimètre de ma peau, chaque cheveu sur ma tête étaient électrisés.

Nous sommes restées longtemps ainsi, sans bouger, la main de Miriam dans la mienne, ne nous lâchant que de temps à autre pour attraper une sucrerie. Nous ne nous regardions pas. Nous reconnaissions seulement le fait que nous étions des êtres distincts lorsque nous abandonnions brièvement la main de l'autre pour nous servir en bonbons ou changer de position. La première fois que j'ai lâché la sienne pour me gratter le front, j'étais terrifiée. Et si jamais, pendant que ma main s'absentait, les règles changeaient et que la sienne devienne soudain intouchable ? Et si elle n'était plus là où je l'avais laissée ? Je me suis frotté très vite le front, puis j'ai repris sa main dans la mienne, soulagée de la récupérer. Chaque fois que nos mains se réunissaient, c'était le bonheur retrouvé.

J'espérais que la mienne ne soit pas trop moite. La sienne ne l'était jamais. Elle avait la peau douce et poudrée, et sa texture évoquait le buvard d'autrefois, les bonbons à la violette, les pétales des roses thé. L'espace entre son pouce et son index ressemblait à la corolle d'un arum. Tout doucement, du bout du doigt, j'ai commencé à caresser l'extérieur de la corolle. J'y allais avec prudence et légèreté, comme si je ramassais le pollen qui y était éparpillé. Puis, une fois que j'en ai eu ramassé assez, j'ai plongé le doigt plus avant, avec délicatesse, jusqu'au fond de l'espace où son pouce et son index se rejoignaient. Lentement, j'ai pénétré le calice de cette fleur, pour aller chercher d'autres grains de pollen, plus profond.

C'est en pénétrant la fleur que je me suis rappelé qu'il ne s'agissait pas du tout d'un arum, mais de la main de Miriam. Non seulement je lui caressais la main, mais je m'étais introduite à l'intérieur – avec douceur, gentillesse, et aussi quelque chose d'indéniablement sexuel. J'ai cessé de bouger et j'ai laissé mon doigt niché à l'intérieur de cette corolle, de ce doux petit trou, sans forcer, juste pour qu'elle sente que j'étais là. Je me suis aperçue que je bougeais la langue de droite à gauche contre mes dents, à la façon des ailes d'un colibri – comme si ma langue voulait être à la place de mon doigt et que je désirais que la main de Miriam soit une autre partie de son corps. J'avais la langue irritée. Depuis combien de temps est-ce que je faisais ça ?

La fois d'après, lorsqu'elle a repris un Twizzler, elle a changé notre manière de tenir nos mains. À présent, c'était la mienne qui s'ouvrait telle une corolle florale, et la sienne qui était le doigt, l'objet de pénétration. J'ai été surprise de constater combien sa main me faisait penser à une bite, ainsi insérée dans la mienne : grosse, dure, chaude, satisfaite. La bite a bougé, et j'ai cru un instant qu'elle voulait baiser ma main. Mais la sienne s'est aplatie et est redevenue une main, la mienne l'a imitée, et ses doigts se sont mis à examiner ma paume.

Quand elle a trouvé ma ligne de vie, elle a commencé à la caresser gentiment – ça ressemblait plus à des chatouilles, en réalité, elle paraissait faire ça sans y penser, au hasard. Elle s'y prenait avec une douceur insensée – tel un fantôme qui hante un lieu, insaisissable, perçu par de simples effleurements.

Ses caresses m'ont excitée si fort et je mouillais tellement que je me suis demandé si ça avait traversé mes vêtements, voire taché le fauteuil.

Etz chayim hi lamachazikim ba, vetomecheha me'ushar, ai-je pensé.

À chaque mouvement de son doigt, je le sentais en bas, aussi quand elle est arrivée au bout de ma ligne de vie, c'était mon clito qu'elle chatouillait. Et lorsqu'elle est revenue à l'autre bout, vers le poignet, c'est le bord de mes lèvres qu'elle caressait, de bas en haut, me pénétrant presque, mais jamais tout à fait. Non, elle n'était même pas près de me pénétrer. Elle n'en était même pas proche, pas du tout.

46

Le film s'est terminé et elle a lâché ma main. On est restées là, assises toutes les deux en silence dans le noir tandis que défilait le générique, jusqu'à ce qu'il n'y ait plus que nous deux dans la salle. J'étais contente qu'elle ne dise rien, ni ne se lève pour partir, et je ne voulais pas rompre le silence. Je ne voulais pas quitter tout de suite ce cinéma obscur.

Enfin, elle s'est tournée vers moi en haussant un sourcil.

« Waouh. Ce film était mieux que dans mon souvenir. »

Puis elle s'est levée, moi aussi, et nous sommes sorties dans la lumière crue du hall, l'odeur de pop-corn, parmi des gens qui n'étaient plus de profil : trois ados aux yeux lourdement cernés d'eyeliner qui rigolaient dans un coin, et un homme qui poussait une vieille dame aux cheveux gras dans un fauteuil roulant. J'ai dit à Miriam que j'avais besoin d'aller aux toilettes. Elle a répondu qu'elle m'attendait.

J'ai fait pipi et quand je me suis essuyée, j'ai été choquée de voir comme ça glissait.

« Adieu, la lie de l'amertume », ai-je murmuré, même si je n'avais aucune idée de ce que ça voulait dire.

Je me sentais fiévreuse, en plein délire. Dans la glace, j'avais le visage rose, les yeux injectés de sang. Une rougeur me montait dans le cou. Nous n'étions que deux filles qui se donnaient la main en mangeant des bonbons au cinéma, c'est tout. Mais le désir : j'étais malade de désir. Agréablement malade. Délicieusement malade. Les mains tremblantes, j'ai tourné le robinet et aspergé d'eau mon visage. Cela m'a soulagée un peu. Puis, alors que j'étais encore dégoulinante, la température en moi est remontée.

De retour dans le hall, Miriam n'a rien dit sur le fait que nous nous étions donné la main. On a quitté le cinéma et avancé dans la rue en silence. En arrivant devant le magasin de meubles où je lui avais mis du rouge à lèvres la dernière fois, elle s'est arrêtée sous l'auvent pour allumer une cigarette.

« Tu sais, je crois que j'ai compris ce qui manque à Bette Davis », a-t-elle dit.

Je ne voulais plus entendre parler de Bette Davis.

« C'est quoi ?

— Sa façon de bouger. Ses mouvements n'ont rien de particulier. Si tu vois l'ombre d'Audrey, même une simple silhouette en mouvement, tu sais immédiatement que c'est elle. C'est pas pareil pour Bette. Quand elle bouge, en fait, ça pourrait être plein d'autres femmes. »

Elle a soufflé puissamment et m'a tendu la cigarette. Sa fumée ne dessinait pas de formes magiques, en tout cas, d'après ce que je voyais. C'était juste un nuage.

« Et le fait de s'embrasser, ai-je dit soudain.

— Quoi, la manière dont elles embrassent ?

— Non, ai-je dit en prenant une taffe. Est-ce que les filles orthodoxes ont le droit d'embrasser d'autres filles ? C'est permis, ça ?

— Ben oui. Je fais la bise à mes copines de temps en temps. Et à ma mère et à Ayala aussi. Du coup, oui, c'est permis.

— Non, je veux dire, sur la bouche. Est-ce que les filles ont le droit de s'embrasser sur la bouche ? »

Une ombre est passée sur son visage. Elle a eu l'air effrayée.

« Je sais pas.

— Intéressant, ai-je déclaré en terminant la cigarette. Intéressant. »

J'ai jeté le mégot et l'ai écrasé sous mon talon. Puis, sans rien ajouter, j'ai posé les mains sur ses épaules et je l'ai attirée vers moi. Elle respirait fort, écarquillait les yeux, mais elle ne m'a pas repoussée.

J'ai glissé la main sur sa nuque et approché son visage du mien. Je l'ai embrassée tout doucement : d'abord sur la lèvre supérieure, puis sur la lèvre inférieure. Je ne lui ai pas fait sentir la moiteur de ma bouche, je suis restée à la surface. Chacune de ses lèvres me donnait tant de plaisir que j'aurais pu demeurer là indéfiniment, à tracer leurs contours, éprouver leur souplesse.

Elle s'est écartée. J'ai ouvert les yeux, mais les siens étaient toujours fermés. C'est alors qu'elle m'a embrassée, et j'ai été stupéfaite qu'elle prenne l'initiative. J'ai mis ma langue dans sa bouche et j'ai senti tout son corps frissonner. À présent, c'était clair. On s'est embrassées avec fougue, nos bouches humides pressées l'une contre l'autre. Impossible de s'y tromper, ça n'avait plus rien d'un baiser amical.

J'avais envie de la baiser tout de suite, avec nos langues chacune dans la bouche de l'autre. À chaque frémissement, j'avais envie de la chevaucher, mais comme si elle ressentait ce que je voulais, elle s'est écartée de nouveau. Cette fois elle n'est pas revenue.

« Non. On n'a pas le droit d'embrasser les autres filles. En tout cas, pas de cette façon-là. »

Elle a fait un pas en arrière, puis elle a sorti une autre cigarette et l'a allumée. On se taisait toutes les deux.

« Excuse-moi », ai-je dit.

Elle a secoué la tête, paraissant dire : *Non, non, non, c'est ma faute*, et elle a agité la main en l'air pour montrer qu'elle me congédiait, la fumée s'enroulant autour de son bras.

J'ai eu envie de lui demander : *Est-ce que tu as aimé ça ?*

À la manière dont son corps tremblait, il semblait que oui.

J'ai eu envie de lui demander : *Si tu n'étais pas orthodoxe, est-ce que tu aimerais continuer à m'embrasser ? Oh, Miriam, peut-être que ça suffit, le simple fait que tu en aies eu envie. Je me demandais si tu éprouvais du désir pour moi, et la réponse est oui !*

Mais je n'ai rien dit. J'en avais déjà trop dit et trop fait. J'avais franchi la ligne jaune – plusieurs fois. À présent, elle avait l'air gênée.

« Faut que je rentre, a-t-elle déclaré. Il est tard.

— OK. Où es-tu garée ? Tu veux que je te raccompagne à ta voiture ?

— Non, a-t-elle répondu d'une voix forte et brusque. Ça ira. Rentre aussi chez toi, Rachel. Salut.

— Salut », ai-je fait, et je suis restée plantée là à la regarder s'en aller.

47

En route vers le bureau, j'ai fait un détour par la boutique Bed Bath & Beyond pour me peser sur une de leurs balances et me faire une idée à peu près exacte de ce qui m'arrivait – du moins, de manière chiffrée.

Dans l'allée des accessoires de salle de bains, j'ai pris trois pèse-personnes – deux numériques, un mécanique – et je les ai posés par terre. J'ai retiré mes chaussures pour que ce soit plus juste. Un type chauve, avec une ventouse et un organisateur de tiroir pour tee-shirts dans son Caddie, s'est raclé la gorge car il voulait passer. Je lui ai lancé un regard noir, genre : *Quoi ?* jusqu'à ce qu'il fasse demi-tour et emprunte une autre allée. Ensuite, j'ai pris une profonde inspiration et je suis montée sur la première balance : chromée, élégante, numérique.

Elle a réfléchi pendant une seconde et m'a annoncé la nouvelle en chiffres rouges. J'avais pris

6,1 kilos. J'ai senti une sueur froide à la surface de ma peau. Je suis descendue de la balance, puis remontée dessus. 6,1 kilos – toujours pareil. Le chiffre était si absolu, si sûr, si définitif.

Je suis passée au second pèse-personne numérique. Il était noir et moins cher que le premier, et il me plaisait davantage. Je l'ai tapoté du bout du pied et j'ai laissé les chiffres revenir à 0. Puis je suis montée dessus.

C'était encore pire : j'avais pris 6,3 kilos.

« Mais putain ! » me suis-je exclamée.

Je suis descendue, les chiffres ont disparu, je suis remontée.

6,5 kilos !

J'ai essayé la balance à l'ancienne. L'aiguille a décrit un arc, puis hésité, elle avait du mal à décider de mon sort. Mais elle disait que j'avais perdu presque 13 kilos.

J'ai commencé à passer d'une balance à l'autre, en une sorte de valse dysmorphique. 6,1 kilos. 6,3 kilos. 6,1 kilos. 6,1 kilos. 6,5 kilos. 6,1 kilos. Une femme qui méditait sur un vanity doré m'a regardée bizarrement. Dans son chariot, un bébé et un aspirateur. J'ai songé aux coupons de réduction envoyés par ma mère. J'avais dépassé la date.

Qu'attendais-je de ces pèse-personnes ? Croyais-je donc que toute cette bouffe s'était volatilisée dans l'air ? C'était scientifique ! À partir de maintenant, régime sec : pas de petit déj', deux barres protéinées au déjeuner, et pour le dîner, on verrait. Il faudrait même peut-être que je me remette aux laxatifs ou, en tout cas, à cette tisane qui faisait aller aux toilettes.

Je ne savais pas comment j'allais réussir à affronter la journée, à vivre ainsi dans mon corps, en toute conscience. J'avais juste envie de dormir jusqu'à ce que tout ce poids disparaisse. On était vendredi ; encore une journée et je pourrais dormir tout le week-end – ou peut-être que je tenterais un mélange sommeil-salle de sport –, une marche de la mort à coups de trique. C'était tout ce que je méritais. J'étais dégoûtée.

Dans la voiture, j'ai appuyé à fond sur le champignon, laissant toute ma colère et ma déception exploser. Dans les petites rues, je ne roulais pas droit, j'oscillais d'un côté à l'autre. Et si j'avais un accident ? Au moins, je serais dans le coltard.

J'ai traîné dans le parking, arpentant les allées, je ne voulais pas croiser mes collègues. Je me suis chronométrée pendant que je marchais pour essayer de faire dix minutes d'exercice. J'ai prié pour qu'un camion arrive à toute blinde, prenne un virage et m'écrase, là, tout de suite, d'un seul coup, pour que je ne sente rien. Toute cette souffrance pour un peu plus de six kilos ! Si Miriam avait continué de m'embrasser, je ne me serais même pas pesée.

Mieux valait que tout ça s'arrête maintenant, et pas dans le futur, au moment où je me réveillerais soudain grosse comme une montgolfière folle, en orbite autour de la Terre, l'esprit totalement parti ailleurs, n'appartenant plus à cette planète, incapable de faire la différence entre le réel et le fantasme. Je ne voulais pas en arriver là, hein ? Il fallait que j'extraie l'idée de Miriam de mon cerveau – que je m'extraie aussi de moi-même, que j'arrache des morceaux de cuisses, de hanches, de bras à ce corps qui explosait.

J'ai pris mon téléphone et j'ai googlé : *Comment tuer un golem ?*

> *Selon certains récits, la créature a le mot* emet *gravé sur la tête.* Emet *signifie « vérité ». Pour tuer le golem, son créateur doit retirer la lettre* e *au début de* emet *afin que le mot se lise* met. Met *signifie « mort ». Voilà comment meurt un golem.*

C'était étrange que la vérité et la mort soient si proches l'une de l'autre.

J'ai affiché le numéro de la Dr Mahjoub.

Il faut que je vous voie, ai-je écrit.

48

Le lendemain après-midi, à son cabinet, j'ai remarqué que la Dr Mahjoub avait acquis un nouvel éléphant : une statue en fil de fer rouillé de presque un mètre de haut, située près de la porte. Je lui étais reconnaissante d'avoir accepté de me recevoir un samedi, mais le fait qu'elle ait pu m'accorder un rendez-vous aussi vite jetait le doute sur son professionnalisme, comme toujours.

« Je suis désolée, Rachel, a-t-elle dit en feuilletant mon dossier. J'ai utilisé tout ce qui me restait de Terrapeuthique pour travailler sur un trauma avec un autre patient la semaine dernière. Mais vous devriez pouvoir vous en procurer en ligne sans difficulté. Ou peut-être préféreriez-vous prendre des cours de poterie…

— Peu importe. Il faut que vous sachiez que votre petit exercice d'art-thérapie a totalement détruit ma vie.

— Voulez-vous m'expliquer comment ou pourquoi vous avez le sentiment que cela... vous a perturbée ?

— Non. »

Je ne voulais pas lui donner la satisfaction de savoir à combien de crises de boulimie j'en étais rendue. C'est ça qu'elle voulait, hein ? Je me suis demandé si ça se voyait sur moi : plus de six kilos de 'hallah, de rouleaux de printemps, de *cholent* et de nouilles. On s'est dévisagées en silence.

Enfin, j'ai lâché : « Je me débrouillais si bien avec ma mère ! Et ça continue. Ça fait trente-sept jours que les digues tiennent. »

Elle avait complètement arrêté de m'envoyer des SMS. Si elle essayait de me ghoster, c'était réussi. À cause de cette absence de contact, j'avais encore plus envie de retourner vers elle que quand elle me harcelait quotidiennement. J'avais peur qu'elle m'ait abandonnée. Tout ce que j'avais toujours souhaité, c'était qu'on me fiche la paix. À présent, j'avais envie de me lever en criant : *Attends !*

« C'est incroyable, a dit la Dr Mahjoub. Je suis très contente.

— Oui ! Mais il a fallu que vous insistiez. Que vous enfonciez le clou avec cette histoire corporelle. Je vous avais dit que j'allais assez bien. Et d'ailleurs qu'est-ce que ça signifie, aller bien, de toute façon ? Est-ce qu'il existe un plateau du bien-être, un stade qu'on est censée atteindre et où on reste coincée pour toujours ? Parce que ça, pour moi, ça ressemble à la mort !

— Ah…

— Est-ce que la mort, c'est le mieux qu'on puisse espérer ? Je commence à le penser. »

J'avais l'impression de ne plus avoir de limites. J'avais envie de baiser avec elle. Mais j'étais curieuse, aussi.

« Rachel, si vous avez l'intention d'attenter à vos jours ou à ceux d'autrui, la loi m'oblige à le signaler. Avez-vous l'intention d'attenter à vos jours ou à ceux d'autrui ? »

J'ai songé que j'avais envie de prendre un couteau pour découper des morceaux de mon corps. Je me suis rappelé que j'avais prié pour être renversée par un camion. J'ai pensé à la mort, à la vérité, qui, dans certaines langues, n'étaient séparées que par une lettre. J'ai eu envie de lui demander si elle savait ça, elle.

« Ça va, ai-je répondu. Je n'ai pas l'intention d'attenter à mes jours ni à ceux d'autrui. »

49

En me garant devant chez moi ce soir-là, j'ai aperçu Miriam sur la petite pelouse pelée. Je lui avais dit que j'habitais dans l'immeuble en imitation pierre juste en face de Doughy's Bagels, une de ses boutiques de bagels préférées, de l'autre côté de Pico Boulevard. Je ne m'attendais pas à la voir se matérialiser devant moi.

« Euh… coucou ! » ai-je lancé depuis la voiture.

Son sac Coach en bandoulière, elle n'a pas bougé. Elle ne souriait pas, mais elle m'a adressé un petit signe.

« Fait chier », ai-je marmonné en faisant marche arrière pour me garer.

Était-elle venue afin que je lui présente des excuses pour la manière dont je m'étais conduite ? Maintenant elle regardait par terre, comme s'il s'y passait quelque chose d'hyperintéressant. Je suis descendue de voiture et, en m'approchant, j'ai vu que ses mains tremblaient, vissées l'une sur l'autre devant elle. Ce n'était pas le tremblement d'une créature surnaturelle, mais bien celui d'un être humain. Je me suis sentie très mal à l'aise.

« Salut, ai-je dit, la gorge très sèche.

— Salut, a-t-elle répondu les yeux toujours rivés au sol.

— Tu es allée chez Doughy's ?

— Non… Je suis venue… te faire des excuses.

— Me faire des excuses ? À moi ? ai-je relevé, surprise. Mais de quoi tu veux t'excuser ?

— Parce que je ne t'ai pas dit toute la vérité. »

On aurait dit que mes poumons avaient oublié comment ils fonctionnaient, que ma respiration n'était plus automatique et que je devais m'obliger à inspirer volontairement. Pour me distraire de l'étouffement imminent, j'ai imaginé un scénario de film. Miriam était venue me révéler que nous vivions dans un conte juif surréaliste. Le rabbin Juda Loew ben Bezalel était interprété par le grand-oncle défunt de la femme d'oncle Lavie, un comédien du théâtre yiddish. Le rabbin et Miriam avaient tous les deux été envoyés par mes défunts grands-parents pour instiller en moi un peu d'orgueil sioniste grâce aux cigarettes aux clous de girofle, au *cholent* et à un baiser volé. J'étais Cary Grant, et Miriam, Eva Marie Saint, la femme fatale venue causer ma perte – armée, dans le cas présent, de yaourt glacé.

« Quand tu m'as demandé si les filles pouvaient s'embrasser, je savais ce que tu voulais dire, a-t-elle poursuivi. Et après tu m'as demandé si j'avais déjà embrassé quelqu'un, et je n'ai pas été complètement honnête.

— Ah ?

— Il y avait une fille dans mon lycée qui s'appelait Bluma Sternberg. On s'entendait bien, on se connaissait depuis l'école élémentaire, en fait. Au lycée, on allait au ciné en douce parce que ses parents étaient plus stricts que les miens et qu'elle n'avait pas le droit de regarder autre chose que des films religieux. Mais je lui ai fait découvrir les classiques de Hollywood, et elle a adoré.

— Ouais…

— J'allais chez elle parce qu'elle n'avait pas le droit de venir chez moi. Ses parents craignaient qu'on ne soit pas assez cashers – qu'un truc se glisse dans la mauvaise vaisselle, de la poitrine de bœuf dans le saladier du *milchig*, franchement j'en sais rien. Peut-être qu'ils pensaient qu'on était sales.

— Les bâtards. Comme si la maison de ta mère n'était pas impeccablement tenue.

— Mais oui ! Enfin bref, du coup, je passais mon temps chez elle. Je rapportais en douce une bouteille de chez moi, un truc qui ne se remarquerait pas, un vin pas génial, quoi. Elle adorait boire ! Ou plutôt, elle a appris à boire avec moi et ça lui a beaucoup plu. Je me demande si ce n'est pas plus pour boire que pour me voir qu'elle m'invitait. Elle n'avait pas beaucoup d'amies au lycée parce que c'était pas le plus religieux de la ville. Je ne sais pas pourquoi ses parents l'avaient inscrite là. Enfin bon, on traînait dans sa chambre et on picolait. Un jour elle m'a demandé si j'aimerais faire un truc romantique, du genre qu'on voyait dans les films. On pourrait s'entraîner pour notre futur mariage.

— Waouh !

— J'ai eu peur quand elle m'a proposé ça. Mais ça m'a aussi excitée parce qu'en fait elle me plaisait beaucoup. Alors je lui ai demandé comment on pourrait s'entraîner. En se serrant dans les bras la première semaine, elle a répondu, donc on a fait ça, et c'est tout. Ensuite, elle a dit qu'on pouvait s'embrasser si je voulais, et j'ai dit oui. Donc, on s'est embrassées. Et là on s'est vraiment pécho. »

J'étais surprise qu'elle sache de quoi il s'agissait. Bien sûr, elle avait vu ces films classiques et tout ça. N'empêche, j'étais étonnée de l'entendre dire ça comme ça.

« J'allais de plus en plus souvent chez elle. J'apportais toujours à boire, et on se pécho dans sa chambre.

— Vous ne faisiez que vous embrasser ?

— En gros, ouais. Et on se frottait l'une contre l'autre, mais toujours avec nos vêtements, et jamais dessous. Je pense qu'on était persuadées toutes les deux que si on gardait nos vêtements, on ne faisait rien de mal, tu vois ?

— Je comprends. »

J'étais jalouse de cette Bluma Sternberg – jalouse qu'elle ait fait tout ça avec Miriam.

Jamais je n'avais éprouvé ce type de jalousie. D'habitude, j'étais jalouse en me comparant à une autre femme, je lui enviais son corps ou son mec. C'était une espèce de douleur – une douleur sourde dans la poitrine, et aussi, je l'avais remarqué, dans l'aine. Ça ne me plaisait pas qu'une autre l'ait pécho avant moi. Qu'une autre l'ait initiée à cet aspect d'elle-même.

« Bluma n'avait pas de verrou à sa porte, du coup on devait toujours faire hyperattention, être aux aguets. Au moins, elle avait sa chambre à elle, ce qui est rare dans les familles orthodoxes. Mais ses parents ont dû avoir des soupçons, ou bien ils ont compris ce qui se passait, parce qu'un jour, sa mère s'est ramenée en douce et elle nous est littéralement tombée dessus.

— Oh mon Dieu, qu'est-ce qui est arrivé ?

— Elle s'est mise à frapper Bluma. À la battre de ses propres mains. J'ai essayé de l'en empêcher, mais elle a commencé à me taper aussi.

— Mais c'est horrible !

— Elle lui hurlait dessus, à moitié en yiddish, et ça, je ne comprenais pas parce que mes parents ne le parlent pas à la maison. Mais ce qu'elle disait en anglais, c'était terrible.

— Je suis vraiment désolée.

— Elle l'a traitée de traînée. Elle l'a traitée de… gouine. Et moi aussi. Elle a menacé de tout raconter à mes parents, et ça m'a trop fait peur. Pendant des jours, j'ai attendu que le couperet tombe. Mais elle n'a jamais rien dit.

— Pourquoi penses-tu qu'elle n'a pas mis ses menaces à exécution ?

— Plus le nombre de gens qui savent est important, plus il y a des risques de commérages. Elle ne voulait pas que ça s'ébruite. Mais quelques jours plus tard, à la sortie du lycée, elle est venue me voir et elle m'a prise à part. Elle a dit que si jamais je m'approchais à nouveau de sa fille, elle me tuerait. Et ensuite, ils ont changé Bluma d'établissement.

— Merde !

— Ouais.

— Ça m'étonne que tu n'aies pas dit à tes parents qu'elle t'avait frappée.

— Ils auraient voulu savoir pourquoi.

— Et tu ne pouvais pas leur dire ?

— Tu rigoles ? Ils m'auraient mise à la porte.

— C'est vrai ? »

Au moment où j'ai dit cela, j'ai songé que j'émettais un jugement. Mais ce n'était pas elle que je jugeais. Je pensais à ma propre mère, qui n'était pourtant pas religieuse, et à la réaction terrifiante qu'elle avait eue face à mon propre coming out. Les Schwebel paraissaient si gentils, j'aurais aimé qu'ils soient différents.

« Pour eux, ce serait inacceptable que j'aime une fille, a dit Miriam.

— Ah. »

Il commençait à faire froid.

« Tout ça pour te dire que je suis désolée de t'avoir laissé croire des choses qui n'étaient pas vraies, mais… j'étais trop gênée pour te raconter cette histoire. Je savais très bien ce que tu me demandais. Je voulais seulement… j'aimerais qu'on reste amies.

— Ouais, moi aussi. »

Donc, elle avait eu une expérience avec une fille. Et ça lui avait plu. Maintenant j'étais convaincue qu'elle savait depuis le début ce qu'elle faisait avec moi, cette coquette casher. Mais bon, je n'allais pas lui faire franchir la ligne jaune.

« Il est tard, ai-je dit. Il vaudrait mieux que je rentre.

— Oui, et moi aussi je dois y aller. »

J'ai eu envie de lui dire : *Monte avec moi, s'il te plaît. Monte dans mon appartement débile rempli de rien, avec ses murs blancs et son frigo vide, son parquet nu et toute cette vacuité.*

Mais j'ai dit : « Bonne soirée. »

50

Cette nuit-là j'ai rêvé de lys blancs. Je mourais de faim. Je me trouvais justement dans un champ de lys et je léchais l'eau sur les pétales pour essayer de me remplir le ventre. Toutefois, je prenais garde à ne pas mettre dans ma bouche ni pollen ni pétales, car les lys sont toxiques. Mais j'avais tellement faim ! À un moment, alors que je suçais les gouttelettes sur les pétales, je me surprenais à mordre dedans – je mâchais et j'avalais le jus. C'était excitant de faire quelque chose de défendu. Ça m'apaisait de me nourrir de cette saveur végétale, terrestre. Je mangeais tout jusqu'à la tige. « Je ne suis pas en train de mourir », ai-je dit.

« Bien sûr que non, a fait une voix. Personne n'apporte de fleurs à un enterrement juif. »

C'était le rabbin Juda Loew ben Bezalel. Il était debout à l'intérieur de la corolle d'un très grand arum blanc, le seul parmi les lys, qui s'élançait vers le ciel telle une trompette.

« Salut, Rabbi, ai-je dit en essuyant le pollen sur mes lèvres.

— Bonjour, Rachel », a-t-il répondu, sa longue barbe passant par-dessus le bord du calice, à la manière des tresses de Raiponce. « Je suis heureux de te voir t'accorder un petit plaisir. C'est une bonne action, tu sais.

— Ils sont délicieux.

— C'est ce qu'on m'a dit. Moi, je m'abstiens. Ils ne sont pas cashers. Je dois me contenter des arums.

— Ah.

— Ce qui est intéressant, car si tu les observes, les lys de ce champ ont la forme de l'étoile de David. Dieu a le sens de l'humour.

— Carrément, ai-je dit tout en mâchant à présent la tige de mon lys. Ça ne vous dérange pas que je mange ça devant vous ?

— Je t'en prie, a-t-il répondu en agitant la main. Je ne veux pas interrompre ton plaisir. Je suis juste venu te dire que je suis content que tu fasses confiance à tes *kishkes.*

— Mes *kishkes* ?

— Tes tripes ! Ton intuition.

— Et c'est ça que je fais ?

— Mais oui ! Tu y es parvenue. À vrai dire, tu ne l'as pas complètement fait avec Miriam, ce qui serait aussi une mitsva, d'ailleurs, mais tu avais raison sur un point. Tu lui plais. »

J'ai entendu un bruit fort résonner. On aurait dit la sonnerie à la fin des matchs de basket, sauf que ça venait d'en haut.

« Dieu aime vraiment le basket », a dit le rabbin en riant.

Mais il avait l'air d'avoir peur. Puis le bruit a repris. Le rabbin a écarquillé les yeux. J'ai eu soudain la sensation terrible que c'en était fini. La partie était terminée. J'avais réussi à m'empoisonner. Tout ce que cette sonnerie m'annonçait, c'était ma fin prochaine.

J'ai ouvert les yeux et cligné. J'ai regardé mon réveil. Il marquait 1:15. Il restait une minute et quinze secondes avant la fin du match. Et puis soudain j'ai compris que j'étais dans mon appartement. Ce que j'entendais, ce n'était pas les trompettes de la mort, mais la sonnerie de l'interphone. J'ai eu peur. Je me suis nichée plus profond sous les couvertures. Mais ça a sonné de plus belle.

J'ai repoussé les couvertures, je me suis levée et je suis allée jusqu'à l'interphone, glissant sur le sol avec mes chaussettes de laine.

« Allô ? ai-je dit d'un ton désagréable.

— Coucou. C'est Miriam. »

Est-ce moi qui l'avais fait venir ?

« Une seconde ! »

J'ai bien remonté mes chaussettes et je me suis précipitée sur le palier. Soudain, j'ai eu une meilleure idée. J'ai fait demi-tour et je suis revenue dans mon appartement. *Kishkes*. J'ai appuyé à mon tour sur l'interphone.

« Tu veux monter ? » ai-je demandé.

51

Miriam est arrivée à ma porte en pleurant. Une larme grossissait dans son œil gauche, une autre coulait sur sa joue droite. Cela m'a rappelé les gouttes de rosée sur les lys.

« Qu'y a-t-il ? Ça va ? »

Elle cherchait ses mots, ne savait pas quoi dire. Je détestais la voir pleurer, j'avais envie de sécher ses larmes, de la réconforter.

« Je sais pas, a-t-elle dit enfin tout en essuyant ses paupières trempées. Je suis un vrai robinet.

— Veux-tu entrer boire quelque chose ?

— Ça ira.

— Tu veux que je reste là un moment avec toi, sur le pas de la porte ?

— Bon, d'accord », a-t-elle dit en riant.

Elle a posé ses mains sur le chambranle. J'en ai attrapé une et je l'ai prise entre les miennes.

Ça pourrait suffire, ai-je pensé. *Simplement tenir la main de ce putain de lys.*

Mais je me suis surprise à la faire entrer et à refermer doucement la porte derrière elle. Je ne voulais pas qu'elle soit effrayée par un bruit violent, ou un geste soudain qui aurait pu lui laisser croire que j'attendais quelque chose d'elle. Je me suis assise sur le canapé. Elle est venue près de moi.

« Et donc », ai-je dit.

Puis je lui ai repris la main et je me suis mise à lui caresser la paume, exactement comme au cinéma. Cette fois, nous n'étions pas dans le noir, je pouvais donc observer ses réactions. Elle a rougi, et j'ai noté un voile de transpiration sur son front et sa lèvre supérieure. J'y suis allée plus lentement, plus doucement.

« Tu peux fumer si tu veux.

— Je n'ai plus de cigarettes.

— On peut cramer mes chewing-gums à la nicotine ? »

Elle a ri, émettant un bruit qui ressemblait à un sanglot. Puis elle a posé son autre main sur la mienne.

« Bon, a-t-elle dit. Peut-être qu'on peut s'embrasser. »

Je me suis approchée d'elle, nos lèvres se touchaient presque. Je sentais sa chaleur et je suis restée ainsi pendant ce qui m'a paru une éternité. Son haleine était douce. Je l'ai embrassée. Elle a fait « oh » dans ma bouche en reprenant sa respiration, puis elle y a glissé sa langue. Je l'ai sucée à la manière d'un morceau de foie qu'elle aurait eu la gentillesse de me donner à manger. Elle a gémi dans ma bouche. Sa gorge cliquetait et j'en avalais tous les sons.

Doucement, j'ai embrassé sa lèvre supérieure, le coin de sa bouche, son menton, et puis cette zone blanche et replète sous son menton. J'ai commencé à la sucer tout doucement, comme si je la buvais, comme un veau qui tète sa mère. Puis je suis descendue sur sa pomme d'Adam, plus bas que toute cette chair, et je l'ai sucée aussi un moment. J'avais faim de ses grains de beauté, mais j'ai pris mon temps et je me suis mise en appétit, me préparant à une sorte de festin.

J'ai démarré par les gouttes de chocolat au lait sur le côté de son cou, puis je suis allée vers le chocolat noir, juste au milieu. Elle émettait des bruits nouveaux à mesure que je les léchais, à croire que chacun d'eux désignait un lieu de plaisir différent sur la carte de son corps. On aurait dit les fantômes des grains de beauté que je m'étais fait retirer des années plus tôt, et que c'était moi-même que je léchais. Sauf qu'au lieu d'être situés sur l'intérieur de mon bras, ils résonnaient dans mes différentes zones érogènes : ma gorge, ma poitrine, ma chatte.

J'avais envie de lui ôter sa chemise, de me régaler de ses seins lourds. J'avais envie de la lécher jusqu'au ventre, jusqu'à la chatte, pour la goûter tout entière. Mais je n'ai pas osé dépasser ses grains de beauté, je ne suis pas allée plus bas, même si j'étais mouillée, trempée, et que mon pouls battait fort. Le désir me tournait la tête, je me sentais toute faible. Mais j'ai su me tenir. Ma bouche n'a pas quitté son cou, tandis que mes mains avançaient lentement vers ses seins, palpant tout ce que je pouvais à travers ses vêtements. Elle était entre mes mains et elle débordait. J'étais au paradis.

Elle était une planète infinie avec tant de territoires différents sur lesquels me poser pour jouer. Si j'avais eu l'éternité devant moi, je n'aurais malgré tout jamais eu fini de l'explorer. J'avais l'impression de ressentir ce qu'elle ressentait. Elle frémissait chaque fois que je la touchais, et je voulais lui faire éprouver bien davantage encore. Je voulais qu'on aille beaucoup plus loin.

Sans la déshabiller, je lui ai pincé les tétons à travers le tissu et j'ai serré ses seins plus fort, décrivant des cercles autour des aréoles, lui tirant doucement son lait. Je jure que j'arrivais à sentir l'odeur de sa chatte à présent, des bouffées émanaient d'entre ses cuisses, une odeur de terre et de crème, comme un frais sous-sol. Et puis soudain, elle s'est écartée.

« Il est tard. Il va falloir que j'y aille », a-t-elle dit, la lèvre encore luisante de ma salive.

J'ai eu envie de lui dire : *Reste dormir !*

Mais je l'ai embrassée sur le front et sur chacune de ses paupières.

« Tu reviendras, hein ?

— Oh, Rachel », a-t-elle fait d'une voix qui m'a paru triste.

Elle a gardé un moment le silence.

« Oui, a-t-elle répondu finalement. Je reviendrai.

— Quand ? Demain ! Reviens demain. »

Son visage s'est illuminé.

« Oui ! Je pense que je peux revenir demain !

— Génial », ai-je dit en lui caressant les cheveux.

Je l'ai raccompagnée à la porte et je l'ai embrassée une dernière fois.

Je t'aime, a dit ma bouche en silence à la sienne.

Car si je n'aimais pas Miriam, si c'était purement sexuel, alors je ne saurais jamais ce qu'était l'amour – et je m'en foutais. Après son départ, je suis tombée à genoux et j'ai posé la tête par terre.

« Merci, merci, merci », ai-je dit à je ne sais qui.

Je n'étais pas certaine que les Juifs prient à genoux. Mais j'étais tellement reconnaissante.

52

Je buvais du thé Lipton dans la cuisine du bureau parce que Ana ne m'avait pas proposé de Harney & Sons. Putain, c'était trop bon. J'avais oublié à quel point j'aimais le Lipton.

« On dirait que tu es heureuse, a-t-elle remarqué d'un air soupçonneux en soufflant sur son thé.

— Oh, mais c'est terrible de dire ça à quelqu'un.

— Je suis sérieuse. »

N'empêche, c'était vrai. Je ne parvenais pas à cacher ma joie. Le changement sautait aux yeux. J'avais mis du sucre dans mon thé, du vrai sucre, plusieurs morceaux, et j'agitais tout ça avec un joyeux petit tourbillon pour faire une espèce de milk-shake. Il restait des biscuits d'une réunion qui avait eu lieu un peu plus tôt dans la journée. J'en ai pris un, je l'ai trempé dans mon thé et mangé.

« C'est bon ? a demandé Ana en fronçant le nez.

— Pas mauvais.

— Tu es heureuse. Maintenant, dis-moi pourquoi.

— Pas de raison particulière.

— Laisse tomber. Ça n'aurait pas un rapport avec une certaine personne ?

— Jace ? ai-je chuchoté. Non, on ne s'est pas revus. »

Elle a semblé déçue.

J'avais peur de lui parler de Miriam. Je ne lui avais jamais dit que je préférais les filles. Je craignais qu'elle ne le prenne pas bien. Elle se mettrait à rire en rétorquant que c'était juste une phase. Peut-être même qu'elle dirait des méchancetés sur Miriam. Pourtant j'aurais aimé lui raconter ce qui se passait. Je voulais qu'elle me connaisse.

Ma mère non plus ne me connaissait pas, mais elle, ce n'était pas parce que je ne lui avais pas laissé sa chance. Je lui en avais même laissé plusieurs. Le plus triste, c'est qu'elle n'avait pas l'air de vouloir me connaître, pas telle que j'étais intérieurement. Je n'étais même pas certaine qu'elle puisse comprendre que j'avais une vie intérieure, que j'étais réelle. Parfois, ça me paraissait impossible qu'elle m'ait jamais mise au monde. D'autres fois, avoir vécu si longtemps dans son ventre me paraissait tomber sous le sens. Cela expliquait pourquoi elle ne voyait en moi qu'une extension d'elle-même.

Un silence total régnait à présent du côté de ma mère, plus aucune communication. Mais je la portais toujours en moi : sa voix, ses sentiments, ses peurs, sa conception de la nourriture, du corps, du monde, des femmes et des hommes. Elle s'était, longtemps auparavant, implantée en moi au niveau cellulaire et diffusée jusque dans mes organes – mon cerveau, mon cœur – de sorte que ce qui était elle et ce qui était moi soit indissociable.

Existait-il un âge à partir duquel on arrêtait enfin de rendre sa mère responsable de ses propres pensées ? Je croyais l'avoir atteint, puis je l'atteignais de nouveau. À dix-neuf, vingt ans, j'avais décidé : *C'est bon, ça suffit. Tu es adulte. Il est temps d'endosser la responsabilité de ce que tu penses, toi.* À vingt et un ans : *J'ai tourné la page.* À vingt-deux : *Je comprends pourquoi elle a fait ce qu'elle a fait.* À vingt-trois : *Je lui pardonne.* À vingt-quatre : ce silence imposé. Et maintenant ?

Me déclarer libre était une chose. Faire usage de cette liberté en était une autre. La simple idée de la liberté me donnait la nausée, le vertige, la tête me tournait, j'étais perdue dans un infini sans frontières, avec zéro mur. J'avais peur de flotter librement, mais seule. Mes calculs, même s'ils m'isolaient, m'avaient apporté de la compagnie. Dans cette vie bardée de restrictions, j'avais des règles, des limites, un système de certitudes – même si l'idée de certitude humaine, au sein du mystère illimité de l'existence, est en soi une erreur. Je voulais des murs. Des murs doux, semblables à une matrice, mais je me contentais d'une froide cellule. Ma mère m'avait aidée à la construire, cette cellule. Et à présent, c'était la mienne.

53

Je voulais paraître naturellement belle à Miriam. J'ai mis une petite jupe noire et un débardeur, je me suis maquillée très discrètement et je suis restée pieds nus, comme si je me reposais tranquillement chez moi après le boulot. Je dissimulais mon désir sous le voile plus doux du sentimentalisme, du vertige, qui me rendait moins coupable d'avoir envie d'elle. Pourtant, ce n'était rien d'autre que ça au fond : j'étais complètement trempée.

Je ne savais pas très bien jouer à la séductrice, la femme qui s'approche avec assurance de l'autre, ou qui l'excite avec audace, jusqu'au moment de passer à l'action. Dans mes fantasmes de séduction avec Ana, c'était trop facile. Elle était un fantôme, et les fantômes ne bougeaient pas. C'était beaucoup plus difficile de montrer de l'assurance face au corps chaud et frémissant d'une autre personne qui à tout instant risquait de me rejeter.

J'avais mis cette tenue exprès car je savais qu'elle m'amincissait. Je voulais accentuer cette caractéristique pour rappeler à Miriam ce que j'étais, moi, et ce qu'elle était, elle, ressuscitant cette vieille compétition entre femmes. Je me sentais plus à l'aise en la séduisant ainsi. Si je devais me montrer vulnérable en lui avouant que j'avais envie d'elle, il fallait que je me sente aussi portée par un sentiment de triomphe. Je devais l'emporter sur un tableau pour accepter d'être en infériorité sur un autre.

Mais quand Miriam est arrivée et qu'elle m'a dit que j'étais canon, j'ai regretté mon petit stratagème. J'ai éprouvé de l'admiration pour elle, pour le courage qu'elle manifestait en me disant ça. Je voulais la blesser avec la beauté de mon corps, en mettant en relief nos différences. Mais maintenant, j'avais juste envie qu'elle se sente à l'aise.

Je lui ai proposé du vin casher, un chardonnay de Californie qui s'appelait Baron Herzog et qui, d'après l'étiquette du magasin, « savait vous titiller ». Puis on s'est assises côte à côte sur le canapé, et elle m'a raconté sa journée chez Yo!Good.

« On n'a pas fait grand-chose aujourd'hui. J'ai passé mon temps à fumer dans la ruelle. Ah, et en plus, on est tombé en panne de yaourt gourmand parce que mon *shlemil* de cousin a oublié de passer la commande.

— C'est toi, le yaourt gourmand », ai-je dit en l'embrassant sur la joue.

Je me sentais étrangement protectrice avec elle – maternelle, même.

Elle m'a surprise en prenant mon visage entre ses mains et en m'embrassant sur la bouche. Juste après m'avoir regardée dans les yeux. On s'est embrassées lentement en faisant de petits bruits. J'ai laissé ma langue s'aventurer dans sa bouche, je l'ai entendue déglutir. Puis ses mains se sont déplacées sur ma nuque, elle m'a attirée plus fort vers elle, et cette fois j'ai eu l'impression que j'étais la fille – protégée – et elle, la mère. Non, nous étions toutes les deux des filles, égales, et ça me plaisait ainsi. Ensemble, nous étions puissantes. J'ai senti que nos baisers étaient à la hauteur du rituel des amours féminines pour les siècles à venir.

Je suis descendue vers ses seins et j'ai frotté mon visage contre son chemisier avec fermeté pour qu'elle me sente vraiment. Ses tétons ont durci sous le coton. Elle ne m'a pas arrêtée quand j'ai défait le bouton du haut, puis le suivant, et ainsi de suite, jusqu'à ce que son chemisier s'ouvre et que je découvre son corps, rempli de gravité, pâle, capital. Son soutien-gorge, d'un beige très sage, avait du mal à contenir ses seins. Dessous se déroulaient les plis de son ventre, son nombril, large et profond, qui montait et descendait avec sa respiration. J'éprouvais une telle gratitude à la contempler ainsi, et parce qu'elle me laissait faire.

Je l'ai serrée dans mes bras, on vacillait. Puis je me suis mise à cheval sur ses genoux, les jambes très ouvertes, les cuisses puissantes, pendant que j'embrassais ses lèvres humides et que je dégrafais son soutien-gorge. Je le lui ai retiré lentement, et ses seins se sont répandus, lourds pendules magnifiques, rien à voir avec les miens. Ses tétons étaient aussi gros que des pièces anciennes, du rose le plus pâle. Au-delà de l'aréole, un réseau de veines, bleues et violettes, apportait le sang qui la maintenait en vie.

J'ai pris un de ses tétons dans ma bouche, tandis que je titillais, serrais, pinçais l'autre de mes doigts, regrettant de ne pas avoir deux bouches. Non, j'aurais voulu faire mieux encore ; une bouche pour chaque sein, une autre pour son cou, d'autres pour son nombril, sa bouche, sa chatte, ses paupières. Je m'attendais à tout instant à ce qu'il sorte de son téton quelque chose de sucré : du caramel écossais, du caramel chaud, du miel. Je suis passée à l'autre sein, je l'ai embrassé, doucement léché, comme si c'était son clito. Prise par l'excitation, je l'ai mordue et elle a poussé un glapissement. Mais quand je l'ai regardée, elle souriait.

Tout était rose. Je suis descendue et je me suis retrouvée face à son ventre, là je l'ai embrassée partout, en lui donnant de tendres petits baisers, en la mordillant amoureusement. Elle avait trois bourrelets, je les ai inondés de baisers, imaginant qu'ils étaient des lèvres épaisses, ma lèvre supérieure se glissant entre deux, ma langue allant goûter ce qu'il y avait à l'intérieur. Puis cette fente entre ses bourrelets est devenue pour moi pareille à une chatte, et j'ai pensé : *C'est incroyable, elle a tellement de chattes, tellement d'endroits à explorer !*

Elle a gémi, poussé de profonds soupirs suivis de petites inspirations rapides, sans plus se soucier de son image, comme si elle savait que chaque partie de son corps était digne de plaisir. J'avais envie de baiser son mollet, là, entre mes jambes, mais j'ai eu peur de me frotter contre elle, aussi je me suis contentée de me frotter contre l'air, face à elle, imaginant sa jambe entre mes cuisses, et je l'ai baisée dans ma tête.

Elle s'est baissée, a posé les mains sur ma poitrine, caressant ma clavicule et mon sternum, ainsi qu'Ava Gardner aurait pu le faire à Clark Gable. Elle n'a pas touché mes seins, seulement les os au-dessus. J'ai essayé de bouger pour qu'ils arrivent entre ses mains, mais elle en est restée là, puis elle est remontée vers mes épaules.

« Tu es forte, a-t-elle dit.

— Pas vraiment.

— Tu veux que je fasse quelque chose sur ton ventre ? a-t-elle soudain demandé.

— Sur mon ventre ?

— Que je t'embrasse ? Pareil que tu m'as fait.

— Oui, ai-je dit en riant.

— Allonge-toi. »

On a échangé nos positions, et je me suis étendue sur le canapé, les yeux fermés.

Elle a soulevé un peu mon débardeur, exposant juste mon ventre. Il n'était plus parfaitement plat, mais j'avais encore de bons abdos. Elle m'a embrassée de bas en haut. Puis elle a décrit des cercles, effleurant le haut de ma jupe – la plus douce des tortures. Mon bassin s'est mis en mouvement. Ses baisers se sont ralentis. Mes tétons étaient durs. J'ai posé ma main sur la sienne pour la guider vers mes seins. Elle l'a aussitôt retirée.

« Excuse-moi, ai-je dit. C'est trop pour toi ? »

Bien sûr que c'était trop. Et je le savais.

54

Je craignais que Miriam ne garde ensuite ses distances, je craignais de n'entendre plus jamais parler d'elle. Je me voyais déjà aller chez Yo!Good pour la supplier de passer chez moi entre deux bouchées de sundae à la fraise parsemé de morceaux de barre chocolatée, tandis qu'elle se draperait dans la fumée de ses cigarettes aux clous de girofle près des poubelles. Mais elle est revenue le lendemain soir, et tous les autres soirs de la semaine : les sept nuits de Miriam.

Nous assistions à la création de notre propre mythe : sept jours et sept nuits inaugurés par un rabbin sorti d'un arum, et la sonnerie cosmique de dieu. J'avais l'impression qu'un nouveau calendrier avait démarré. Je ne comptais plus les jours de détox de ma mère, mais les nuits passées avec Miriam.

La troisième nuit, j'ai grimpé par-dessus ses jupes, me frottant de toutes mes forces contre le dôme rebondi entre son nombril et sa chatte. J'ai failli jouir, mais je voulais la faire jouir d'abord. Toujours habillée, j'ai pris position entre ses jambes épaisses. Je me suis servie de ce que j'avais : mon bassin, ma cuisse. J'ai commencé à onduler contre elle. Elle montait et descendait sous moi. Puis elle a haleté. Je l'ai embrassée pour boire ses gémissements, qui ont retenti dans ma bouche.

« Tu en as eu assez ? » ai-je demandé, alors que nous étions vautrées sur mon canapé, les jambes encore enchevêtrées, et que je lui caressais les cheveux.

Elle a hoché la tête. Pendant un moment, nous nous sommes tues.

« Les grillons, a-t-elle dit enfin.

— Quoi ?

— Il y a des grillons dehors. Dans l'herbe. »

Je n'y avais jamais prêté attention. Mais à présent qu'elle me l'avait signalé, je n'entendais plus rien d'autre. J'étais entièrement noyée dans leur bruit. Il emplissait mes oreilles et tout mon crâne. Il me recouvrait comme une douce couverture mentholée.

55

Le quatrième soir, on a fait une vraie sortie ensemble. Au Golden Dragon. On s'est assises l'une en face de l'autre, dans une alcôve en retrait, et on a partagé un Scorpion Bowl et un Blue Hawaï.

« Ouvre la bouche, a-t-elle dit en gloussant autour de sa paille.

— Quoi ?

— Ouvre la bouche. »

Je me suis exécutée. Elle a attrapé une cerise dans le Scorpion Bowl et me l'a mise dans la bouche.

« Mmmm, c'est cerilicieux.

— Et ?

— Ceristraordinaire. Avec de subtiles notes de cerise.

— Oui, c'est ça le meilleur. »

Mais quand j'ai voulu prendre sa main collante, elle l'a retirée :

« Non, c'est pas une bonne idée. On pourrait nous voir.

— Ah, oui », ai-je aussitôt répondu.

Je me suis sentie blessée – c'est ça qui m'a le plus surprise. Mais je ne voulais pas gâcher notre *date* en boudant. Alors je me suis concentrée sur les guirlandes de petites lumières qui scintillaient au-dessus du bar. L'une était constituée de flamants roses, l'autre de palmiers. Il y avait aussi une longue suite d'étoiles filantes, de croissants de lune, dans des tons bleu cosmos et jaune banane. Les lumières se reflétaient sur le Scorpion Bowl, le système solaire entier s'y mirait.

« Au fait, juste pour info, je pense que je crois en dieu maintenant, ai-je dit à Miriam.

— C'est vrai ? a-t-elle répondu en souriant. Et comment ce choquant retournement de situation a-t-il pu se produire ?

— Bon, le terme *croire* est peut-être un peu excessif. Mais en tout cas, j'aime bien dieu, c'est sûr. Je le kiffe.

— Comment pourrait-on ne pas l'aimer ? »

J'ai passé la main sous la table et j'ai trouvé son genou. Je m'attendais à ce qu'elle repousse ma main, mais non, donc, je l'ai laissée là. Puis je l'ai avancée doucement vers cette zone qui n'était plus tout à fait le genou, mais pas encore la cuisse. Elle mastiquait avec agressivité une bouchée de nouilles. Elle ne m'a pas chassée. Je voulais remonter plus haut. Mais dans cette position, je ne pouvais accéder au territoire désiré. J'ai retiré ma chaussure et glissé mon pied sous sa jupe, remontant le long de sa jambe.

« Rachel ?

— Oui, Miri ? »

J'ai continué à remonter jusqu'à ce que j'atteigne sa culotte.

Elle a bu une gorgée galactique de Scorpion Bowl en fermant les yeux. Tout doucement, mon pied a frotté contre sa chatte, jusqu'à trouver sa fente. J'ai continué à la titiller, à la pétrir. Elle s'est éclairci la gorge, les paupières toujours closes. Sa culotte était chaude et humide.

« Tu es complètement trempée », ai-je murmuré.

Elle a grincé des dents. Puis le plat est arrivé. Pendant un moment, on aurait pu croire qu'elle était incapable de manger, et j'étais fière de l'avoir mise dans cet état : elle n'avait envie que de moi. Mon pied est redescendu le long de sa jambe, ressorti de sous sa jupe. Peu à peu, elle s'est mise à manger. J'adorais la voir avaler les raviolis, son appétit m'excitait. J'aurais juré que je sentais son odeur sur moi, un parfum de terre après la pluie émanait de sous la table. J'ai imaginé qu'elle mouillait à travers sa jupe, laissant une tache foncée sur la banquette rose. Je voulais que cette trace demeure à jamais, comme pour dire : *Nous étions là.*

56

Miriam portait une culotte de coton blanc, qui couvrait tout, mais vraiment tout, jusqu'au dernier poil, et la préservait de mes assauts. Une culotte de grand-mère, et j'étais à genoux par terre dans ma chambre, nichée sous sa jupe, à lécher du coton.

C'est elle qui l'a retirée, ensuite elle a enlevé sa jupe avec un regard bienveillant. Elle avait une toison rousse qui, d'une cuisse à l'autre, se déployait en épaisses boucles douces. Elle s'est assise au bord du lit, après quoi elle s'est étendue sur ma couette, a posé la tête sur mon oreiller et m'a regardée.

« Tu es si délicate, ai-je murmuré. Oui, si délicate. »

Elle a fermé les yeux. Quand elle les a rouverts, elle souriait.

« Et ? » a-t-elle fait.

Je lui ai souri à mon tour.

« Magnifique. »

Je me suis allongée à côté d'elle et je l'ai embrassée sur la bouche. Puis je suis descendue en embrassant tout son corps nu, sans cesser de lui parler.

« Si luxuriante. Si jolie. »

J'ai enfoui le visage dans la douce laine du shtetl.

« Et putain, si délicieuse, aussi. »

En goûtant à son nectar, j'ai été frappée par un sentiment d'intemporalité, à croire que tout ça s'était déjà produit chez nos ancêtres, en Russie, en Lituanie, en Pologne ou en Moldavie. Nous étions la réincarnation de deux Juives du shtetl, deux femmes qui s'étaient connues dans une vie antérieure et qui s'étaient aimées. J'ai eu l'impression que tout ce qui s'était passé autrefois se reproduisait maintenant – et que tout ce qui se passait à présent se reproduirait encore et encore. Cet amour-là avait toujours existé entre les femmes. Et cela continuerait. Nous propagions cet amour. Il irradiait par les fenêtres de mon appartement, à travers la ville, les canyons, au-delà des collines, dans le ciel nocturne.

Je l'ai dévorée en connaissance de cause, exactement de la manière dont j'aurais aimé qu'on me le fasse. Je titillais son clito avec ma langue, lui faisant comprendre que je savais où se trouvait le siège du plaisir et que j'y viendrais, mais pas tout de suite. Tout en la titillant ainsi, j'ai senti un très léger relent de merde qui montait d'en bas. L'arôme du paradis fertile : la mousse des tourbières, la terre, le gazon, le limon. C'était bon parce que c'était elle. Elle avait son odeur, c'était la note de base. J'ai eu envie de faire aller ma langue jusqu'en bas pour goûter à la lie de son corps, à ses secrets les plus intimes. Mais j'ai continué à la lécher ainsi que j'aurais aimé qu'on me lèche : à petits coups rapides sur le clito, comme si ma langue était un vibromasseur. J'allais vite et en douceur. J'étais un colibri, une cigale, un battement de paupières.

Miriam s'est mise à grogner, à se tortiller. Ma langue s'est faite plus brusque. J'ai épelé le mot A-M-O-U-R sur son clito. Puis B-A-R-O-U-K-H-H-A-S-H-E-M. Puis E-M-E-T et M-E-T, V-É-R-I-T-É et M-O-R-T. Puis je l'ai léchée dans ma propre langue. Les mots ne voulaient rien dire, mais ils avaient du sens pour elle et moi. Elle appréciait tellement ce rythme. Je savais y faire. Je savais exactement comment m'y prendre pour l'exciter. J'ai pris son clito tout entier dans ma bouche, je l'ai sucé jusqu'à ce qu'il gonfle. Elle n'était plus qu'une pâte juteuse.

Et puis tout à coup, elle a cessé de bouger. Ses gémissements se sont tus. Elle était immobile, tendue. Ses mains se sont crispées sur ma tête et j'ai su qu'elle allait jouir. J'avais envie de lui mettre mes doigts. Mais je me suis retenue. La prochaine fois.

Elle s'est cambrée sous moi. Quand l'orgasme l'a emportée, elle s'est mise à trembler. Une vraie merveille. Elle a dit mon nom : « Rachel. »

Puis elle a gémi :
« Tu es trop bonne !
— C'est toi qui es trop bonne.
— Je suis si bien, s'est-elle écriée.
— Bien ! » ai-je conclu.

57

Je me suis mise à manger à la manière, j'imagine, des gens normaux : trois repas par jour, un peu de grignotage, tout ce que je voulais vraiment, avec un sentiment d'impunité, mais sans bouffer à m'en rendre malade. Je prenais des pancakes au petit déjeuner dans un snack, une pizza à la pause déjeuner, un burrito au dîner. Le comptoir de ma cuisine débordait de saloperies – Doritos, barres chocolatées au beurre de cacahuète, mini-donuts enrobés de chocolat –, tous ces trucs sur lesquels j'avais fantasmé au cours de mes années de privation. Sauf que maintenant, je ne me jetais plus dessus pour tout gober d'un coup. C'était un miracle que je réussisse à manger ce dont j'avais envie, ni plus ni moins. C'en était choquant, mon corps semblait savoir quoi faire et à quel moment s'arrêter – si seulement je le laissais tranquille.

On aurait dit qu'il y avait en moi une personne sensée, pas l'adulte aimante et en bonne santé que la Dr Mahjoub me conseillait de cultiver pour « rééduquer » la petite Rachel, mais une espèce d'ado skateuse insouciante, l'adorable petite canaille que je n'avais jamais été, qui avalait ce qu'elle voulait, quand elle voulait, et s'arrêtait lorsqu'elle n'avait plus faim.

Miriam s'est mise à me faire des cadeaux : un blazer noir à la coupe masculine acheté chez Nordstrom qui m'allait parfaitement, des bottes de moto. La cinquième nuit, elle m'a apporté un blouson en jean à la coupe carrée, avec un couple de moineaux dans le dos, un parfum aux arômes de whiskey et d'ambre gris, et un soutif de sport.

« Pourquoi un soutif de sport ?

— Je trouve ça mignon.

— Mignon ?

— Ben oui, c'est mignon.

— Ah. En fait, j'en ai plein des soutifs de sport parce que avant j'allais souvent à la salle de gym.

— Désolée. Je ne savais pas que tu en avais. J'aime bien ce style.

— Et pourquoi ?

— Je sais pas. Je trouve ça sexy.

— Dans ce cas, je pourrais le mettre », ai-je dit pour lui faire plaisir.

Ce soir-là, les seins bandés, je l'ai baisée avec ma main. Pendant que je lui léchais le clito, la langue à plat, de la façon qu'elle aimait, j'ai introduit en elle le bout de mon majeur. Je ne l'ai pas pénétrée beaucoup, juste sous le clitoris, où se trouvait la zone sensible. Elle s'est mise à haleter et à se frotter contre mon doigt pour essayer de le faire venir plus profond. Mais je ne l'ai pas laissée faire et je suis restée à l'entrée, lui faisant juste comprendre que je pouvais enfoncer mon doigt plus profond si et quand je voulais. J'ai continué ainsi pendant un moment, jusqu'à ce qu'elle dégouline, que ma main soit poisseuse de son désir, ma langue luisante d'elle. Alors je me suis enfoncée un peu plus en elle et là je l'ai vraiment doigtée.

« Tu me fais bander dur. Tu sens comme je suis dure ?

— Oui, a-t-elle soupiré.

— Je suis… je suis *énorme* pour toi. »

Elle s'est emparée de ma main et l'a enfoncée plus profond dans sa chatte. J'ai commencé à faire entrer et sortir mon doigt, je la baisais, lentement mais sûrement, au même rythme que ma langue sur son clito.

Elle noyait mon doigt de son désir. Je faisais en sorte qu'il vienne frotter son point G, sans jamais que ma langue abandonne son clito. J'ai enfoncé deux autres doigts en elle et j'ai senti qu'elle était au bord de l'orgasme.

« Est-ce que tu sens comme tu me fais bander ? ai-je dit à nouveau.

— Je le sens, a-t-elle répondu. Je le sens je le sens je le sens. »

se frotter contre mon doigt, pour essayer de [illegible]

58

Avec le blazer noir que Miriam m'avait offert, je me sentais chic et cool. Je suis allée chez Nordstrom et j'en ai acheté un second, également noir, mais avec de fines rayures, ainsi que des pantalons assortis. Je les ai mis pour aller au bureau, avec les cheveux attachés en un chignon bas bien serré, façon fashionista minimaliste, ou esthète adepte du name dropping. Ce tailleur m'aidait à dissimuler les kilos que j'avais pris. Je me sentais sexy et protégée, comme si j'étais arrivée à un niveau de beauté plus sophistiqué.

« Tu as changé de look », a dit Ana.

Ce n'était pas l'heure du thé, mais on s'était croisées dans la cuisine. Elle versait de la vinaigrette *green goddess* sur une salade et s'apprêtait à retourner manger à son bureau. Quant à moi, je prenais dans le frigo deux parts de pizza qui restaient pour les réchauffer au micro-ondes.

« Ouais, je fais l'expérience des habits du pouvoir.

— Des habits du pouvoir. » Elle s'est mise à rire. « Et quel genre de pouvoir tu cherches ? Tu veux devenir quelqu'un à Hollywood ? »

J'ai compris qu'elle se fichait de moi. Je n'ai pas su quoi répondre. J'ai sorti les parts de pizza de leur papier alu et je les ai fourrées dans le micro-ondes, que j'ai programmé sur 75 secondes.

« Ah oui, le pouvoir de la pizza. Les habits du pouvoir de la pizza.

— Ouais, les habits du pouvoir de la pizza », ai-je répété, même si je n'avais pas la moindre idée de ce qu'elle voulait dire. D'ailleurs je n'étais pas sûre qu'elle le sache elle-même.

Je guettais le décompte des secondes du micro-ondes, qui prenait tout son temps pour passer de 67 à 63. J'aurais voulu qu'il se presse un peu.

« Tu sais, Rachel, a dit Ana en rangeant sa vinaigrette au frigo, je ne voudrais pas que tu le prennes mal, mais j'ai remarqué… Est-ce que tout va bien ?

— Qu'est-ce que tu as remarqué ?

— Oublie ça.

— Si, dis-le-moi.

— J'ai remarqué que… tu as pris un peu de poids. »

J'ai senti aussitôt que ses mots allaient me flinguer sur place. Voilà comment ça allait se terminer. J'allais mourir dans la cuisine d'une agence de gestion de talents. Le micro-ondes affichait 54 secondes. Ma pizza commençait à faire des bulles.

« Tout va bien », ai-je dit en fixant les champignons sur la pizza en éruption.

J'avais envie de disparaître sous ces champignons, de m'enfoncer dans le fromage tiède et de me recouvrir des champignons comme d'une couverture.

« Tu as changé de régime alimentaire ? On dirait en tout cas. Je sais que tu grignotes plus souvent au bureau maintenant. »

Les larmes me montaient aux yeux. Le micro-ondes en était à 41 secondes.

« Tu trouves que ça ne me va pas ?

— Non, c'est pas ça. Je l'ai remarqué, c'est tout. »

Je n'arrivais pas à croire que je m'étais fourrée dans cette situation. J'étais en colère contre moi-même. J'étais également en colère contre Ana, à cause de ce qu'elle m'avait dit. Mais surtout, j'étais en colère contre Miriam. Depuis la première bouchée de yaourt arrosé de perles de sucre, c'est elle qui m'avait emmenée sur ce chemin. Par moments, je m'étais crue courageuse d'avancer ainsi, mais c'était un courage d'emprunt. À présent, on en était là, et ni l'une ni l'autre ne savions quoi faire. Est-ce qu'elle allait m'abandonner, me laisser toute seule, perdue dans mon corps ? Je serais en exil, avec un ventre qui réclamait davantage de tout.

Personne n'abandonne personne, me suis-je dit.

Qu'en sais-tu ? ai-je répliqué.

« Eh bien, merci de me l'avoir dit, Ana. Sincèrement.

— Je suis là pour veiller sur toi », a-t-elle répondu.

Le micro-ondes a affiché 2, puis 1, puis 0. Il a bipé trois fois. La lumière s'est éteinte. Ma pizza était prête.

59

J'étais au lit avec Miriam, dans ma chambre blanche et vide. C'était le sixième jour, celui où dieu avait créé les animaux – le bétail, les moutons et les bêtes sur la terre. C'était le jour d'Adam et Ève, le jour du « croissez et multipliez ». Allongée sur le dos, elle fumait une cigarette aux clous de girofle, dont elle faisait tomber la cendre dans la nuit, en la tapotant par la fenêtre. Je portais un legging et un tee-shirt et je m'étais enroulée autour de sa cuisse. Elle venait de jouir. Mon doigt a parcouru les plis de sa chatte et fait de petits dessins avec sa cyprine sur la toile de son ventre.

« Tu sais ce que j'aimerais ? ai-je demandé en lui prenant sa cigarette.

— Hmmm…

— La 'hallah, ai-je dit en tirant une taffe. La 'hallah du shabbat. Celle que ta mère a servie est incroyable.

— Elle est délicieuse, hein ? Je sais où elle l'achète. Je t'en apporterai une.

— D'accord, ai-je dit en soufflant la fumée avant de lui rendre sa cigarette. Et un peu de *cholent,* ça me dérangerait pas non plus.

— C'est un peu plus difficile. Mais si je viens dimanche, je peux t'en mettre dans un Tupperware. Ça se conserve plusieurs jours et il y en a toujours en rab.

— D'accord. »

On s'est tues toutes les deux. Elle a pris une autre bouffée, puis a écrasé la cigarette dans une capsule sur le rebord de la fenêtre.

« Je pensais que je pourrais venir demain soir pour le shabbat. Enfin, si l'invitation tient toujours.

— Mais oui ! a-t-elle répondu aussitôt, peut-être un peu trop vite.

— C'est carré !

— C'est vrai, tu sais que ma mère t'apprécie. Tu es toujours la bienvenue.

— Trop cool !

— C'est juste que… on pourra rien faire de tout ça », a-t-elle dit en désignant son corps nu et le mien, habillé.

J'ai retiré ma main de son ventre.

« Non, non. Évidemment, pas dans la maison de tes parents.

— Bien sûr, mais je veux dire… on ne peut même pas laisser entendre que ce genre de choses a pu arriver, tu comprends ?

— Comment ça, laisser entendre ? Tu veux dire que je ne pourrai pas te demander de te mettre à poil pour le dîner ?

— Non. » Elle a ri. « Je veux juste dire qu'on ne pourra pas s'embrasser ni se toucher.

— Évidemment.

— Ni se tenir la main.

— Ni se tenir la main. Je serai un parfait gentleman. »

Elle m'a embrassé sur la joue.

« Ils te croient où, là, en ce moment ? ai-je dit. Tous les soirs. Où est-ce qu'ils imaginent que tu passes ton temps ? Ils savent que tu es avec moi ? Quel genre d'amies passent toutes leurs soirées ensemble ? Ça fait beaucoup, non ?

— Oh, non. Ils ne savent pas que je suis avec toi. Ils croient que je fais un stage dans une salle de cinéma. »

J'ai éclaté de rire.

« Un stage ? Dans une salle de cinéma ?

— Oui. Pourquoi tu trouves ça drôle ?

— Je n'ai jamais entendu parler de quelqu'un qui faisait un stage dans une salle de cinéma. Enfin bref. Donc pour demain, c'est bon ?

— Je ne sais pas. Adiv est rentré. »

Je ne voyais pas en quoi la présence d'Adiv rendait ma présence plus problématique.

« Qu'est-ce qu'y a ? »

Je n'ai rien répondu.

« Tu veux à ce point passer le shabbat avec nous ? Je n'avais pas l'intention de te froisser.

Ça n'a rien à voir avec toi. Je pensais juste qu'on risquait d'être un peu serrés à table. »

Je ne voulais pas avoir à insister. Je voulais être désirée, comme je l'avais été pour ce premier shabbat, avant qu'il se passe quoi que ce soit de physique entre nous. Pourtant, j'ai eu le sentiment que je devais insister, juste pour la tester, voir jusqu'où elle était prête à aller pour moi. J'aurais préféré être la meuf assez cool ou assez forte pour ne pas avoir à la mettre à l'épreuve. Je ne voulais pas lui montrer que j'avais envie ou besoin d'elle. La vérité, c'était que j'avais envie et besoin d'elle. Pourquoi se sent-on tellement plus en sécurité quand c'est l'autre qui a envie ou besoin de nous, plutôt que l'inverse ?

J'étais terrifiée à l'idée qu'elle me rejette. Je ne voulais pas être la perdante de l'histoire. C'était le mot qui me venait en tête chaque fois que je prenais le risque de m'attacher à quelqu'un : être la *perdante*. Je ne me souvenais pas que ma mère m'ait jamais dit ce genre de choses. J'avais dû inventer ça toute seule. Et puis d'abord, qu'est-ce que ça signifiait ? Si Miriam me faisait du mal, est-ce que ça faisait de moi une perdante ?

Miriam n'était pas une mauvaise personne. Je savais bien que jamais elle ne se réjouirait ni ne s'enorgueillirait de me faire souffrir. Pour elle, toute cette histoire n'avait rien à voir avec des questions de pouvoir ou de contrôle. C'est moi qui voyais les gens et le monde ainsi.

« Laisse tomber, ai-je dit.

— Non. Je suis bête. Sans doute que ça me rend un peu nerveuse.

— C'est pas grave.

— S'il te plaît. Viens. J'ai vraiment envie que tu viennes. »

Elle m'a embrassée sur le visage, puis dans le cou. J'ai fermé les yeux et je nous ai vues de nouveau en femmes du shtetl ancestral. Nous étions dans une petite maison sombre aux relents de *cholent*. Ça puait les patates, la graisse de poulet, les navets, le bœuf. La maison était si minuscule qu'on était contraintes à l'intimité. Sauf que dans cette vision, je n'étais plus une femme mais le mari de Miriam. Elle essayait de me convaincre de faire un truc – genre échanger le mulet contre une nouvelle casserole, peut-être – en m'embrassant.

Non, ça n'allait pas. Recommençons. Nous étions dans la petite maison sombre. Ça puait toujours les patates. Cependant elle n'était la femme de personne, et moi le mari de personne. J'étais une femme. Nous étions des filles du village. Belles toutes les deux. Elle était plus en chair que moi, mais j'étais moi aussi une belle plante bien nourrie. On devait donc être riches, même si la maison était toute petite. Était-ce celle de mes parents ou des siens ? Est-ce qu'on s'était faufilées à l'intérieur ?

Non, ça n'allait pas non plus. Nous n'étions pas du tout dans une maison, mais dans la forêt. On s'était enfuies ensemble dans une forêt d'arbres à feuillage persistant, deux filles du schtetl, amies d'enfance. On s'était sauvées en pleine nuit afin d'avoir la forêt entièrement à nous pour faire l'amour. Et on avait baisé. Sans retirer nos jupes. On avait baisé, mues par un désir mutuel, et maintenant on était allongées par terre dans la forêt, recroquevillées l'une contre l'autre, deux filles au milieu des aiguilles de pin, sous la lumière des étoiles. Voilà la définition du sacré. Dites à la marieuse du village de ne pas s'occuper de nous. Ici, dans la forêt, ça ne sentait pas les patates et il n'y avait pas de pogroms. Seulement l'odeur des arbres.

J'ai ouvert les yeux. Miriam ne semblait pas inquiète pour notre avenir. Sa foi en dieu lui faisait-elle croire que tout irait au mieux pour nous deux ? J'ai décidé de lui emprunter un peu de cette foi, de siphonner ce réconfort de n'exister qu'ici, dans l'instant, entre ces draps, parce que je ne voulais pas penser à la solution alternative. Je l'ai serrée contre moi, embrassée doucement sur la bouche. Elle était toute chaude. Pour le moment, nous étions en sécurité.

60

C'est Mrs Schwebel qui m'a ouvert la porte, en m'adressant un grand sourire.

« Rachel ! »

Puis elle a remarqué ma tenue, le pantalon et le blazer assortis, et son visage a changé. Elle m'a examinée des pieds à la tête. Avais-je eu tort de mettre un pantalon pour le shabbat ?

« Je vous ai apporté ça, ai-je dit en lui tendant une bouteille de vin blanc casher.

— C'est merveilleux », a-t-elle répondu d'un ton brusque.

Dans le couloir, j'ai pris Miriam à part.

« Est-ce que j'aurais dû m'habiller en jupe ? ai-je chuchoté. J'ai l'impression que ça ne plaît pas à ta mère que je sois en pantalon.

— Non. Il y a des femmes qui viennent chez nous en pantalon le jour du shabbat. Ne fais pas attention. »

Je l'ai suivie dans la cuisine pour aller chercher des verres à vin.

« Attrape-moi une serviette en papier sur le comptoir », m'a-t-elle demandé.

Je lui en ai tendu une pile. Mais elle n'en a pris qu'une, et toutes les autres se sont éparpillées par terre.

« Ouh là là, a-t-elle fait en riant.

— Je vais les ramasser », ai-je dit en lui touchant le bras.

Je me suis retournée pour prendre celles qui avaient atterri derrière moi : Mrs Schwebel était dans l'embrasure de la porte et elle nous observait. Sourcils froncés. Était-ce mon pantalon qui la dérangeait ? Voire le tailleur tout entier ?

Je me suis dit qu'il fallait arrêter de psychoter à propos de Mrs Schwebel et me concentrer sur Adiv. En me voyant dans la cuisine, il m'a fait un signe de la main comme si nous étions de vieux potes – et c'était peut-être vrai. Mais ça m'a rendue triste de le voir. Il était différent. Ce n'était plus un grand garçon pâle et mollasson, mais un jeune homme bronzé et musclé. Il avait perdu sa maladresse, ses airs d'enfant. À présent, il arborait une assurance à la limite de l'arrogance.

« Goûte le vin de Rachel, lui a dit Miriam au dîner.

— J'aime pas le vin blanc, a-t-il répondu.

— Et depuis quand ? »

Il n'a rien dit.

« Alors essaie celui-là, c'est du cabernet, a-t-elle proposé en lui imposant les choses à son habitude.

— Non, merci.

— Quoi, tu veux pas te soûler avec moi ? T'es trop chiant, comme mec. »

Elle a pris un verre et a commencé à verser du vin. Lorsqu'elle a atteint la moitié, Adiv a repoussé la bouteille pour l'empêcher de continuer, et du vin s'est répandu sur sa jupe en jean.

« Adiv ! » s'est-elle exclamée.

Noah et Eitan ont éclaté de rire.

« Va me chercher de l'eau gazeuse pour nettoyer ça ! »

Adiv n'a pas bougé, le regard calme, fixé droit devant lui.

« Je t'ai dit que j'en voulais pas. »

61

Cette nuit-là, dans le sous-sol des Schwebel, je n'arrivais pas à dormir. Les draps étaient très froids, et chaque fois que je me retournais, j'avais l'impression que mes pieds touchaient quelque chose d'humide. À 2 heures, j'ai envoyé promener les couvertures et je suis montée sur la pointe des pieds jusqu'à la chambre de Miriam. Je n'aurais pas dû, mais je ne pouvais pas m'en empêcher. Je me suis mise au lit avec elle, enroulant mes bras autour de son gros ventre, me blottissant contre son cul. Elle a bougé, puis elle a posé ses mains par-dessus les miennes.

« C'est pas grave si je suis là ? » lui ai-je murmuré à l'oreille.

Elle s'est retournée vers moi.

« Chuuut », a-t-elle dit.

Elle s'est levée pour mettre le verrou. Puis elle est revenue dans le lit et a commencé à m'embrasser en frottant son corps contre le mien. Avec joie, je lui ai rendu ses baisers et j'ai grimpé sur elle. De l'autre côté du mur, c'était la chambre d'Ayala et je savais qu'on ne devait pas faire le moindre bruit. Je l'ai embrassée en silence en descendant jusqu'à sa chatte. Elle portait une chemise de nuit longue jusqu'aux chevilles. Je l'ai remontée, exposant ses chairs pâles dans l'obscurité. Mais quand j'ai voulu la lui ôter, elle a dit : « Non, laisse », et la chemise de nuit est restée autour de son cou comme une drôle d'écharpe.

J'ai enfoui mon visage dans ses poils. Elle coulait comme une fontaine et je me suis demandé si c'était déjà le cas pendant le dîner. Cette nuit-là, sa chatte avait un goût différent, pareil à de l'eau pure, de l'eau de source venant d'une montagne d'Autriche ou de Suisse. Elle avait un arôme alpestre. Elle avait un arôme… *chrétien ?* Je ne l'avais jamais léchée pendant le shabbat et j'ai eu du mal à ne pas rire en pensant : *C'est un shabbat goy qui gère sa chatte, cette nuit.*

J'ai rentré deux doigts en elle et je l'ai baisée tout en lui léchant le clito. Lorsque je l'ai entendue haleter, j'ai fourré mon autre main dans sa bouche pour la faire taire. Elle s'est mise à me sucer les doigts et à donner des coups de reins. Puis je l'ai sentie jouir, se contracter et m'inonder de son nectar habituel. Le shabbat goy était parti. C'était le septième jour.

62

Assise dans le salon vert avocat, je feuilletais un livre de photos intitulé *Israël : Introduction*. Miriam était encore dans sa chambre. Ezra crapahutait par terre autour de moi. Mrs Schwebel est entrée. Elle ne m'a offert ni 'hallah ni thé. Elle s'est contentée de regarder le canapé sur lequel j'étais assise, de soupirer et de repartir. Je ne savais si c'était moi ou Ezra qui était la cause de ce soupir. J'étais inquiète. Elle avait l'air troublée, à la limite du dégoût. Sa bouche paraissait retournée à l'envers, comme si elle allait éternuer, mais que ça ne venait pas. J'hésitais entre aller vers elle pour jouer les lèche-culs et étudier de près la situation, et rester assise à ma place. Je n'ai pas bougé.

J'ai regardé une photo du dôme du Rocher, ses carreaux de céramique bleue si raffinés et sa coupole d'or étincelante. *Qubbat al-Sakhra : édifice islamique du VIIe siècle qui protège le rocher d'où Mahomet serait monté au ciel*, disait la légende. J'ai pensé à mes grands-parents, je me suis demandé ce qu'ils avaient ressenti devant cette magnifique mosquée ancienne. Est-ce qu'ils l'avaient aimée autant que le reste d'Israël ? Sans doute que non.

Que signifiait le fait d'aimer autant une chose en se trompant à ce point ? Que signifiait le fait d'aimer une version d'une chose qui n'existait peut-être pas vraiment – en tout cas, pas ainsi que vous la voyiez, vous ? Cela rendait-il l'amour caduque ? Cet amour était-il réel malgré tout ?

Mrs Schwebel est revenue dans le salon.

« Rachel, pourriez-vous vous couvrir les bras quand vous êtes chez nous ? »

C'est vrai, je portais toujours le tee-shirt que j'avais mis pour dormir, et les manches m'arrivaient aux coudes.

« Oh zut, ai-je dit en agitant la main. Excusez-moi.

— Ezra, on y va », a-t-elle ajouté.

Je me suis levée et j'ai quitté le salon à sa suite, Ezra avançant à quatre pattes derrière moi. Comment pouvais-je être si bête ? Dans le couloir, nous sommes tombées sur Miriam qui descendait l'escalier.

« Coucou maman », a-t-elle dit.

Mrs Schwebel l'a regardée.

« Comment ?

— Salut.

— Salut », a répondu sèchement Mrs Schwebel.

Elle est entrée dans la cuisine, j'ai arrêté Miriam pour qu'elle reste en arrière avec moi.

« Coucou, ai-je murmuré. J'espère que tout va bien. Ta mère a l'air… bizarre.

— Chuuuut ! Sois plus discrète ! »

Pardon ! ai-je fait en bougeant les lèvres en silence.

C'était la première fois que Miriam me réprimandait, si ma mémoire était bonne. Elle m'a fait signe de la suivre à l'autre bout du couloir, loin de la cuisine.

« C'est pour ça que je ne voulais pas que tu viennes pour le shabbat, a-t-elle dit en serrant les dents.

— Pourquoi ?

— Tu le sais parfaitement. Tu n'aurais pas dû monter dans ma chambre, cette nuit.

— Ben, tu m'as pas exactement jetée dehors. »

On n'a plus rien dit.

« Excuse-moi, ai-je fini par concéder. Je ne veux pas créer de malaise entre toi et ta mère.

— C'est déjà fait !

— Tu crois qu'elle sait ?

— Elle ne sait sans doute pas vraiment. Mais elle a flairé quelque chose. C'est une femme intelligente.

— Et ça t'embête ?

— Quoi ?

— Ce qu'elle peut penser.

— Bien sûr ! Je l'aime. »

Ce genre d'amour me paraissait étrange. Ce n'était pas par amour que j'obéissais à ma mère, pas vraiment en tout cas. C'était par peur, telle une fidèle qui tente d'apaiser un dieu intraitable. Dans le fond, j'avais toujours été terrifiée à l'idée que si je contrariais ma mère, elle m'anéantirait. Toutefois, quand Miriam m'a dit que c'était par amour qu'elle se souciait de ce que pensait sa mère, je l'ai crue.

« Même si elle se trompe complètement ?

— À propos de quoi ?

— À propos du fait que deux femmes ensemble, c'est… répugnant !

— Oui, même si elle a tort, a-t-elle murmuré. Sauf qu'elle n'a pas tort. »

J'ai eu l'impression d'avoir pris un coup de poing dans la figure. J'avais la langue épaisse, comme couverte de fourrure.

« Tu veux que je m'en aille ?

— Non ! Ce serait trop bizarre. Il faut que tu restes. »

J'ai songé au rabbin Juda Loew ben Bezalel dans son arum. Il avait dit que Miriam et moi, c'était une bonne action. J'aurais voulu lui raconter que le célèbre rabbin du XVIe siècle, ce rabbin mystique de Prague, nous avait donné sa bénédiction.

Mais j'ai répondu : « D'accord. »

63

J'aurais aimé profiter de ce déjeuner de shabbat avec toute la famille Schwebel réunie autour de la table. Mais cette fois, le *cholent* avait un goût différent, il était fade. J'avais du mal à avaler. Était-il si bon que ça, finalement ?

« Regardez-moi donc ce beau soldat, a dit Mrs Schwebel en ébouriffant les cheveux d'Adiv. Qui accomplit l'œuvre de dieu. Aussi bien sur le plan spirituel que physique. »

Mais qu'imaginait-elle qu'Adiv faisait là-bas ? Comment pouvait-elle être si sûre de ce que dieu pensait des soldats, de l'occupation ?

« Qu'est-ce qu'on en sait vraiment ? » ai-je murmuré.

Miriam m'a donné un coup de pied sous la table. Mais Mrs Schwebel m'avait entendue.

« Pardon ?

— Rien », ai-je répondu.

Tout le monde se taisait. Me regardait. Je sentais mon pouls battre dans mes tempes.

« S'il vous plaît, Rachel, a dit calmement Mrs Schwebel, j'aimerais savoir ce que vous avez dit. »

J'ai pris une profonde inspiration. Un petit bout de légume s'est décollé de ma molaire et a été aspiré dans ma gorge. J'ai toussé pour le renvoyer d'où il venait, puis je l'ai avalé.

« Disons que je me demandais comment on peut savoir. Je veux dire, vraiment savoir. Ce que veut dieu.

— Dieu veut que l'État d'Israël soit protégé. Vous ne pensez pas qu'il souhaite cela ? Vous ne pensez pas qu'il souhaite qu'Israël prospère ? »

Dans quoi m'étais-je fourrée ?

« Je pense juste que… J'ai du mal à croire que dieu soit content de voir des gens souffrir. Vous savez. Les territoires occupés, et tout le reste. Les conditions de vie à Gaza, par exemple.

— Vous êtes allée à Gaza ? »

J'ai secoué la tête.

« Non. C'est bien ce que je pensais. Vous nous avez dit que vous n'étiez jamais allée en Israël.

— C'est vrai.

— D'accord. »

Satisfaite, elle s'est remise à manger.

Mais putain, ferme ta gueule ! me suis-je ordonné à moi-même.

OK, ai-je répondu.

« Mais il y a l'histoire, me suis-je entendue dire à voix haute cette fois. Quel genre de dieu serait heureux de voir des centaines de milliers de gens chassés de chez eux ?

— Rachel ! » a lâché Miriam avec colère.

Elle rongeait l'ongle de son index. J'ai remarqué qu'elle avait déjà entamé son pouce et son annulaire, rongés jusqu'à la peau. Quand avait-elle commencé à faire ça ?

J'ai soudain songé qu'elle ne savait peut-être pas comment les Palestiniens avaient été expulsés de leurs terres – peut-être qu'elle n'avait jamais appris ça. On ne m'en avait rien dit non plus à l'école hébraïque.

J'ai croisé le regard de Mr Schwebel. Il semblait savoir de quoi je parlais. Il a aussitôt baissé les yeux vers son assiette et piqué sa fourchette dans un morceau de bœuf tendre.

« Il existe un événement que les Palestiniens appellent la Nakba, ai-je repris. Cela fait référence au jour où ils ont été chassés de chez eux et forcés à l'exil – à l'époque où Israël est devenu un État. Cela montre l'indépendance israélienne sous un éclairage différent. On m'a enseigné que les Palestiniens nous avaient déclaré la guerre. Mais ça ne me paraît pas exact. Lorsqu'on vous expulse de votre maison, je ne pense pas que riposter à ce genre d'attaque soit une déclaration de guerre. Ça s'appelle se défendre, c'est tout. »

Silence autour de la table. Adiv s'est levé et il est allé aux toilettes. Miriam se rongeait toujours l'ongle de l'index. Je me suis demandé si c'était moi qui lui avais transmis cette habitude, si elle m'imitait.

« Ce n'est pas vrai, a répondu Mrs Schwebel. Je ne sais pas d'où vous tenez vos informations, mais c'est faux. »

Je n'avais jamais été douée pour les débats et je ne pouvais citer aucune source d'information précise. Internet, pour l'essentiel. Étudiants pour une Palestine libre. Des discussions entre étudiants défoncés. La moitié d'un audiolivre intitulé *Un passé sujet à débat : le conflit israélo-palestinien pour les nuls.*

« Qu'est-ce qui est faux, précisément ? Qu'ils vivaient là en premier lieu ? Qu'ils ont été chassés de leurs terres ? Ou que quand quelqu'un essaie de récupérer ce qui lui appartient, ça ne s'appelle pas attaquer, mais se défendre ?

— Tout. Les terres appartenaient aux Britanniques. À personne d'autre. Elles n'appartenaient pas plus aux Palestiniens qu'aux chrétiens qui vivaient sur place. Les Britanniques nous les ont données. En guise de réparation après l'Holocauste, car nous n'avions nulle part où aller, et plus jamais nous ne devrions avoir nulle part où aller.

— Mais les Palestiniens vivaient sur place.

— Donc on les a déplacés. Et après ? C'est l'histoire. C'est tout.

— Vraiment ?

— Ils ont eu tout le temps de faire la paix. On leur a donné des terres lors de la séparation, ils n'ont pas voulu les accepter. Ils ont choisi de rester sur place pour se battre. Ils ont rallié tout le monde arabe à leur cause. Et c'est ça, le truc, si le monde arabe se préoccupait tellement des Palestiniens, pourquoi ils ne leur ont pas donné un bout de leurs terres ? Pourquoi l'Égypte ne leur a pas octroyé une petite tranche de son territoire si c'était tellement important pour elle ? Parce qu'elle ne s'intéressait pas réellement aux Palestiniens. C'est de l'antisémitisme pur.

— Ça, je n'en sais rien.

— Qu'est-ce que vous ne savez pas ? Que l'histoire est écrite par les vainqueurs ? Et si vous abandonniez votre appartement là, tout de suite ? Ces terres appartenaient aux autochtones, mais je ne vois personne les réclamer. C'est seulement quand ça concerne Israël et les Juifs que les gens s'émeuvent, parce qu'ils aiment avoir une raison de haïr les Juifs. »

Je ne savais plus quoi dire.

« Le monde arabe se moque bien des Palestiniens, sinon, ils leur donneraient un morceau de leurs territoires. Israël fait seulement la taille du New Jersey. Pourquoi devrait-on nous demander de renoncer à ce qui nous appartient à juste titre ?

— Mais est-ce que cela nous appartient à juste titre ? »

Elle n'a pas relevé.

« C'est parce que les gens détestent les Juifs qu'ils prennent le parti des Palestiniens. C'est ça, la vérité. Ça vaut pour tous ceux qui croient qu'Israël n'a pas le droit d'exister. »

Je ne disais plus rien. Adiv était toujours aux toilettes. Miriam a pris son verre et bu une gorgée d'eau. Ses cuticules saignaient. Elle ne me regardait plus.

« Dites-moi, a continué Mrs Schwebel, est-ce que vous vous détestez ? Parce que c'est à mon avis la seule raison pour laquelle on puisse prendre parti contre son propre camp. Donc, je pense que oui. Vous vous détestez. Sinon, pourquoi vous dresser contre les vôtres ?

— Je ne sais pas. Peut-être que je me déteste. Mais en tout cas je sais que les choses sont plus compliquées que ça. Je veux… je veux savoir ce qui est juste, quelle est la vérité historique dans cette partie du monde. Je pense que je ne l'ai jamais su.

— Vous détestez notre famille ? Vous nous détestez ?

— Bien sûr que non. Bien sûr que je ne déteste pas votre famille. J'adore être ici. Je vous suis reconnaissante d'être ici. J'adore votre cuisine, l'atmosphère de cette maison, la manière dont vous m'avez accueillie en tant que Juive.

— Peut-être que nous avons commis une erreur. En vous accueillant aussi chaleureusement. Vous croyez que notre accueil va de soi. Vous pensez qu'Israël n'est qu'une idée avec laquelle on peut jouer. Mais vous ne savez pas comment c'était avant qu'Israël existe, quand les Juifs n'avaient nulle part où aller, pas de patrie. Comment croyez-vous que c'était, alors ? Non, je suis persuadée que vous vous détestez – et plus que ça : que vous nous détestez, nous.

— Non. Ce n'est pas vrai. Je ne vous déteste pas. »

J'ai repris une profonde inspiration. Puis j'ai posé ma main sur celle de Miriam, celle qui saignait.

« Je vous ai aimée dès la première fois où je suis venue chez vous », ai-je dit en regardant Mrs Schwebel droit dans les yeux.

Miriam a retiré sa main de sous la mienne. J'ai aussitôt regretté mon geste.

Ce n'était pas ce que j'avais prévu. Je m'étais montrée courageusc, mais ce n'était pas à moi de l'être. Je manifestais mon courage auprès de la famille d'une autre, sur le territoire d'une autre, pas chez moi. C'était un faux courage. Et je n'avais jamais parlé de Miriam à ma mère.

« Je pense qu'il vaudrait mieux que vous partiez, a dit Mrs Schwebel.

— S'il vous plaît. Je vous en prie, je suis désolée. »

J'ai eu peur de me mettre à pleurer. Miriam n'a rien dit pour me défendre, mais je ne savais pas ce qu'elle aurait pu dire. À sa place, j'ignorais ce que j'aurais fait. Mr Schwebel s'est levé de table. Ayala l'a suivi à la cuisine.

« Vous avez gâché le shabbat, a dit Mrs Schwebel. Je vous le demande à nouveau, gentiment, s'il vous plaît, veuillez nous laisser. »

Miriam m'a enfin regardée.

« Je suis sincèrement désolée », lui ai-je dit, puis j'ai regardé ma main.

Son doigt avait laissé sur ma paume une minuscule trace de sang, de la taille d'un cil.

« Va-t'en », a-t-elle répondu.

64

En rentrant de chez les Schwebel, je suis passée devant un coiffeur pour hommes. J'ai ralenti pour regarder à l'intérieur. Je me suis garée et je suis descendue de voiture.

« Je voudrais une coupe très courte », ai-je dit aux coiffeurs.

Ils étaient beaux tous les deux, avec des cheveux et des yeux foncés. L'un était grand, le torse musclé sous un tee-shirt col V très ouvert. L'autre était presque de ma taille, les cheveux en bataille, avec un serre-tête pareil à ceux des joueurs de foot. Ils sentaient fort l'eau de Cologne, avec une note de patchouli.

« Nooooon, a dit Col V. Mais t'es folle ! Tu es si jolie comme tu es.

— Juste un petit rafraîchissement, a dit le Joueur de foot.

— Vous voulez qu'on fasse affaire, ou pas ? » ai-je demandé.

Col V s'est raidi et éclairci la gorge.

« OK, assieds-toi. »

Il a désigné le fauteuil devant lui et fait claquer deux fois ses ciseaux.

« Donc, quel genre de coupe tu veux exactement ?

— Pas la même que la tienne », ai-je répondu.

Il avait une coupe César très courte, peignée vers l'avant pour faire une frange. Il n'a pas trouvé ça drôle.

« Tu veux pas que je les laisse un peu longs ? On va faire un carré. Un carré long. C'est très tendance.

— Non. »

J'ai cherché une photo des deux derniers membres des Beastie Boys sur mon téléphone et je lui ai montré Ad-Rock.

« Tu peux me faire ça ? »

J'ai imaginé Miriam m'attrapant par la nuque, l'effet qu'une coupe militaire ferait sous ses doigts. Je l'ai vue qui me tirait par les oreilles jusqu'à sa chatte, puis m'ébouriffait la frange pendant que je la léchais.

« Bien sûr que je peux te faire ça. »

Il n'a pas bougé.

« Super. Alors vas-y. »

J'ai fermé les yeux et je l'ai senti passer ses mains dans mes cheveux, faire une raie sur la droite et les peigner. J'ai ouvert les yeux et je me suis regardée dans la glace, il ne s'était encore rien passé. Ma coiffure n'avait pas changé. Mais en me fixant ainsi, j'ai eu l'impression que je commençais déjà à me transformer, que c'était une autre personne qui me contemplait. Puis les ciseaux se sont mis à voleter autour de ma tête et j'ai vu de longues mèches tomber par terre. J'ai eu la sensation en les regardant tomber qu'elles appartenaient à quelqu'un d'autre – pas à moi. J'ai imaginé qu'il s'agissait des papillotes du rabbin Juda Loew ben Bezalel. J'ai refermé les yeux et j'ai écouté le ronron de la tondeuse qui vrombissait autour de moi. J'ai fredonné « Oseh Shalom », la version ancienne que je connaissais. J'ai ressenti un élan sauvage.

Je chantonnais encore en remontant dans ma voiture. Cela faisait seulement quelques minutes que le coiffeur avait coupé mes dernières boucles, mais je n'éprouvais aucun regret. Je me suis regardée dans le rétroviseur. J'étais bien, sexy. J'aimais mon long cou dégagé. Mais est-ce que ça ne faisait pas trop patate ? Non, j'avais une belle tête. J'ai mis le moteur en marche. Puis je me suis de nouveau regardée dans le rétro. Tout à coup, j'ai vu un truc coloré derrière moi : rose, bleu, jaune, vert.

Je me suis retournée vers la banquette arrière.

« Mais putain ? »

Posée là, comme si elle me suivait depuis le début et qu'elle était prête à repartir avec moi pour une nouvelle aventure : la statuette d'argile.

65

J'ai eu envie de la jeter par la fenêtre. Mais ça ne suffisait pas. Et si elle revenait, comme une zombie dans *Breathers ?*

J'ai décidé de la brûler. J'ai acheté un briquet chez 7-Eleven, mais visiblement, la Terrapeuthique était ininflammable. Je n'ai réussi qu'à me cramer la main.

J'ai voulu l'exécuter au micro-ondes. Mais en rentrant chez moi, c'est dans mon lit que je l'ai emmenée. Je suis restée prostrée sur mes draps sales, à pleurer à côté d'elle. Elle sentait le talc pour bébés.

Je ne savais pas si je pleurais à cause de Miriam, de ces étranges retrouvailles avec la statuette, ou parce que mes cheveux me manquaient.

Ça arrive, les peines de cœur – et après ? ai-je pensé. J'avais vu toutes ces pièces de théâtre. J'aurais dû y être préparée. L'amour, c'est fugitif. Ce que j'ignorais en revanche, c'était combien c'était bon, l'amour, lorsqu'il était là, tel un cantique coulant sans cesse dans mes veines. Ou plutôt, puisque les Juifs n'avaient pas de cantiques, tel un rythme. J'avais bougé mon corps du mieux possible pour suivre ce rythme. En vain.

J'ai porté les mains à ma tête. Je les ai senties plus proches de mon cuir chevelu. Ça m'a fait du bien de m'offrir ce semblant de réconfort, si proche, peau contre peau.

Je me suis frotté la tête et j'ai pleuré longtemps. Puis je me suis levée et je suis allée me voir dans la glace, ébouriffant mes cheveux, ou ce qui en restait, les redressant d'avant en arrière, et inversement. C'était mieux ainsi, volontairement en désordre, pas figé par le gel comme l'avait fait Col V. C'était même mignon. J'ai tracé une raie sur le côté droit et ébouriffé la partie gauche et à l'arrière de mon crâne : ça me donnait l'air cool. Et quand je ramenais mes cheveux vers l'avant, en pétard, une tête de surfeuse.

« Punk », ai-je dit à voix haute, et j'ai levé le pouce en m'adressant un baiser.

J'avais le ventre vide. Il émettait de petits bruits, on aurait dit qu'il pleurait. J'ai appelé le restau style années 1950, un peu plus loin dans ma rue, et j'ai commandé un *grilled cheese*, des frites, un milk-shake au chocolat et un Coca light. Puis je me suis remise à jouer avec mes cheveux.

« Qu'est-ce que tu en penses ? » ai-je demandé à la statuette.

Elle n'a rien dit.

« Mais à quoi tu sers, toi ? »

Je l'ai pourtant prise avec moi pour sortir. Je marchais dans la rue en la tenant dans ma main, comme une fillette sa poupée préférée. Les gens me regardaient. À cause de ma nouvelle coiffure, de mes yeux gonflés, ou de la statuette colorée ? Je me foutais complètement de savoir s'ils me trouvaient stylée.

66

« Oh putain, Rachel ! » s'est exclamé Ofer en découvrant ma coupe de cheveux.

Je ne savais pas trop si c'était un *putain* admiratif, ou un *putain* consterné – probablement consterné. Mais bon, il s'est aussitôt repris. Je l'ai vu se fustiger intérieurement, à coups d'accusation de « body shaming ».

« Tu t'es coupé les cheveux, à ce que je vois, a-t-il dit pour essayer de se rattraper. Ça te donne un air de… meuf puissante ! C'est chouette de te voir comme ça. »

Mais ta gueule ! ai-je pensé.

« Ouais, ai-je dit en poussant la statuette sous ma chaise. Je me sens carrément puissante. »

J'avais amené la statuette au bureau et je la gardais sur mes genoux, la main gauche posée dessus tandis que la droite tapait sur le clavier. À présent, je me sentais attachée à elle – telle une gosse à son doudou, ou à la façon dont les gens parlent de leur relation aux minéraux en lithothérapie. Tant que je la touchais, je pouvais me retenir de pleurer.

Andrew ne m'a pas parlé de ma nouvelle coupe. Mais j'ai vu que j'avais gagné des points à ses yeux – sans doute que ça me donnait un style plus indé.

« T'as déjà vu *Salmon Jelly* ? m'a-t-il demandé. Un film des années 1970, d'un mouvement de jeunesse danois. Je l'ai regardé ce week-end. C'est une exploration tragicomique de la pornographie, de la mélancolie et du conformisme nationaliste. »

Puis Ana s'est pointée.

« Rachel ! Mais qu'est-ce que tu as fait à tes cheveux ? » Elle a émis un bruit qui ressemblait à un caquètement.

« Je les ai coupés, ai-je répondu d'un ton détaché.

— Je vois ça. Eh bien, ça te donne une allure plutôt… intéressante.

— Ça veut dire quoi, intéressante ? »

Elle s'est approchée.

« Tu fais un peu… entre la coiffure et le tailleur, ça te fait un look de… » Sa voix s'est perdue un moment, puis elle a murmuré : « … de lesbienne. »

Je n'ai rien dit.

« Ce n'est pas une mauvaise chose. Mais est-ce que c'est vraiment ce que tu recherches ? »

J'aurais voulu pleurer sur son épaule. Qu'elle me prenne dans ses bras, qu'elle me réconforte, j'avais envie de m'asseoir sur ses genoux pour qu'elle me berce contre sa poitrine, pour me laisser envahir par son parfum de fleurs blanches. Je voulais de la tendresse, de la sagesse, une compréhension sans limites. Je voulais être maternée par une femme qui ne soit gentille qu'avec moi. Je voulais qu'elle soit complètement différente de ce qu'elle était.

67

« J'avoue, ça m'excite pas trop un contact intime avec la mort », ai-je dit au micro.

J'étais revenue au Relou Show pour essayer d'y puiser un peu de sérotonine en évoquant les catastrophes naturelles. La soirée stand-up avait désormais lieu deux fois par semaine, et en mon absence, on m'avait rétrogradée au jour inférieur du mercredi. Si j'arrivais vraiment à mener à bien mon thème de l'anéantissement avec la coulée de boue, j'espérais être de nouveau promue au jeudi. Vu mon humeur, j'avais plein de choses à dire sur l'anéantissement de soi.

« Y a quelqu'un d'autre ici qui espère une fin rapide et sans douleur ? »

J'ai fait quelques touches. Une mort rapide et sans douleur, c'était moins efficace que de demander qui était de la côte Est.

« C'est trop relou qu'il y ait des gens méchants qui meurent tranquillement dans leur sommeil, tandis que des gens sympas souffrent pendant des années. Genre : combien vous avez de points de fidélité sur votre compte funéraire ?

— Combien j'ai de points de fidélité sur mon compte funéraire ? » s'est exclamé quelqu'un.

C'était Jace.

Un peu plus tard, il m'a retrouvée au bar. Je buvais une bière, une bière normale – une Guinness –, même pas light, lorsqu'il est venu me taper sur l'épaule.

« Ah, salut.

— T'as été trop bien ce soir. Au meilleur de toi-même.

— Merci. Mais c'était pas moi sur scène. C'était juste presque-moi.

— Quoi ?

— Laisse tomber. Je suis surprise de te voir là. Je croyais que vous tourniez la deuxième saison, là-haut, à Vancouver.

— Ils ont mis Liam dans le coma.

— Ah merde, désolée.

— Nan, ça va, c'est juste pour deux épisodes. Quand est-ce que tu t'es coupé les cheveux ?

— Y a quelques jours.

— C'est cool. Ça me plaît. Ça te donne un air hyperintense.

— Merci.

— Non, je veux dire : c'est top. Tu as un style totalement différent. C'est sans doute ton esthétique sensible.

— Mon esthétique sensible ?

— Ouais, c'est ça que dit mon coach d'art dramatique. Il faut que ton style et ton âme s'alignent.

— Oh.

— Comme ça, a-t-il dit en désignant son blouson de cuir et ses rosaires. C'est mon esthétique sensible.

— OK.

— Évidemment, ma styliste essaie de me relooker. Elle croit que je devrais avoir un style plus années 1990, une *vibe* genre Luke Perry, que son âme repose en paix. Mais moi, je me considère plus… éclectique. Un peu James Dean, un peu gothique, un peu dans la spiritualité… c'est mon style, ça. Hybride. C'est mon esthétique sensible.

— Ah, ouais.

— Dans cette ville, tout le monde essaie tout le temps de te changer.

— Ça fait partie du job. Ça va avec la célébrité, les trucs qu'on te file gratos, tout le pognon que tu gagnes, et les gens qui te regardent en permanence et qui t'expliquent combien tu es génial.

— Je m'en fous complètement que les gens me regardent.

— S'ils ne te regardaient pas, là, tu t'en foutrais pas.

— Peut-être. Moi, tout ce qui m'intéresse, c'est l'art. »

Attends. Est-ce qu'il considérait vraiment que *Breathers*, c'était de l'art ?

« Toi, tu es une véritable artiste, ça se voit. »

Il m'a attrapé le menton. Mais pourquoi est-ce qu'il me touchait ?

« Chez toi, tout est art. Sans compter que tu es aussi outrageusement adorable. Et trop mignonne. »

Sa main s'est égarée sur ma joue, il m'a caressée. J'ai eu un mouvement de recul.

« Pardon, a-t-il dit en s'écartant aussitôt. Y a longtemps que j'en avais envie. »

J'ai regardé le bar. Quatre étudiantes nous dévoraient des yeux, des filles qui n'étaient pas d'ici. J'étais tout émoustillée à l'idée qu'elles l'aient vu me toucher la joue. Cette pensée m'a donné le vertige, bien plus que l'acte en lui-même.

« Ça fait combien de temps ? ai-je demandé.

— Combien de temps que quoi ?

— Que tu as envie de faire ça ? Déjà l'autre jour quand on est allés manger des hot-dogs ?

— Ouais.

— Ah. Je n'y avais pas pensé. Et au déjeuner avec Ofer ?

— Absolument. Et même le jour où je t'ai surprise en train de manger dans les toilettes à cette fête.

— Un moment d'anthologie.

— Mais ce soir. Ce soir, tu montres ton esthétique sensible ! »

J'ai éclaté de rire.

Le pote de Jace, Paul, d'Akron, était sur scène, nouvellement barbu et coiffé d'une casquette à carreaux. Apparemment, lui aussi, il avait été rétrogradé au mercredi. Il interprétait un sketch au sujet des voyages en avion.

« Tous les avions sont coincés en 1997, a-t-il dit. Quelque part, dans chaque avion, il y a une chambre secrète où Bill Clinton se fait éternellement sucer. »

« On y va ? ai-je proposé. Tu pourras toucher mon autre joue. »

68

Sur le plan technique, Jace embrassait bien. Mais quand on s'est pécho dans mon salon, j'ai eu l'impression de subir un long siège. Il se montrait doux et prévenant, et c'était ça, le problème. Je ne sais pas ce qui me dégoûtait le plus : sa tendresse feinte, ou la possibilité qu'elle soit réelle. J'aurais aimé que les étudiantes soient encore là à nous regarder. Dans ma tête, je me répétais *Liam, Liam, Liam*, pour me rappeler que beaucoup de gens auraient adoré être à ma place.

Il s'est mis à me lécher la chatte et j'ai senti mes pulsions de meurtre se réveiller. Sa langue s'attardait à loisir aux abords de mon clito, mais sans y aller carrément.

On a toute la nuit, me disait sa langue.

Est-ce qu'on pourrait pas expédier ça vite fait ? avais-je envie de m'écrier.

Et puis il ne cessait de gémir, comme s'il vivait sa propre apocalypse zombie. J'ai serré sa tête entre mes jambes pour assourdir le bruit, mais il a pris ça pour un encouragement, croyant que je trouvais ça trop bon. Il est passé à la vitesse supérieure, sa langue s'est faite plus vigoureuse, mais il continuait à tourner autour du pot et gémissait toujours autant.

« Tu t'épiles le torse ? » lui avais-je demandé lorsqu'il avait retiré son tee-shirt.

Il avait la poitrine imberbe, mais on voyait que quelques poils commençaient à repousser entre ses tétons.

« C'est ma styliste qui m'oblige », avait-il grogné.

En revanche, il avait un mignon buisson pubien et une queue extrêmement jolie – belle, propre, juste au-dessus de la moyenne –, une queue que toutes ses fans auraient été ravies de découvrir.

Il n'y avait vraiment rien à redire sur l'esthétique de Jace. C'était la sensibilité qui faisait défaut. C'était ça qui manquait dans sa façon de me lécher. Il fallait être malin pour bien s'occuper d'une chatte, et pas seulement malin, intuitif aussi. Il fallait l'écouter. Suivre son degré d'humidité. Jace était un bon comédien, mais il manquait d'intuition.

« Laisse-moi venir sur toi », ai-je dit.

Je me suis empalée sur sa bite en amazone. J'imaginais que c'était moi qui avais une bite et que j'étais Liam. Mais si j'étais Liam, lui, qui était-il alors ? C'était toujours Jace. Donc, j'étais

Liam, joué par moi, et je baisais Jace avec ma queue psychique.

« Écarte plus tes jambes », ai-je dit en laissant ma main glisser sur la peau entre ses couilles et son anus.

Avec assurance, j'ai introduit mon doigt dans son anus tout en continuant à le baiser. Je sentais les muscles qui frémissaient de plaisir autour de mon doigt. Il s'est remis à gémir en se contorsionnant sous moi.

« Dis mon nom.

— Jace.

— Non, mon vrai nom.

— Comment ça ?

— Mon vrai nom, c'est Jason Blagojevitch. Dis-le.

— Jason Blagojevitch.

— Plus fort.

— Jason Blagojevitch ! »

Je l'ai crié avec toute la passion dont j'étais capable. Mon jeu était vraiment parfait.

Jouer la comédie, c'est agir avec réalisme dans des circonstances imaginaires, ai-je pensé en me rappelant mes bouquins d'étudiante. Ou plutôt, agir avec imagination dans des circonstances réelles.

« Jason Blagojevitch ! »

J'ai éclaté de rire.

Je n'étais plus Liam, j'étais seulement moi. Les gémissements de zombie que poussait Jace allaient crescendo. Et puis il a joui.

69

Le lendemain matin, j'ai organisé un thé en urgence avec Ana dans la cuisine. J'avais hâte de lui annoncer la nouvelle. J'avais besoin d'une témoin pour transformer un simple plan cul avec Jace en récit échevelé. J'avais besoin d'une copine avec qui partager mon histoire, et surtout, j'avais besoin de son approbation.

Quelqu'un avait laissé sur le comptoir un demi-*blechkuchen* recouvert de glaçage blanc, avec un petit mot disant MANGEZ-MOI ! Tout en reluquant le gâteau, j'ai raconté à Ana ce qui s'était passé la nuit précédente. Je n'ai omis aucun détail, sauf le fait que je l'avais invité chez moi. Je voulais donner l'impression que ça venait de lui – ce qui était vrai d'une certaine façon car il m'avait caressé la joue, mais pas complètement. Je voulais donner l'impression d'être désirée afin de provoquer l'admiration d'Ana, sans la moindre nuance de désespoir. C'était confirmé : j'étais bien l'objet de l'affection de Jace. C'était sûr. Pour faire bonne mesure, je lui ai même dit qu'il m'avait suppliée de lui mettre un doigt dans le cul. Voilà à quel point il avait envie de me sentir en lui.

« Donc il est gay, a-t-elle dit quand j'ai fini de lui raconter mon histoire.

— Non ! Un doigt dans le cul, ça n'a rien à voir avec l'orientation sexuelle. »

Ça ne me plaisait pas qu'elle ait sa propre interprétation de cette partie de l'histoire, celle où je m'étais justement surpassée. Fallait-il qu'il soit gay pour avoir envie de coucher avec moi – genre, j'étais un second choix, un accident, voire une couverture ? Pourquoi ne voyait-elle pas en moi une fille qu'il puisse réellement désirer ?

« En plus, on est au XXIe siècle, à Los Angeles. S'il était gay, il serait gay, c'est tout.

— Pas forcément. C'est une star de la télé. N'oublie pas qu'il doit préserver son image de séducteur hétéro.

— S'il avait besoin d'une couverture, il aurait choisi une personnalité publique, une fille de la série par exemple. Y a des tonnes de meufs qui adoreraient sortir avec lui. Non, ça signifie juste qu'il me kiffe vraiment. »

Je détestais éprouver le besoin de me faire mousser ainsi. J'étais aussi un peu gênée d'avoir déballé tous les détails sexuels à propos de Jace – surtout cette histoire de doigt dans le cul, et son désir d'entendre proclamer son état-civil. Ce n'était pas comme ça que des filles auraient dû parler entre elles. Je voulais des rires, des encouragements, des félicitations – pas de scepticisme. Je voulais une copine avec qui conspirer, une confidente à l'écoute. Au lieu de cela, Ana paraissait en colère.

« Bien sûr, tu ne peux pas sortir avec lui, a-t-elle dit d'un ton ferme.

— Évidemment. Je le sais. »

Je ne comprenais pas ce qui l'irritait autant. S'agissait-il de chagrins passés, ou de jalousie ? Sous son œil gauche, sa paupière palpitait. Elle tapait sur sa tasse du bout de l'index. Je sentais quasiment ses nerfs se vriller.

« Est-ce que j'ai eu tort de t'en parler ?

— Non, a-t-elle répondu sans sourire. Je suis très contente que tu l'aies fait. »

Elle a bu une gorgée de thé, et c'est alors que je me suis aperçue qu'on ne se ressemblait plus tant que ça. Avant, nous étions le miroir l'une de l'autre, avec nos longs cheveux bouclés, mais à présent nous avions moins en commun. Si elle voulait faire l'expérience de Jace à travers moi, ce serait moins facile. Les kilos en plus, la coupe de cheveux, tout ça foutait en l'air sa conception de la femme – surtout si la femme en question recevait l'attention d'un beau mec, star d'une série télé pourrie.

Je n'avais pas parlé à ma mère depuis quarante-neuf jours, mais je l'avais toujours devant moi.

70

Je suis rentrée chez moi : Jace avait laissé un mot sur le frigo.

Je suis parti travailler mon texte. C'était cool. On se revoit très bientôt. Bisous, J.

Je me demandais combien de temps il avait traîné ici. Ça m'avait surprise qu'il veuille rester dormir. J'avais accepté parce que c'était plus facile que de dire non. Mais au petit matin, il s'était rapproché pour se serrer contre moi et j'avais dû pousser trois bons gros ronflements pour qu'il abandonne et retourne de l'autre côté du lit.

J'ai pris un chewing-gum à la nicotine et emballé le vieux dans le message de Jace avant de le jeter. Quand je mangeais davantage, je mâchais moins de chewing-gums. Mais maintenant, j'étais revenue à ma consommation à la chaîne. J'ai ouvert le placard et mon regard est tombé sur mes barres protéinées. C'est là que l'interphone a sonné.

Super. Touchez le cul d'un mec une fois, et vous n'arriverez plus à vous en débarrasser.

« Oui ?

— Salut », a répondu une voix.

Mais ce n'était pas Jace. C'était Miriam.

J'ai parcouru l'appartement en tous sens à la recherche des preuves manifestes qu'un acteur de troisième, ou peut-être de deuxième zone s'était fait baiser ici même. J'ai aperçu une chaussette Yeezy, révélatrice, qui gisait par terre. Je l'ai mise à la poubelle. Dans la poubelle, il y avait une capote. Je l'ai jetée dans les toilettes et j'ai tiré la chasse. Par chance, Jace avait enlevé les draps sales pour en remettre des propres. Sa grand-mère aurait été fière de lui.

Je me suis recoiffée devant le miroir, ramenant mes cheveux vers l'avant, puis les séparant par une raie. Ensuite, j'ai ouvert à Miriam.

Quand elle est arrivée devant ma porte, on est restées plantées sur le palier.

« Salut, a-t-elle dit.

— Salut. »

Les choses se déroulaient de la même manière qu'à sa première visite. Sauf que cette fois, je n'ai pas eu besoin de l'emmener dans le salon. Cette fois, c'est elle qui a pris ma main et m'a emmenée. C'est elle aussi qui m'a embrassée.

« Tes cheveux, a-t-elle dit en y passant la main.

— Ça te plaît ?

— C'est trop… sexy. »

J'étais nerveuse. Je l'ai entièrement laissé faire. Elle m'a conduite dans la chambre et s'est allongée sur le lit en me faisant signe de la rejoindre. Mais je n'ai pas bougé. Alors elle s'est relevée, m'a fait asseoir et m'a embrassée tendrement, avec les lèvres et le bout de la langue : mes joues, mon front, mon cou, mes épaules. J'ai senti ses mains remonter sous ma chemise et dans mon soutien-gorge, attraper mes tétons, comme si elle cueillait des pommes, avec maladresse, sans aucune sensualité. Puis elle s'est ressaisie et s'est arrêtée un instant. Je me suis demandé si elle allait retirer ses mains. Mais elle semblait plutôt se concentrer sur la manière dont elle me touchait, se souvenant, peut-être, qu'elle devait s'y prendre comme elle aurait voulu qu'on la touche, elle. Elle s'est mise à décrire de petits cercles autour de mes aréoles avec chacun de ses doigts, allant jusqu'au centre pour me pincer les tétons qui avaient durci, s'étaient dressés pour elle, m'arrachant un gémissement.

J'ai été encore plus surprise lorsqu'elle est descendue en m'embrassant jusqu'au ventre et que, levant les yeux vers moi, elle m'a demandé : « Je peux ?

— Oui, j'en ai envie », ai-je répondu, même si j'avais peur.

J'espérais que ma chatte ne l'effraierait pas et qu'elle ne partirait pas en courant, que, prise dans une sorte de transe, elle n'allait pas soudain retrouver ses esprits en me voyant nue.

Mais elle a écarquillé les yeux dans la lumière tout en caressant ma fente de son doigt léger, exactement comme je l'avais fait avec elle les autres fois. J'ai senti que je mouillais, et cela m'a gênée. *Laisse-toi aller*, ai-je pensé alors que le désir montait en moi. *Tout va bien.*

Avec douceur, elle a écarté mes lèvres et passé sa langue sur mon clito pour le titiller. Jamais je n'avais imaginé qu'elle le ferait. J'avais envie de relever le bassin vers son visage, de lui dire : *Oh, s'il te plaît, lèche-moi,* mais je n'ai pas bougé car je voulais qu'elle fasse tout elle-même.

Je me suis demandé quel goût j'avais pour elle, si c'était ce à quoi elle s'attendait. Puis elle s'est mise à haleter et j'ai arrêté de réfléchir. J'étais submergée d'un bien-être électrique.

Elle m'a pénétrée de son majeur et j'ai été incapable de me contenir plus longtemps. J'ai baisé son visage au rythme de sa langue et j'ai joui sur elle, longuement, plus longuement que ça ne m'était jamais arrivé.

Je me suis écartée très vite de sa bouche, c'était trop sensible à présent. Puis je suis restée allongée, les yeux fermés, très tranquillement. J'avais dans la tête un espace plus grand que je ne l'aurais imaginé. Elle a allumé une cigarette aux clous de girofle. J'ai pris un chewing-gum à la nicotine. Une brise légère entrait par la fenêtre.

71

Le lendemain matin, dans mon lit, Miriam ressemblait à un tableau de Rubens – ses cheveux étalés sur mon oreiller, son corps placide sous mes draps. J'ai dit : « Bonjour », et elle a enroulé ses bras autour de moi en murmurant à son tour : « Bonjour », puis elle m'a hissée sur elle.

J'ai regardé le réveil.

« Ouh là. Il faut que je me lève, que je prenne ma douche et que je me prépare pour aller bosser. Toi, tu ne bouges pas d'ici !

— Non ! T'en va pas ! Reste avec moi. »

J'ai contemplé ses joues roses, ses lèvres pleines et roses. J'aurais fait n'importe quoi pour elle.

« D'accord », ai-je dit.

J'ai appelé au bureau pour dire que j'étais malade. Une angine, ça ferait sérieux. À l'accueil, c'est Ana qui a décroché, et pendant que je lui apprenais la triste nouvelle, Miriam a voulu m'embrasser bruyamment.

« Arrête ! lui ai-je murmuré.
— Qu'est-ce qui se passe ? a demandé Ana.
— Rien. J'ai de la fièvre, ça me rend un peu bizarre.
— Mmmm. »

Je savais bien qu'elle m'imaginait au lit avec Jace.

Après que j'ai raccroché, Miriam a dit qu'elle allait chez Doughy's nous chercher un petit festin.

« Je viens avec toi.
— Non, reste au lit. Laisse-moi m'en occuper. Je veux faire ça pour toi. »

Je l'ai donc regardée se lever, dégustant sa silhouette nue, de dos : la cascade de chair, puis son cul, une planète en soi. Si j'avais su peindre, je l'aurais peinte. Si j'avais su vraiment sculpter, je l'aurais taillée dans la pierre. J'aurais fabriqué toutes sortes d'idoles à son effigie et adoré chacune d'elles. Mais tout ce que j'ai réussi à faire, c'est à me tenir assise là, avec un sourire stupide, perdue dans mes pensées. J'avais envie que le temps s'arrête, là, maintenant, à l'instant même où elle partait, simplement pour qu'elle revienne vite.

Après que la porte s'est refermée, j'ai commencé à projeter dans ma tête des images de la vie future de Miriam et Rachel. Il y avait Miriam aux toilettes dans notre appartement, la porte même pas fermée, avec la petite fontaine de son pipi. Miriam et Rachel en vacances dans une forêt en Russie, ramassant des champignons. Miriam infirmière, me donnant à manger de la gelée, de la glace, du thé sucré au miel, pour soigner une Rachel malade. Je la voyais avec un manteau bleu et un chapeau assorti, l'hiver, devant un centre commercial, dans une banlieue du New Jersey. Miriam, couteau en main, prête à annoncer le verdict sur mes premiers steaks au poivre. Miriam, la mère, déposant des chandeliers au bout d'une longue table, même si je ne parvenais pas à me représenter nos enfants. Miriam et Rachel, vieilles, jouant au mah-jong et lisant les prédictions de biscuits chinois à Boca Raton.

Elle est en effet revenue avec un vrai festin : donuts nappés de chocolat, bagels, fromage frais et saumon gravlax. Et puis du chocolat chaud. Allongée sur mon lit, je l'ai regardée déballer toutes ces bonnes choses et j'ai pensé : *Maman*. Puis : *Non, sœur*. Puis : *Amante*, et *amie,* mais aucun de ces termes ne convenait parfaitement.

On a pris le petit déjeuner au lit, nues. Miriam me donnait à manger et je la nourrissais à mon tour. Je me demandais si un jour je lui dirais comment j'étais auparavant, si je lui parlerais de mes troubles alimentaires pendant toutes ces années. Je me demandais si elle comprendrait. Il me paraissait dangereux de lui révéler ma maladie en détail – je craignais que cela ne pèse sur la manière délicieuse dont nous mangions ensemble. Je voulais que nos gosiers demeurent ouverts, qu'ils ne soient pas obstrués par le diagnostic de mon passé. Il y avait d'autres mots que je ne voulais pas prononcer pour les mêmes raisons. Je ne voulais pas poser un diagnostic sur notre relation. Jamais je n'emploierais le mot *meuf* comme dans : *Tu es ma meuf ?* Jamais je ne demanderais : *On est quoi, toi et moi ?*

Elle avait à peine fini de manger quand j'ai grimpé sur elle. Je glissais de bas en haut pour que nos chattes se touchent. J'imaginais que les capuchons de nos clitoris se rejoignaient, qu'ils s'embrassaient en se frottant l'un contre l'autre. J'ai regardé la table de nuit et j'ai vu la statuette : les volutes de rose, de bleu, de jaune et de vert. Elle n'avait pas d'yeux, pourtant elle m'a lancé un clin d'œil. Elle n'avait pas de bouche, pourtant elle me souriait.

72

On a dormi toute l'après-midi. J'ai rêvé que j'étais aussi grosse que Miriam. On volait ensemble sur le dragon d'or qui soufflait de la fumée et de la vapeur. On est passées au-dessus des grandes lettres de HOLLYWOOD, on a frôlé l'observatoire de Griffith Park, deux femmes magnifiques et opulentes qui se donnaient en spectacle. Nous portions toutes les deux la même robe longue de soie noire – semblables à la jaune qu'elle avait mise le premier soir où nous étions allées au restau chinois, mais en noir. Et on avait toutes les deux du Ruský Rouge sur les lèvres. Il y en avait partout, de ce rouge à lèvres, sur les pailles, les étoiles, les fourchettes, les lunes, les Twizzlers, les écrans de cinéma et de télévision, les bâtiments et tout l'argent du monde. On s'échangeait du rouge à lèvres de bouche à bouche, devant tout le monde. On allumait les hommes comme les femmes. Les hommes avaient envie de nous, les femmes voulaient être nous. Elles nous enviaient notre somptueuse liberté. Nous étions un double miroir, reflétant leurs désirs profonds. Un miroir dans un cadre en bambou doré.

On s'échangeait des baisers entre deux gorgées de Scorpion Bowl. On s'échangeait des baisers entre deux bouchées de poulet au sésame. Le rabbin Juda Loew ben Bezalel était assis sur une gigantesque crêpe chinoise à la ciboule. Il hochait la tête en guise d'approbation.

« Donc, tout ça est vrai ? lui demandais-je.

— Vrai de vrai. Ne regarde pas les dents d'un cheval qu'on t'offre. Il existe des émanations de dieu qu'on ne peut pas voir. Ce qui compte, c'est de le ressentir.

— Mais je veux savoir.

— Parce que tu crois que quelqu'un sait ? Une mère aime ses enfants tels qu'elle les voit. Un peuple aime son mythe de la patrie. Tu aimes ta Miriam. »

Je lui offrais le rouge à lèvres. Il écrivait VIE dans le ciel. Puis d'un geste espiègle, il me lançait un biscuit chinois sur la tête.

« Rappelle-toi. Le monde spirituel et le monde physique vont main dans la main. »

73

À mon réveil, Miriam jouait avec mes cheveux courts.

« C'est bientôt le coucher du soleil, a-t-elle dit. Il faut que je rentre à la maison pour le shabbat. »

J'avais oublié qu'on était vendredi. Le réveil indiquait 16 h 27. Je ne voulais pas qu'elle s'en aille. Je lui ai pris la main un instant, puis je l'ai lâchée. Je ne pouvais pas demander à l'accompagner. Je n'étais pas la bienvenue là-bas. J'aurais aimé qu'il existe une réalité parallèle qui nous accueille toutes : Mrs Schwebel, les bougies, la 'hallah, les chants, le vin, et Miriam et moi telles que nous étions. Mieux valait rester au lit et rêver d'elle que d'être ensemble dans un endroit où nous devions faire semblant d'être physiquement des étrangères l'une pour l'autre.

« Quand est-ce que tu reviendras ?

— Demain soir. Dès que le soleil sera couché. »

J'avais peur. Je n'avais aucun contrôle sur les événements. J'ai pris la statuette sur ma table de nuit et je l'ai serrée contre moi dans l'espoir que ça me donne du courage. J'avais toujours peur. Alors je la lui ai tendue.

« Qu'est-ce que c'est ?

— C'est un cadeau. Une sculpture. C'est moi qui l'ai faite.

— Est-ce que c'est censé… être moi ? »

Sa question m'a étonnée. J'ai réfléchi un moment à ce que je devais répondre.

« Oui, ai-je fini par dire. C'est toi.

— Tu t'es plantée au niveau des seins. »

Elle a éclaté de rire.

« Je sais. Mais j'ai réussi les cheveux. »

74

Le samedi en fin de journée, je suis allée chez Doughy's acheter un autre incroyable festin : des bagels, du fromage frais, de la salade au poisson blanc, des tranches de tomates, des dragées et des After Eight. Voilà le genre de repas que mes grands-parents préparaient après le Yom Kippour pour rompre le jeûne, et je savais que Miriam adorerait ça. J'aimais ces échos du passé, cette manière dont la nourriture pouvait ressusciter un souvenir d'entre les morts. Quand je suis rentrée, il faisait encore jour. Puis j'ai attendu chez moi que le soleil se couche.

À 19 h 30, il faisait nuit noire mais Miriam n'était toujours pas là. J'ai commencé à m'inquiéter. Avait-elle changé d'avis ? Ses parents l'avaient-ils empêchée de venir ? Cette absence temporaire m'a fait craindre une absence plus définitive. Je ne pouvais rien faire, à part m'allonger sur mon lit et contempler le plafond. C'était étrange qu'il soit si facile de voyager dans ma tête à travers l'espace et le temps, alors qu'on ne pouvait pas être ici ensemble. Ma vision de notre avenir, ces images que je m'étais autorisée à me projeter s'effaçaient peu à peu. Bientôt, la seule lumière serait celle de mon réveil qui faisait tic-tac.

J'ai posé mon oreiller sur moi pour essayer de la faire apparaître. Elle était tout en respiration, en hanches et en gémissements. Je pouvais recréer jusqu'à un certain point la sensation de cette respiration en soufflant sur ma propre main, le bruit de ses gémissements en gémissant dans mon oreiller, mais je ne pouvais pas reproduire ses hanches : pas avec mon oreiller, ni en touchant les miennes, moi qui avais tant redouté qu'elles ne s'élargissent, mais je me rendais compte à présent que c'était loin d'être le cas.

J'ai repensé à l'histoire des arbres et à cette femme qui leur préférait sa famille. Mais j'avais senti si clairement le désir de Miriam pour moi. J'ai regardé par la fenêtre et j'ai vu bouger quelque chose sur la pelouse, dans l'obscurité. Juste une femme avec un chien. Miriam serait là dans une minute.

À 21 h 15, je me suis levée et je me suis préparé un bagel au fromage frais. À 22 h 08, j'en ai mangé un autre. À 23 heures, j'ai emballé l'énorme morceau de fromage frais et je l'ai mis au frigo. En refermant la porte, un souvenir d'enfance m'est revenu : un jour, j'avais demandé à ma mère si je pouvais goûter une cuillère de fromage frais avec du sucre.

Elle m'avait répondu que je pourrais le faire dans quelques semaines si, lors de la visite annuelle chez la pédiatre, mon poids était correct. Mais je mourais d'envie d'essayer, donc je m'étais faufilée jusqu'au placard et au réfrigérateur pendant qu'elle prenait sa douche et je m'étais servie moi-même. Impossible d'attendre d'être grande et d'avoir mon propre appartement pour pouvoir manger du fromage frais avec du sucre quand je voulais.

Quelques jours plus tard, ma mère avait remarqué des petits grains de sucre dans la boîte du fromage. Rien ne lui échappait.

« Est-ce qu'il faut que je mette un verrou sur les portes du placard et du frigo ? »

Aujourd'hui, j'avais mon appart à moi et je pouvais faire ce que je voulais. J'ai ressorti le fromage frais et arraché le film plastique. Puis j'ai cherché du sucre dans les placards de la cuisine. Je n'en avais pas, par contre j'avais plein de faux sucre.

Je me suis agenouillée par terre avec le fromage frais et j'ai versé dessus plusieurs sachets de faux sucre. Avec les doigts, j'en ai détaché des morceaux. J'avais envie de modeler le fromage, comme la terre chez la Dr Mahjoub. Pouvais-je confectionner une femme en fromage frais et dire une prière afin qu'elle apparaisse devant moi ? Pouvais-je créer Miriam à partir d'un produit laitier ? J'ai envisagé de chanter « Etz Chayim ». À la place, j'ai dit « Amen » à voix haute, et j'ai fourré les morceaux dans ma bouche, l'un après l'autre, telle une hostie – version juive. Miriam ne viendrait pas. Tout était fini entre nous. J'étais à genoux. J'étais seule, pourtant je me sentais toujours observée.

75

Le lundi matin, en allant au bureau, j'ai reçu une série de SMS de Jace.

Salut, tu peux m'appeler ?

Appelle dès que tu peux.

Appelle-moi.

Mais est-ce qu'il comprenait que je bossais, moi ? Tout le monde n'était pas payé pour être plongé dans un coma postapocalyptique.

En arrivant au bureau, j'ai trouvé un message d'Ofer sur mon ordinateur. *Rachel, viens me voir immédiatement.*

Je suis entrée dans son bureau et il m'a fait signe de m'asseoir. Puis il s'est levé, a claqué la porte et s'est mis à faire les cent pas autour de moi.

« Je voulais juste savoir. Tu as donc si peu de respect pour moi ?

— Comment ça, si peu de respect pour vous ?

— Et tu as aussi peu de respect pour ce que j'ai construit ? Cette famille. Cette agence culturelle.

— Je ne sais pas où vous voulez en venir. »

Je craignais, au contraire, de savoir exactement où il voulait en venir.

« Te fous pas de ma gueule, Rachel ! a-t-il hurlé. Est-ce que tu te rends compte de la chance que tu as ? Tu pourrais bosser pour Management 180, où tout ce qui compte, c'est de ficeler des contrats et des accords de réciprocité entre agents ! Tu pourrais être en train de trier le courrier je ne sais où ! »

Un postillon a atterri sur ma main. Je l'ai essuyé sur le canapé.

« Jace m'a tout raconté. »

J'ai senti mon estomac se nouer. J'ai su aussitôt que j'étais foutue.

« Tu es virée sur-le-champ, rupture de contrat.

— Mais…

— Tu as violé l'éthique professionnelle. Tu pars sans indemnités. Tu m'as profondément déçu.

— Attendez, vous ne voulez pas entendre ma version de l'histoire ? »

En réalité, je n'avais pas grand-chose à raconter. J'avais baisé Jace, c'était bien un motif de rupture de contrat. Je me demandais ce que le sien stipulait. Il était sûrement autorisé à tous nous baiser. Et bien sûr, ensuite, il n'aurait pas le moindre ennui, lui.

« Tu as une demi-heure pour rassembler tes affaires. »

Je me sentais humiliée. Des larmes plein les yeux, je me suis levée.

« Je croyais vraiment à ta vision », a dit Ofer.

J'ai failli éclater de rire. Mais de quoi parlait-il ? Je n'avais jamais eu la moindre vision !

J'ai eu envie de lui dire : *Comment maintenir une structure de pouvoir hégémonique au sein de la matrice où naissent les privilèges de la célébrité, et puis aussi la féminisation de la pauvreté, Ofer ?*

Mais j'ai dit : « Je suis désolée. »

76

J'ai appelé Jace depuis les toilettes du bureau. Il a décroché à la première sonnerie.

« Connard ! Tu savais bien que j'allais perdre mon boulot !

— Rachel. Je peux tout t'expliquer.

— Tu es encore pire que la presse de caniveau.

— Attends, écoute. Quand Ofer m'a appelé, il était genre 8 heures du mat'. Je venais juste de me réveiller. Je croyais qu'il voulait me parler de la pub que je dois faire pour American Express. Je change complètement de personnage pour charger un Taser – enfin bref, il m'a demandé, direct, si on avait couché ensemble.

— Il t'a appelé pour te demander si on avait couché ensemble ?

— Oui ! J'étais largué. J'ai paniqué. J'ai cru que tu lui avais dit et que j'étais dans la merde. Du coup, je lui ai dit la vérité.

— Mais pourquoi je lui aurais dit qu'on avait couché ensemble ?

— Je sais pas. Mais vu qu'il savait, c'est ce que j'ai cru. Et après que j'ai répondu oui, il m'a dit qu'il ne t'avait pas encore parlé, et là je me suis dit : *Oh, putain…*

— Donc un des bâtards de ta bande de potes a craché le morceau.

— Non ! Je l'ai dit à personne ! »

J'hésitais entre me sentir insultée ou honorée par sa discrétion. Mais je savais qu'il disait la vérité. Premièrement, il n'était pas si bon acteur que ça. Et deuxièmement, c'était moi qui m'étais montrée malhonnête avec lui. Je l'avais utilisé pour booster mon statut auprès des autres, pour prouver à Ana que j'étais désirable. Je lui avais raconté notre aventure dans les moindres détails.

Et là, j'ai tout compris : c'était Ana qui m'avait balancée à Ofer.

77

Ana était au téléphone avec l'assistant d'une cliente quand je me suis postée devant son bureau. Je tenais un carton avec mes cactus, mes mugs et mon blouson matelassé. Je l'ai posé par terre et je me suis raclé la gorge. Elle n'a pas levé les yeux.

« Ils ont reprogrammé le shooting pour le 27, donc ça fonctionne au niveau de son planning, a-t-elle dit. À 14 h 30, je vous enverrai la feuille de service. »

J'ai fait un pas vers elle.

« Maquillage et coiffure. Mais elle doit arriver démaquillée, aucun produit. Il y aura trois badges pour le parking : un pour elle, un pour vous et un pour la publicitaire. Tout le monde doit avoir ses papiers d'identité. »

J'ai fait encore un pas.

« Ils ont bien reçu la clause additionnelle. La cantine fera en sorte de proposer au moins deux menus cétogènes. »

J'ai fait encore un pas. J'étais pratiquement sur ses genoux. Enfin, elle a levé les yeux vers moi.

« Je suis sous l'eau, a-t-elle murmuré. Tu peux revenir plus tard ?

— Putain, tu lui as tout raconté », ai-je dit.

78

Au jour 53 de la détox, j'ai craqué et j'ai appelé ma mère.

Je me demandais si le nombre 53 avait une signification particulière. J'ai googlé *53 chiffre juif signification* et je n'ai rien trouvé, à part une info sur le nombre 36 :

> *Le nombre 36 est un nombre sacré car c'est le double de 18. Dans la numérologie juive, le nombre 18 signifie* chai *ou « vie ». Le nombre 36 est sacré car il signifie « deux vies ».*

Génial, dieu aurait-il voulu que j'appelle ma mère au 36ᵉ jour ?

Son téléphone a sonné et je suis tombée sur sa messagerie. Il était minuit passé sur la côte Est, je savais qu'à cette heure elle dormirait. Je ne lui ai pas dit que j'avais été virée le jour même. Je ne lui ai pas dit que j'avais le cœur brisé. Je n'ai pas non plus parlé de la détox.

J'ai juste dit : « Salut, c'est ta fille. J'appelle juste pour te faire un petit coucou. Je te rappellerai demain. »

Et puis j'ai raccroché.

Et puis j'ai pleuré. Plus que tout, ce dont j'avais toujours rêvé, c'était d'une acceptation totale, l'acceptation d'une mère infinie, absolue, divine. Je voulais que mes contours s'estompent afin de me fondre à l'intérieur d'une femme, entrer dans la poche de liquide amniotique et me dissoudre. Je rêvais d'un amour sans fin, inconditionnel, avec zéro conséquence. Je désirais un yaourt infini, un yaourt mystique et maternel, dont j'aurais pu jouir en quantité illimitée et qui ne me ferait aucun mal.

Mais rien n'est illimité. Toute tasse possède un fond. Miriam et moi, c'était fini. Sans nul doute, mon séjour dans l'utérus s'était terminé de manière abrupte et rude dans un hôpital glacial, aux lumières éblouissantes, entre les mains d'un inconnu, la conscience écorchée. La femme qui m'avait portée pendant neuf mois était devenue une étrangère. Même ces filles auxquelles leurs mères vouaient un amour inconditionnel voyaient un jour cet amour prendre fin.

Pourtant, c'était toujours ça que je voulais. Une portion d'amour qui ne soit en rien limitée. Un amour sans fin. Tout le monde disait qu'il fallait s'aimer soi-même ainsi. Aime-toi toi-même. Mais qu'est-ce que ça voulait dire ?

La Dr Mahjoub le disait tout le temps : *Soyez votre propre mère, prenez soin de vous comme si vous étiez votre propre fille.*

Cela me paraissait impossible. Je ne savais pas comment être mère, sans parler de devenir ma propre mère. Mais qu'en était-il du fait d'être fille ? Était-il possible que je devienne ma propre fille ?

Ça semblait plus réalisable. L'univers, dans sa rondeur, contenait-il déjà mon autofiliation ? Peut-être y étais-je déjà présente, fille depuis le début, jusqu'à ce que ma conscience s'éveille. Si je ne pouvais être ma propre mère – en tout cas, pas une mère digne de ce nom –, alors peut-être pouvais-je être ma propre fille.

« Fille fille fille fille fille », me suis-je entendue dire depuis quelque part dans ma gorge, juste en dessous de ma pomme d'Adam.

« Fille fille fille fille fille fille fille », ai-je répété, et je me suis aperçue que j'avais passé mes bras autour de moi.

Je me suis assise sur le parquet et j'ai commencé à me bercer. Puis je suis allée m'installer sur le canapé car c'était plus moelleux, et j'ai continué à me bercer.

« Je suis désolée, ma fille, ai-je dit, les larmes aux yeux. Je suis désolée que tu aies cru que je t'avais abandonnée.

— Ça va, maman, ai-je dit. Tu as toujours été là. C'est juste que je ne savais pas comment te trouver. »

Je m'écoutais me parler à moi-même. Je me suis demandé si je n'avais pas perdu l'esprit.

« Fille fille fille fille fille.

— Oui, maman. Promets-moi de ne plus jamais me quitter. Montre-moi comment être toujours sûre que tu es là. Montre-moi comment partager avec toi ma joie et que tu seras heureuse de la recevoir.

— Oh, ma fille. Tu oublieras que je suis là. Il en est ainsi des humains, ils oublient. Mais tu as su comment revenir vers moi un jour, donc tu sauras retrouver ton chemin, car je serai toujours là. Le monde te blessera, encore et encore. Tu te feras du mal, encore et encore. Et quand ça arrivera, tu te souviendras de moi encore et encore. Tu tomberas à genoux. Tu te serreras dans tes bras. Et tu seras de nouveau ta propre fille. »

79

J'ai revu Miriam une fois, trois ans plus tard. Je descendais Fairfax Avenue en mangeant un cône glacé, comme par hasard – menthe avec des pépites de chocolat, sans garniture –, quand je l'ai vue venir vers moi. Elle poussait une double poussette avec des bébés dedans – des jumeaux, semblait-il. Ses cheveux étaient remontés à l'intérieur d'un béret.

Ce n'est pas elle, ai-je pensé. *Tu es victime d'une hallucination.*

Mais plus elle s'approchait, plus je savais que ça ne pouvait être personne d'autre qu'elle. J'ai reconnu la constellation précise de ses grains de beauté dans le cou, inchangée. Je les connaissais si bien, d'abord sur mon propre corps, puis sur le sien. Je les aurais reconnus n'importe où.

Miriam aussi m'a reconnue, évidemment. Nos regards se sont croisés et captés. Ses yeux se sont attardés sur moi un instant, et j'ai senti les larmes venir. Puis ma bouche a formé un sourire, et elle a souri à son tour. Elle m'a fait un signe de tête, qui ne s'adressait pas à une personne qu'elle avait connue, mais à une passante sympathique, la regardant, elle et ses bébés, avec admiration. Ni l'une ni l'autre on ne s'est arrêtées.

Je me suis demandé si elle avait gardé la statuette en terre ou si elle l'avait jetée. Je me suis demandé également qui elle avait épousé, si ses parents s'étaient précipités pour lui trouver un mari en raison de ce qui s'était passé. Et puis j'ai pensé que ça ne faisait pas partie de notre histoire et que je n'avais pas à le savoir. Peut-être étais-je seulement censée savoir qu'elle avait deux enfants et que c'était une maman comblée, peu importait qu'elle aime ou pas l'homme avec qui elle vivait.

C'était une chaude journée d'automne, même pour Los Angeles. J'avais des spectacles prévus un peu partout sur la côte Est, et ma mère devait venir me voir quand je me produirais à New York. Elle n'aimait pas ma coiffure, toujours très courte, mais elle ne faisait aucun commentaire sur mon poids. Je lui avais dit que je ne balancerais aucune vanne sur les mères.

Après Miriam, j'étais sortie avec un homme et une femme. Le mec était un collègue humoriste, et la fille une pasteure de l'Église unitarienne de Pasadena. J'avais parlé des deux à ma mère. Elle était déçue que ça n'ait pas marché avec le mec.

Cette nuit-là, le rabbin Juda Loew ben Bezalel est venu me voir en rêve. Je ne l'avais pas vu depuis trois ans et je lui ai dit que j'avais encore du mal à faire la différence entre ce qui était réel et ce qui ne l'était pas.

Il a déclaré que le mot *golem*, en anglais, signifiait « masse informe ». Mais qu'en hébreu, ça voulait dire « substance inachevée ».

« Qu'est-il arrivé à votre golem ? Le plus célèbre entre tous, ai-je demandé.

— Ah ! On donne un peu d'amour, et on le paie toute sa vie. » Il s'est mis à rire. « La dernière fois que j'en ai entendu parler, il avait suivi une femme à New York et s'était engagé avec elle dans le théâtre yiddish. »

J'ai demandé au rabbin où je pourrais le trouver quand j'aurais besoin de sa sagesse. Il m'a rappelé que c'était moi qui l'avais créé.

Remerciements

Tout mon amour et mes remerciements à Meredith Kaffel Simonoff, une *makher* hors pair ; à Tamar McCollom pour sa *chutzpah* éditoriale, Nan Graham, Kara Watson, Jaya Miceli, Katie Monaghan, Brianna Yamashita, Zoey Cole, Sabrina Pyun, et toute la *mishpocha* de Scribner ; à Alexis Kirschbaum et Bloomsbury UK, et à Clément Ribes ; à Petra Collins et Karah Preiss ; à Stacey Silverman et Liz Tigelaar ; aux *shtarkers* de Lighthouse et UTA ; à Ruth et Stan Harris, et à Eve et Lou Broder ; à mes parents et à ma sœur ; et à Nicholas, *mensch* entre les *mensch*, *chavrusa* entre les *chavrusas*.

Cet ouvrage a été mis en pages
par Nord Compo à Villeneuve-d'Ascq
Impression : CPI Firmin-Didot
Dépôt légal : mai 2023 – N° 2608 (173672)
Imprimé en France